So sind wir

Gila Lustiger
So sind wir

Ein Familienroman

Berlin Verlag

© 2005 Berlin Verlag GmbH, Berlin
Alle Rechte vorbehalten
Umschlaggestaltung:
Nina Rothfos und Patrick Gabler, Hamburg
Typografie: Renate Stefan, Berlin
Gesetzt aus der Filosofia
durch psb, Berlin
Druck & Bindung: Friedrich Pustet, Regensburg
Printed in Germany 2005
ISBN 3-8270-0557-4

Erster Teil

Als ich an einem frühen Morgen im Jardin du Luxembourg joggte, eine sportliche Betätigung, die ich seit einem guten Jahr betreibe und zu der ich mich anfangs zwingen musste, da sich mein Körper mit all den ihm zur Verfügung stehenden Mitteln sträubte und ich in erbärmlichem physischem Zustand und grauenhafter Stimmung heimkam, wenn auch mit der Gewissheit, jetzt erst recht und von nun an noch rücksichtsloser mit meinem Körper umzugehen, um ihn und mich zu einem disziplinierten Vollstrecker meines Willens zu machen, weil Menschen, so hatten es mir mein Vater, der Auschwitzüberlebende, und meine Mutter, Tochter eines zionistischen Pioniers, beigebracht, nicht an ihrer Willenskraft, sondern an ihren Gefühlen zugrunde gehen, hatte ich plötzlich die Eingebung, dass ich nicht rannte, um mich in den Griff zu kriegen, sondern um förmlich aus allen Poren auszuschwitzen, was man Erinnerungsgiftstoff nennen könnte. Zuvor hatte ich freilich andere Wege gesucht, um aus dem Schlamm meiner Kindheit zu kriechen und mich von einer Vorgeschichte zu befreien, die, so dachte ich, nichts mit mir zu tun haben durfte. Vergebens. Nun rannte ich. Eigentlich dachte ich, beschämt, jaja, und doch: merde über diese Familie mit all ihren Macken und Unzulänglichkeiten und ihren Helden, Possenreißern, Weltverbesserern und Verlierern. Ganz besonders merde über die in meinem Hirn gefesselte Vergangenheit. Und dann dachte ich, während ich rannte, schwitzte, rannte — warum auch nicht? Hast dich über andere gebeugt. Warum also nicht über dich?

Und dann dachte ich, während ich meine monotonen Runden drehte, rannte, schwitze, rannte, Schritt für Schritt für Schritt, dring in sie ein, lass die Kindheit reden, Schritt für Schritt für Schritt ...

1

Der erste Erinnerungsknoten löst sich leicht. Er zerfällt, kaum dass ich ihn berühre. Der erste Knoten ist aus Zeitungspapier. Zeitung von einst, mit Skandalen von einst. Gestern waren sie noch triumphierende Drachen, heute sind sie ein jämmerlicher Haufen Buchstaben auf vergilbtem Papier. Haben Zeitungswörter eine Ahnung davon, was ihnen bevorsteht? Wissen sie, dass sie schon abgedankt haben, kaum dass sie ihre Herrschaft antreten, und dass die Zeit an ihrem Thron rüttelt, während sie sich noch selbstgefällig spreizen und recken? Wissen sie, dass sie immer nur die vorletzte Version der Wirklichkeit fesseln, weil die Wirklichkeit schon zu einer anderen Verabredung, einer anderen Wahrheit davoneilt, während sie auf ihrem Standpunkt beharren? Doch nicht um Zeitungswörter geht es hier, sondern um Zeitungen, eher um meinen zeitungslesenden Vater.

Mein Vater las, wo immer er sich auch befinden mochte, Zeitung. Zu jeder Tages- und Nachtzeit vertiefte er sich mit ernstem Gesicht in Mitteilungen, Darstellungen und Nachrichten, riss Artikel, die ihn interessierten, heraus, faltete sie zusammen, legte sie auf einen Tisch, auf den Boden, auf einen Stuhl, in eine Jackentasche, um sie sogleich zu verlieren.

Leidenschaftlich riss mein Vater Artikel heraus, leidenschaftlich verlor er sie. So zumindest kam es mir vor: aufgeblättert, überflogen, herausgerissen, zusammengefaltet, verloren. Das kann nicht jeder. Mein Vater konnte auch anders, er wollte nur nicht. Als Kind stieg in mir der Verdacht auf, dass es sich bei der täglichen Verliererei nicht um Nachlässigkeit handelte, sondern um ein kompliziertes, zeitraubendes Verfahren, gewissenhaft geplant und ausgeführt, für das es mathematischer Genauigkeit, Ausdauer und Präzision bedurfte. Hier sollte etwas bewiesen werden, von meinem Vater, der nach bester abendländischer Manier mehrere Tageszeitungen las, vordergründig um sich zu informieren, das ist ja gängig in der gedeuteten Welt, aber in Wirklichkeit, weil er mitten in einem Märchen steckte, das magisch ausgeschmückt war: mit Papierfetzen, die verschwanden, mit Tischen voller Hinterhalte und Gefahren, mit Interieurs wie die unendlichen Räume des Universums. Für zerstreut wird er jetzt gehalten? So eine Art liebenswürdiger, geistesabwesender Gelehrter? Ach wo. Mein Vater war ein Held auf der Suche nach dem Schrein der Erkenntnis, sobald er ratlos seufzend durch die Wohnung schlich und mit zur Frage verkniffenen Augen mitten im Arbeitszimmer stehen blieb. Da stand er wie erstorben, mit Grüblerstirn, während das Kindermädchen uns ins Badezimmer rief, Mutters Freundinnen anriefen und auflegten, das Abendessen im Kochtopf brodelte und ein fahler Tag erschöpft gegen Osten zog. Da stand er allein, frei von Zeitlichkeit und Alltag, ein absolutes Bild männlicher Hartnäckigkeit.

Fand er, was er suchte?

Nie fand er sie, die Wahrheiten und Halbwahrheiten in fetten Schlagzeilen, die doch nichts geändert hätten, und gerade deshalb gewann dieses Unterfangen an Bedeutung, wuchs zu quasi mythischen Proportionen an, denn er gab nicht auf.

Mein Vater sammelte und sammelte, sammelte, verlor und suchte zimmerauf, zimmerab, allerorts. Papierfetzen über moderne Ungeheuer und Dämonen, aber die kümmerten sich nicht um seinen Wunsch, sie zu bezwingen, und hatten sich verdrückt, bevor er ihnen den Kampf ansagen konnte. Oder aber es war so: die Mutter mit ihrer berüchtigten Aufräumneurose und ihrem uns rettenden praktischen Sinn ... Ja, es kann nur die Mutter gewesen sein, die dem Vater half, den lockenden Sirenen zu entrinnen. Wer sonst als die Mutter hätte gedacht: weg damit, bevor wir im Papierfetzenmeer dieses Mannes ersaufen.

Dieses Kapitel ist meinem Vater gewidmet und seinen Zeitungen und seinen Zeitungsfetzen, die bei uns einmal monatlich im Mülleimer landeten. Und hier haben wir schon so ein mustergültiges Bild, das alles darstellt: den männlichen Wunsch, das verwirrende Leben zu ordnen und zu meistern, und die weibliche Passivität, die sich durch solch eine fieberhafte Aktivität nicht stören lässt. Mach nur deinen Blödsinn, sagten die verstohlen lächelnden Augen meiner Mutter, dann landeten die Enthüllungen dort, wo sie keinen mehr belästigen konnten, und das Leben nahm seinen eignen Lauf.

Am liebsten las mein Vater bei Dunkelheit, im Wohnzimmer auf unserem gelben Sofa liegend. Oft bin ich mitten in der Nacht aufgewacht, um nachzusehen, ob das Licht seiner Leselampe noch brannte. Der kleine Lichtstrahl drang zwar nicht bis in mein Zimmer, beleuchtete dafür aber den Flur. Wenn ich aufwachte, beugte ich mich vor, um durch die geöffnete Kinderzimmertür zu sehen. Erkannte ich mit zusammengekniffenen Augen das Muster des Parketts, war mein Vater noch wach und las. Manchmal, wenn ich zu müde war, um Parkettmuster zu inspizieren, und ich mich trotz des Wunsches, den Kopf vom Kissen zu heben, nicht bewegen konnte, oh, der Wunsch lag fest im Kopf, aber der Kopf lag schwer im Kissen … ich versuchte es ja, ich stützte mich unter der Decke mit der Hand ab, aber der Kopf blieb schwer, und der Mund blieb breiig, und der Körper, vom Schlaf versteinert, wog einen Zentner … lauschte ich, ob ich sein tiefes, heiseres Räuspern hörte. Mein Vater räusperte sich regelmäßig, wenn er las. Hm, hm, hm, hörte ich aus weiter Ferne. Hm, hm, hm, und schlummerte beruhigt ein. Lügnerin! Lügst ganz erbärmlich, warst nicht nur beruhigt, sondern dankbar. Die Feindin Schwester und die Feindin Mutter schliefen fest, so räusperte sich der Vater nur für dich. Sein Räuspern hab ich mir als Dieb erstohlen. Das kleine Kindchen Dieb hörte ein heiseres Hm, hm, hm, dann stopfte es sich den Daumen in den Mund und schlief glückselig ein.

Morgens vom Kindermädchen geweckt und husch, husch im Bett angezogen, war die ganze Szene vergessen. Und auch tagsüber keine Erinnerung an das Gefühl der Geborgenheit. Um Klarheit zu schaffen, tagsüber konnte mir das heisere Brummen meines Vaters schier gestohlen bleiben. Ich war ein hoffnungslos pragmatisches Kind. So pragmatisch veranlagt, dass mich zur Christkindzeit die Weihnachtsmänner mit ihren weißen aufgeklebten Bärten vor den Kaufhäusern zur Verzweiflung brachten. Wo war meine Frische? Wo meine Treuherzigkeit? Glaubte ich denn an nichts? Ich glaubte an die Ökonomie und daran, dass der arme Angestellte für etwas zusätzliches Geld fleißig schwitzte. Als Kind kundschaftete ich hartnäckig und verbissen die Erwachsenenwelt aus. Behielt es aber nicht für mich, denn ich bildete mir etwas auf die Richtigkeit meines Urteils ein. So folgte dem Staunen ein langer, erzieherischer Kommentar aus meckerndem Kleinmädchenmund. Ich hatte den Blick des Vaters geerbt. Jedoch, was dem Mann steht, versaut ein geschlechtsloses Engelsgesicht auf unverschämteste Weise.

Ja, wenn ich in meinen Schüleralltag stampfte, machte ich mir nichts mehr aus dem väterlichen Räuspern, denn dessen magische Wirkung war mit dem Ausklingen der Nacht verschwunden. Eine läppische Morgendämmerung, und schon war die Wirkung weg. Hatte sich auf die gleiche geheimnisvolle Weise davongeschlichen, wie es meine Kindernächte durchtänzelte. Als hoffnungslos pragmatisches Kind habe ich immer gewusst: Nur in der Stille der Nacht treiben Wörter und Laute ihren merkwürdigen Zauber, doch morgens treten sie aus ihrer magischen Wirkung heraus, um nützlich und geschwätzig zu werden.

Das kleine Hm, hm meines Vaters hätte mich tagsüber nicht beschützen können, denn der Vater war in seiner Männerwelt, und ich war hier, in meiner Kinderwelt. Der eine hüben, die andere drüben, wie es sich gehört. Nun wurde ich aufgerufen. Nun stand ich auf. Nun hatte ich ein klopfendes Herz und musste an die Tafel, um eine Rechenaufgaben zu lösen. Gila! hörte ich, dachte, ich hab mich wohl verhört. Gila! hörte ich mit einem lang gezogenen, verschnupften A und dachte: Das gibt's doch nicht, warum gerade du? Sabine, Susanne, Torsten, Karin, Wolfgang, Detlef, Helge, alles schöne, deutsche Namen, warum gerade dich? Dachte, von wegen Gilaaaaaaaa, wenn der deinen Namen nicht richtig aussprechen kann, soll er es eben lassen, und überhaupt, die Verhunzung hebräischer Namen gehört in Deutschland ein für alle Mal verboten, weil, das kannst du nicht, das hast du nie gelernt. Verdammt, dachte ich, gerade mal vier Minuten vor dem Klingeln, schob den Stuhl zurück, während Sabine, Susanne, Torsten, Karin, Wolfgang, Detlef, Helge scheinheilig durch die Gegend guckten, setzte mein Alles-unter-Kontrolle-Gesicht auf und trat vor den Lehrer.

Vielleicht waren es das Rascheln des Papiers und sein schweigsames Mienenspiel oder das Bewusstsein, dass mein Vater Zugang hatte zu ungeahnten Katastrophen und Gräueltaten, vielleicht war es das in die Dunkelheit getauchte Wohnzimmer und der kleine flimmernde Lichtkegel unter seiner Leselampe, vielleicht war es ja auch nur der Vater, nah und doch so fern und unzugänglich – wie dem auch sei, Zeitungen haben auch heute noch für mich das Aroma von Geheimnis und Männlichkeit. Ja, auch heute noch. Und ich lasse es mir nicht nehmen.

Ich habe vor kurzem gedacht, dass du keine Zeitung liest oder dass du dich aufregst, sobald du Zeitung liest, dich förmlich zu Tode langweilst, wenn du Zeitung liest, liegt nicht etwa daran, dass Zeitungen heute schlechter sind als damals, sondern einzig und allein an deinem dummen Zeitungskult.

Sehr wahrscheinlich schmierten Zeitungsfritzen damals mit dem gleichen exhibitionistischen Vergnügen Lebensgeschichten aufs Blatt, wenn sie Handlungen nicht scheinbar objektiv dokumentierten. Wahrheit oder Geschichten. Dazwischen gibt es heute nichts.

Selten kann man heute eine Meinung lesen, die als Meinung und nicht als Wahrheit daherkommt. So als besäße einer Wahrheit, nur weil er ein paar Jahre auf einer Journalistenschule war und gelernt hat, wie man eine Story schreibt und ein Interview führt. So als könne man sich die Wahrheit mit einem Universitätsabschluss aneignen. Heute sind Zeitungen

Wahrheitsträger bis zum Grad des Schwachsinns. So dass einem nichts anderes übrig bleibt, als linke und rechte, wissenschaftliche, juristische, astronomische, geopolitische, dialektische, deutsche, französische und weiß der Teufel welche Wahrheiten in Zeitungen zu lesen, um sich kein klares, sondern ein konfuses und wahrheitsgemäßes Bild von der Wahrheit zu machen.

Nur die Todesanzeigen, die ich vor allem in »Le Monde« lese, haben noch das Aroma des Geheimnisses. Sie knistern regelrecht vor elektrischer Ladung. Sie bleiben über alle Maßen unheimlich. Sie bilden den menschlichen Höhepunkt jeder Zeitung. Die Todesanzeigen sind Schmerz, Drama, Intrige im Rohformat. Ich beuge mich mit einer Gier über sie, die man bei manchen Hypochondern und alten Knackern bemerkt, wenn ich es auch ohne deren Fröhlichkeit tue und ohne deren Schadenfreude, wieder einmal davongekommen zu sein.

Aber ich weiß schon: Wenn mir Zeitungen läppisch erscheinen, dann nur aus diesem einen Grund, weil sie die Vergangenheit mit der Gegenwart verschnüren und Erinnerung eine Krankheit ist. Um sie zu bekämpfen, muss man alle erinnerungsinfizierten Orte und Dinge meiden. Sie ausgrenzen, so wie man zur Zeit der großen Seuchen Stadtteile markiert und verboten hat. Aber was machst du? Obwohl du das alles weißt, sehe ich ...

Das sehe ich: Wie andächtig er sie ins Auge fasste, wie zärtlich er sie ergriff, fast glich es einer Liebkosung, wenn er über sie strich, um sie zu glätten. Wie vorsichtig er sie umblätterte, zuvor hatte er den rechten Zeigefinger an den Mund geführt, damit eine kleine, zwischen den Lippen hervorhuschende

Zungenspitze die Kuppe belecken und anfeuchten konnte. Und dann, nach diesem unschuldigen Vorspiel, das sich in großer, gebannter Stille zutrug – mein Vater überflog lässig, scheinbar ohne jegliches Interesse, die Zeitung –, der Moment, in dem eine seltsame Erregung seine Gesichtszüge erfasste. Mein Vater hatte etwas entdeckt, was ihn fesselte. Und schon lag sein Körper nicht mehr kraftlos auf dem Sofa; er spannte alle Muskeln an, richtete sich auf, zum Sprung bereit. Die Zeitung wurde gepackt und ihres Geheimnisses beraubt. Den Rest warf er achtlos auf den Boden. Und so lag die Zeitung, zerrissen und vernachlässigt, eine gedemütigte Geliebte, für die mein Vater sogleich Ersatz fand. Neue Zeitung mit neuen Schlagzeilen, die, da sie die Kunst des Verführens verstanden, nur andeuteten und nicht sofort zeigten, was mein Vater alles von ihnen bekommen könnte. Und wieder fing es von vorne an, und wieder verschlang er ihr Geheimnis mit den Augen, mit der Nase und dem Mund. Ja, eigentlich nur mit dem Mund. Mein Vater schluckte haufenweise Geheimnisse und spuckte keines aus.

Geizig, dachte ich, sobald ich auf die zusammengepressten Lippen meines Vaters blickte. Geizig, und empfand Wut und Neid. Aber Wut und Neid erschöpften sich bald und schlugen in Bewunderung um. Ich blickte stolz zum Vater hoch, der gewaltig und einsam auf dem Sofa thronte, und dachte: Man braucht schon den Hunger eines großen Mannes, ja die Konstitution eines Riesen, um so eine gefährliche, von Geheimnissen und Intrigen wimmelnde, stetig wachsende Welt im Maul behalten zu wollen.

Meine allererste Zeitungserinnerung? Ich glaube, es ist Folgende, jedenfalls sehe ich mich so, wie ich auf meinen Vater blicke, der in seinem Sessel sitzt und Zeitung liest. Ich hocke gleich neben ihm auf einem kleinen Schemel. Wie still es ist, als wäre die Zeit stehen geblieben. Langsam, ganz bedächtig, rücke ich an ihn heran. Arbeite mich Zentimeter um Zentimeter vor, während ich mit einer Puppe spiele. Lügnerin, spieltest gar nicht mit der Puppe, hieltest das Ding nur an den Bauch gedrückt, um dich mit angehaltenem Atem, ein wenig beunruhigt, auf den Sessel zuzubewegen, der ein Attribut des Vaters ist, weil er allabendlich sein Hinterteil darauf ruhen lässt. Zuweilen, wenn du in die Küche oder in das Bad gerufen wirst, bleibst du einen kurzen Augenblick vor der Wohnzimmertür stehen und streifst mit den Augen über die Konturen, über das brüchige Leder, über die Risse und Vertiefungen; mit einem Blick wie eine Liebkosung befühlst du diese unbedeutende, in Serie hergestellte Sitzmöglichkeit. Die Enttäuschung, dass der Vater nicht da ist, ist in ihr eingefangen, wie auch eine unterschwellige Spannung und Aufregung, die den Raum überflutet, sobald du gegen Abend seine Stimme im Flur vernimmst. Kommt er dann, gerätst du in seinen Sog.

Nun sitze ich neben ihm im Wohnzimmer, rieche den Bohnerwachsgeruch, der noch in der Luft hängt, höre das Rascheln seiner Zeitung, höre die Anweisung meiner Mutter, aufzudecken, die aus der Küche zu mir dringt, höre die Antwort des Kindermädchens, vielmehr jene nörgelnde, unterwürfige Tönung, die von einer servilen Stellung ausgeht. Und natürlich denke ich, während ich mit unbeirrbarem Blick die Puppe fixiere, ihren runden wächsernen Kopf, ihre blauen, stumpfen Glasaugen, ihre schwarzen Wimpern und die blonden Locken aus echtem Haar, wo meine Schwester ist, ob ich ihre Stimme vernommen habe, ob sie schon schläft, denn nur darum geht es mir, die Abwesenheit meines lesenden Vaters ganz für mich zu besitzen.

Ahnt mein Vater, was hier vorgeht? Ahnt er etwas von meinen Machenschaften? Weiß er, dass ich in seinen Wahrnehmungskreis eindringen will, ganz bedächtig, langsam und konzentriert? Mein Vater ist vertieft in Zeitung. Überfliegt Schlagzeilen. Liest Weltpolitik, Innenpolitik, Außenpolitik und hat kein Auge für die Liebespolitik seines Kindes.

Und dann, nicht wie ein durchdachter Schachzug, sondern als würde ich von unsichtbaren, von ihm ausgehenden Fäden gezogen, als hätten sie mich in Bewegung gesetzt, berühre ich ganz sanft den Stoff seines Hosenbeins, streiche mit den Fingerspitzen darüber, während er einen großen Bogen Papier umblättert. Mein Herz hämmert. Und da passiert es! Mit einer linkischen Bewegung klammere ich mich ungestüm an sein Bein. Und ich spüre, wie sich meine Flaumhaare im Nacken aufstellen und wie sich eine ungewohnte Empfindung im Körper ausbreitet, die mir auch später noch den Atem verschlagen wird. Keine Empfindung der Welt wird mir jemals schöner erscheinen als diese hier. Wonneschauer? Nein! Ein kleiner, goldener, sanfter Schmerz: herzzerreißende Sehnsucht.

Hat sich der Vater von meiner Umarmung freigemacht, hat er die Augenbraue hochgezogen und verärgert und überrascht: »Lass doch!«, gesagt, oder hat er seine Frau gerufen, damit sie ihm die Arbeit abnimmt, weil Kinderbetreuung Mutterarbeit ist? Ich weiß es nicht, sehe aber mich, wie ich schreie und mich weigere, ins Bett getragen zu werden. Sehe auch die Mutter und das Kindermädchen lächeln, denn mein Geschrei ist ein Beweis dafür, dass ich müde bin. Um halb acht muss das Kind ins Bett. So hat es zu sein. Um halb acht, da ist nichts zu machen. Und wenn der Vater um halb acht noch nicht zu Hause ist? Dann geht das Kind zu Bett, ohne gesehen zu haben, wie der Vater sein Hinterteil in den Lieblingssessel drückt.

Am liebsten möchte ich weinen, aber diese Genugtuung werde ich den zwei Frauen, die mich in die Verbannung tragen, nicht gönnen. Wie ich sie verabscheue! Wie verhasst sie mir doch sind. Und wie ich mir erträume, ihren Willen zu beugen und sie zu besiegen. Ohnmacht, Entrüstung und Wut, das spüre ich angesichts des mir aufgezwungenen Verzichts. Was denn? Das Kind wird doch nicht etwa ... Was denn? Also doch! Das Kind gibt sich geschlagen und beißt aus Ohnmacht, Entrüstung und Wut in die Hand der Mutter, jene böse, lachende, grausame Hand, die es die Unerreichbarkeit mancher Wünsche lehrt und jene abstoßende Beständigkeit des nicht zu verwirklichenden Traums.

»Ah, du kleine Klafte«, sagt die Mutter und überlässt das Kind dem Kindermädchen.

Und noch eine Erinnerung, ganz vage, die da hochkommt: Diese hell glänzenden Nachmittage, sonntags zum Beispiel, wenn ich neben ihm sitze, keine Forderung im Kopf, nichts von ihm will, auch nicht den Vater beobachte, wie man einen Feind beobachtet oder jemanden, den man zu verstehen sucht, einfach Kind bin, dem die Zeit zu lang wird, neben dem abwesenden Vater, der lesenden Gestalt, dort in einer Ecke des Blickwinkels, schaue ich freundlich gelangweilt zu ihm herüber, werde abgelenkt von den hohen sich im Wind wiegenden Bäumen, werde abgelenkt von dem Herbsttag, der blassrosa im gelben Laub ersäuft, werde abgelenkt von einer Fliege, die gegen Scheiben klatscht, an der Gardine hochkriecht, kleiner, schwarzer Punkt auf weißem Stoff. Lerne ich so belanglos lieben, neben dem Vater, der mich auffordert,

stumm, wie er es immer tut, mir zu nehmen, was es zu nehmen gab? Hier, sagte der stumme Mund, spiel damit. Und ich
spiele mit der Fliege, mit den Bäumen und dem Herbsttag.
Mein Erstaunen fällt mir wieder ein, wie schnell die Zeit vergeht, wie schnell auch die Angst vergeht, wenn man sich so
vertieft, neben dem geliebten Vater, und plötzlich, anstrengungslos, quasi per Zufall, wird das Schauen ein Luftstrom,
der über die Dinge gleitet oder eine Bewegung, tanzen die
Dinge, geraten ins Wanken und spielen verrückt, bis sie von
Vaterhand zum Einhalten gebracht werden, irgendwann, ganz
vorsichtig streicht seine Hand über den verträumten Kinder-
kopf. Dann holt er mich zurück, und ich blicke auf und
sehe verwirrt und beschämt, wieder einmal ertappt, in sein
lächelndes, wissendes, zärtlich verschnürtes Gesicht.

Wenn mein Vater nicht liegend oder sitzend Zeitung las, dann
meist, weil er vor der Auslage eines Zeitungskiosks stand. Stehend, staunend und bewundernd habe ich meinen Vater
immer nur vor der Auslage eines Zeitungskiosks gesehen.
Stehend, staunend und bewundernd in Paris, Venedig, Rom,
Brüssel, London, New York, Madrid. Merkwürdigerweise gleichen sich alle Zeitungskioske der Welt. Hat mein Vater jemals
etwas von der fremden Umgebung wahrgenommen? Es ist
nicht zu vermuten. Sehr wahrscheinlich nahm er die fremde
Umgebung nur wahr, wenn sie in der Zeitung abgebildet war.
So konnte er also in Frankfurt, auf seinem Sofa liegend, den
Petersdom bewundern, wenn er in der Zeitung abgebildet
war, in Rom hingegen bewunderte er Zeitungen. Am meisten
bewunderte mein Vater New York und Paris. Nicht etwa der
Sehenswürdigkeiten wegen, die meinem Vater einfach gestohlen bleiben konnten, sondern weil er in New York jiddische

Zeitungen und in Paris einfach alle Zeitungen kaufen konnte. Paris ist ihm daher immer als die herrlichste aller Städte erschienen. Und selbst wenn er heute nach Paris kommt, der Stadt, in der ich seit vierzehn Jahre lebe, so doch hauptsächlich zu dem Zweck, sich alle möglichen Zeitungen in allen möglichen Sprachen zu kaufen, um genau zu sein, in acht Sprachen, zu kaufen, um dann, auf meinem roten Ledersofa liegend, Artikel auszureißen, zusammenzufalten und zu verlieren.

Selbst im Louvre habe ich meinen Vater Zeitung lesen sehen, was angesichts der Horden japanischer Touristen, die mit Fotoapparat bewaffnet auf Mona-Lisa-Hatz gehen, ein wahres Kunststück ist. Dieses Kunststück rechne ich meinem Vater hoch an, wenn es mich auch fuchst, dass ich ihn nie habe für meinen Lieblingsmaler begeistern können. Den Caravaggio hat mein Vater nur einmal kurz beäugt, so zwischen Stellenmarkt und Sportbeilage, dann widmete er sich wieder der Wirtschaftspolitik.

Meines Vaters Welt ist eine Welt aus Druckerschwärze, Konflikten, Furcht, Analysen, Unheil, Hoffnung, Torheit und Prognosen, die von fleißigen Händen in Spalten gezwängt werden. Meines Vaters Welt ist eine unheilvolle, furchtbare, dumme Welt, wenn auch übersichtlich und ordentlich in Spalten gezwängt. Mein Vater hat einen bürgerlichen Horror vor Dummheit und Unheil, sie sind ihm nur in ihrer destillierten Form, als ausgeklügeltes Zeitungswort erträglich. Die Zeitung reinigt und trennt Dummheit und Unheil vom Gefühl, stülpt Dummheit und Unheil um wie einen schmutzigen Handschuh; so sieht mein Vater nicht den Schmutz, vor dem es ihn ekelt, wenn er sich auch intellektuell damit befasst. Mein Vater hat Dummheit und Unheil immer nur so, in der umgestülpten, destillierten Form verdauen können. Das Schlimmste hat ihn daher nie direkt berührt.

Die Zeitung, habe ich vor kurzem gedacht, während ich meinen Vater Zeitung lesen sah, zertrampelt Tag für Tag das Gefühl mit ihrer zurückhaltenden, kaltblütigen Ausgeglichenheit. Und gerade da, wo sie Leid am präzisesten beschreibt, zerstört sie es rücksichtslos. Die Zeitung, habe ich immer schon gedacht, ist hoffnungslos falsch, denn sie rettet eine übersättigte, zeitungslesende Gesellschaft vor schneidendem Schmerz, und nur aus einem Grund wird sie gelesen: damit man gemütlich, enthaltsam und vernünftig das menschliche Leid erträgt.

Ganz besonders eifrig sammelte mein Vater Meldungen über das, was ihm das Unheilvollste und Dümmste auf der Welt schien: antisemitische Ausschreitungen. Diesen Sammelwahn haben wohl nur Juden und Antisemiten, wenn auch nicht mit dem gleichen Gefühl im Bauch.

Mein Vater sammelte die Meldungen aus einem Grund: Er hatte sich einmal von der Welt überrumpeln lassen, das sollte ihm nie wieder geschehen.

1939 hatte mein fünfzehnjähriger Vater noch keine Zeitung gelesen, sondern sich nach assimilierter, aufgeklärter jüdischer Tradition in irgendeinen Griechen verbissen. Und auch 1940 war der Kindertraum meines sechzehnjährigen Vaters noch nicht ganz verdorrt, wenn er auch schon zu faulen begann. Mein Vater hörte aus großer Nähe ein deutsches Barbarengeschrei, aber eine deutsche Zeitung las er nicht. Und wenn er sie gelesen hätte, hätte er den Worten Glauben geschenkt? Hätte er, der doch noch in seiner atemberaubenden, großspurigen, nach den Wolken greifenden Zukunft steckte, erkannt, dass die Zukunft für ihn momentan zu Ende war? Der Kopf meines Vaters war voller Pläne, und selbst wenn er gelesen hätte, dass der Reichsführer SS und Chef der Deutschen Polizei in der Nähe der Stadt Oświęcim die Errichtung eines neuen Konzentrations- und Vernichtungslagers befohlen hatte, das Lager Auschwitz, in das mein Vater schon bald deportiert werden sollte, so hätte er nicht begriffen, dass dies und nichts anderes sein Schicksal war. Mein Vater hatte sich einmal von der Welt überrumpeln lassen, nun hielt er sich, Zeitungen in acht Sprachen lesend, informiert. Er hatte am eigenen Leib erfahren: Kein Jude kann der Welt entfliehen, und wenn er es versucht, dann bezahlt er seine Realitätsflucht mit dem Leben. Mein Vater las Zeitung, um sich der Welt zu stellen, doch zeitungslesend entfloh er unserer Kinderwelt.

Hasse ich deshalb Zeitungen? Ich hasse sie nicht. Oder vielleicht doch? Nein, ich hasse sie nicht. Widerwillen, Missmut, aber kein Hass. Warum ich sie nicht hasse? Nun, weil sie so eng mit meinem Vater verbunden sind. Deshalb freue ich mich jedes Mal, wenn ich in die Zeitung komme, als Anekdote oder Geschichte, die von meinem Vater gelesen, ausgerissen und verloren wird. Alle Geschichten, die über mich geschrieben worden sind, hat mein Vater gelesen, ausgerissen und verloren. Dass er sie verloren hat, freut mich fast mehr, als dass er sie gelesen hat. Denn so bin auch ich Teil des gewaltigen, unauffindbaren Archivs geworden, das mein Vater angelegt hat, um die Welt zu verstehen. Manchmal denke ich: Vielleicht liegen wir, all die Zeitungsfetzen, irgendwo herum. Ganze Korridore sehe ich. Weite Räume voll mit vergilbtem Papier bis zur Decke. Eigentlich sehe ich eine unendliche Zahl von sechseckigen Galerien mit weiten Entlüftungsschächten in der Mitte und eine spiralförmige Treppe, die sich abgrundtief senkt und sich weit empor erhebt.

In so eine Galerie einzudringen, mit dem Katalog der Kataloge, in dem alle Artikel alphabetisch und thematisch aufgelistet sind, das ist mein kühnster Traum. Manchmal denke ich: Könnte ich all die Zeitungsartikel lesen, die mein Vater gesammelt und verloren hat, um die Welt zu verstehen, würde ich meinen Vater verstehen oder die Welt, die mein Vater fürchtet und ersehnt. Aber vielleicht sammelt mein Vater ja nur Buchstaben, wie es die Kabbalisten schon immer machten. Wenn es Nacht wurde, zündeten sie viele Lichter an, nahmen Tinte, Feder und Tafel in die Hand und begannen Buchstaben zusammenzusetzen und zu vertauschen. Die Buchstaben sträubten sich, sie waren plump und dem Wort treu ergeben, aber das machte auf die Kabbalisten keinen Eindruck, sie warfen sie alle zusammen, trennten sie, bewegten sie so lang, bis die Welt von ihnen abfiel und das reine, magische Wort entstand.

Oder aber es lässt sich so erklären: Eine eingefleischte und auch durch Assimilation und Krieg nicht kleinzukriegende Sehnsucht. Eine hartnäckige jüdische Sehnsucht, Gemeinschaft zu stiften.

Ja, vielleicht sammelte mein Vater Zeitungsfetzen, weil er in einem Anflug von Größenwahn beschlossen hatte, das Gottesgeschäft in eigene Hände zu nehmen. Ein zeitungslesender Geschäftsmann ist zwar nicht dazu berufen, Gottesgeschäfte abzuwickeln, aber wen stört das. Und immerhin, was man auch von solch einer Vermessenheit halten möge, das vollbrachte er allabendlich in unserem Wohnzimmer: sammelte Geschichten wie Scherben eines zerbrochenen Spiegels. Sammelte und verlor und löste somit die Knoten, die Menschen an ihre Zeit und ihr Land binden, um sie auf den Ursprung zurückzuführen, der einer ist und ohne jede Zweiheit. Denn im Nichts sind wir vereint, die kleinen und die großen Tiere, die Trunkenbolde, Dichter, Mitläufer und Helden, die Trägherzigen, Hartnäckigen, Bedachtsamen und Verzweifelten.

Ach, ich merke schon, zu viele »vielleicht«. Und wieder bin ich da angelangt, wohin ich nicht wollte, werde ich Kommentator meines Vaters, der beharrlich schweigt. Ich sehe ihn schon, wie er dasitzt, mit einem ironischen Lächeln auf den Lippen. Kindchen, denkt er jetzt, sei nicht so übergescheit, mach mir lieber Kaffee. Und wenn du keine Ruhe geben kannst (wäre ja auch zu schön, aber wollen wir nicht träumen), ja, wenn du kleine Nervensäge weitermachen musst, dann erzähle wenigstens Handfestes. Erzähl deinen Lesern zuliebe, wie es sich gehört.

Also Handfestes, wie es sich gehört. Hier haben wir sie, die Episode, die sich so oder auch anders zugetragen haben mag: Etliche Jahre später saß mein Vater in einem Hotel in Paris auf einem jener verschossenen, mit staubigem rotem Samt bezogenen Sofas, die die letzten Überreste einer verruchten Epoche sind. Meine Mutter und meine Schwester besprachen die Ausflugsziele des Tages, und ich stand, wie gewohnt, etwas abseits und schaute dem hektischen Treiben zu. Mein Vater las Zeitung. Das war ein bekanntes und beruhigendes Bild. Meine Mutter sprach gnadenlos auf meine Schwester ein. Auch das war bekannt.

»Ja. Ja. Ja«, sagte meine Schwester.

»Ja. Ja. Ja.« Kurz, blitzschnell, gezielt. Wie Schüsse, mit denen sie der chaotischen Worteinheit des Kommandanten Mutter Paroli bot. An der Art, wie meine Schwester blickte, jener gläserne Blick, zwischen »ja« und »ja« und »ja«, erkannte ich, dass sie beschäftigt war. Meine Schwester sagte ein letztes »Ja«, dann ließ sie meine Mutter mitten im Satz stehen, setzte sich zu meinem Vater und legte ihm den Arm um die Schultern. Mein Vater faltete die Zeitung zusammen und lächelte.

»Schätzchen«, sagte er und tätschelte ihre Hand. Nach einer kurzen Pause folgte die Frage, die bei uns »Wie geht es dir? Bist du glücklich? Wie steht's mit deinem neuen Freund?« ersetzt.

»Hast du gut geschlafen?«, fragte mein Vater, und sein Gesicht legte sich vorsorglich in Falten.

Meine Schwester verneinte, und mein Vater schüttelte betrübt den Kopf. Das war ein Ritual zwischen ihnen. Seit meine Schwester aus dem Haus gezogen war, fragte mein Vater sie regelmäßig, ob sie gut geschlafen habe. Und seit mein Vater meine Schwester fragte, ob sie gut geschlafen habe, schlief meine Schwester schlecht.

Meine Schwester hat, wenn man ihrer Antwort Glauben schenkt, seit 1980 nicht mehr gut geschlafen, denn sie zog mit sechzehn aus dem Haus, zuerst nach England in ein Internat, dann, als sie aus dem englischen Internat hinausgeschmissen wurde, sich eher hinausschmeißen ließ, in ein israelisches Internat, dann zog sie in eine eigene Wohnung nach Tel Aviv, zu ihrem Freund nach New York und schließlich wieder nach Tel Aviv. Meine Schwester hat seit über zwanzig Jahren nicht gut geschlafen, was eine ganz beachtliche Leistung ist, wenn man davon ausgeht, dass sie nicht an Schlaflosigkeit leidet.

Immer und überall wurde meine Schwester in geradezu verabscheuungswürdiger Weise von einem Störenfried geweckt. Wo sie all die Störenfriede hernahm? Vielleicht hatte sie ihren ganz persönlichen Störenfried, alt und schlampig, wenn auch in genügend gutem Zustand, um ihr von Europa nach Asien und von Asien nach Amerika und von Amerika nach Asien zu folgen. Vielleicht nahm sie ihn auch im Handgepäck mit.

Hast du gut geschlafen? war die einleitende Frage, und sie wurde von meiner Schwester so oder ähnlich beantwortet:

»Nein, der Hund von nebenan hat die ganze Nacht gebellt, weil sein Herrchen gestorben ist.«

»Mein Gott! Woran ist er denn gestorben?«

»Weiß nicht, aber sein Sohn hat ihn einfach verscharrt.«

»Wen? Den Hund?«

»Nein, den Vater. Meine Nachbarin hat's mir gesagt, sie war bei der Beerdigung. Er soll sich sogar gefreut haben und ist in Berufskleidung gekommen.«

»In Berufskleidung?«

»In Berufskleidung!«

»Armes Schätzchen«, seufzte mein Vater, nachdem er und meine Schwester über zwei weitere Beerdigungen gesprochen hatten.

Oder so: »Nein, das Arschloch, das über mir wohnt, hat sich wieder einmal mit seiner Frau gestritten.«

»Welches Arschloch?«

»Na, der Kerl, der angeblich Professor ist. Professor für ich weiß nicht was.«

»Und ein Professor streitet sich mit seiner Frau?«

»Er schlägt sie sogar. Sie läuft den ganzen Tag mit Sonnenbrille herum.«

»Armes Schätzchen.«

Hast du gut geschlafen? war ein Ritual, und nach der Frage stürzten sich beide ins Leben. Meine Schwester erzählte, und mein Vater sah, was sie ihm zeigte, sah freilich mit ihren Augen und immer nur das, was sie ihm zu zeigen beschlossen hatte. Der Ausgangspunkt war freilich die kleine Egozentrikerin Schwester, um die sich in konzentrischen Kreisen die unglaubwürdigsten Geschichten drehten. Das Leben ist meiner Schwester eine ständige Zumutung. Gewissenhaft zählt sie die Zumutungen auf, setzt Personen in Szene, lässt sie aus einer Laune heraus verschwinden, holt sie ohne Erklärung wieder aus dem Dunkeln hervor. Hast du gut geschlafen? Und schon ging der Vorhang auf, und man sah ein Stück Welt voller funkelnder Kompliziertheiten. Meine Schwester erzählte von Verzweiflung, Hunden, Pennern, der Nachbarin und ihrem Professor, Sodbrennen, Unfällen und Einsamkeit. Manchmal, wenn das Gespräch eine zu intime Wendung nahm, beendete mein Vater es schnell mit »Armes Schätzchen«. Meistens jedoch umging sie Intimität oder wagte sich ganz behutsam, auf Zehenspitzen, heran. Meine Schwester hat aus ihrem Schlafzimmer schon immer eine Bühne gemacht, auf der sie entweder verliebt die Hauptrolle spielte oder als tyrannischer Regisseur Störenfriede herumflitzen ließ. Ich glaube, sie hat die meisten Ereignisse erfunden oder wenigstens erheblich ausgemalt. Sobald ihr Leben so ganz ohne Luft und Licht war, hat sie sich glanzvolle Details hinzugedichtet. Meine Schwester ist daher immer unsterblich verliebt, ihr Leben ist ein für die Bühne gemachtes Werk, und ihre Liebesgeschichten sind, wenn auch nicht tragisch, so doch epischer Natur. Der allerkleinste Fick nimmt mühelos romanhafte Formen an. Welch eine Probe für die Liebe, in der Tat!

Meine Schwester und mein Vater bewegten sich in ihrem

schönen Ritual, und ich schaute belustigt, sehr wahrscheinlich auch neidisch zu, wie sie sich einen Spaß ohnegleichen leisteten: für ein paar Augenblicke aus dem dümmsten aller Gefängnisse zu entweichen, der Wirklichkeit. Ein besonders lobenswerter Realitätsfrevel, den ich nur begehen kann, wenn ich schreibe, und selbst dann … Meine Schwester erzählte ihre Geschichte zu Ende, und plötzlich veränderte sich ihr Gesicht, es wurde betrübt. Das las ich aus ihrem Gesicht heraus: Zaudern und das Bedürfnis, etwas loszuwerden. Zaudern und da, wieder, der Wunsch, etwas zu machen, was strengstens verboten war.

Meine Schwester lehnte den Kopf an die Schulter meines Vaters, ganz sanft, versuchsweise, dann fing sie an zu sprechen. Ich sah meinen Vater an. Er sagte nichts. Hörte er überhaupt zu? Ich spürte plötzlich, wie mein Herz zu pochen begann. Unverkennbar, meine Schwester benutzte Wörter, die für meinen Vater zu schmutzig waren. Er kniff die Nasenflügel zusammen, so als könne er den Gestank der Wörter nicht ertragen.

Schmutzige Wörter waren Wörter, die keinen praktischen Wert besaßen. Schmutzig war, was sich nicht sofort in etwas Positives umsetzen ließ. Schmutzig und doch so wirksam. Kein praktisches Wort hätte meinen Vater je aus seiner Reserve gelockt. Aber die schmutzigen, ah, die schmutzigen Wörter! Nicht beschissen, Fotze, ficken, Arschloch, da hätte mein Vater missbilligend die Stirne gerunzelt. Ein Stirnrunzeln, mehr nicht. Aber die ganz und gar schmutzigen Wörter, der reinste Dreck an Wörtern, der Abschaum sozusagen, den meine Schwester hier beschlossen hatte, dem Vater rücksichtslos unter die Nase zu schmieren, das waren Wörter, die Erinnerung und, schlimmer noch, seinen Schmerz heraufbeschworen.

Meine Schwester verkroch sich immer mehr, sie schien ganz in sich eingesackt zu sein, so als wäre die Kraft aus ihrem Körper gewichen, um sich in ihrem Mund zu sammeln. Alle Kraft war in der Kehle und in den Lippen, die meine Schwester öffnete und schloss wie ein lebloser Automat. Meine Schwester redete und redete, während mein Vater schwieg. Ich merkte, wie ich wütend wurde. Ja, kotz dem Vater deine hausgemachten Wörter vor die Füße. Kotz dich aus, das ist ja sowieso das Einzige, was du kannst. Deine kümmerlichen Wörter auskotzen, mehr kannst du nicht. Und dass du nichts damit erreichst, das hat dich sowieso nie gestört. Also kotz nur, wenn du nichts anderes machen kannst. Ich erinnere mich noch, wie ich meine redende und mittlerweile auch weinende Schwester angeschaut und gedacht habe, durch ihr widerliches Wort- und Tränengeschwülst wird ihr das Schweigen des Vaters erträglich. Nur wenn sie redet, kann sie sein Schweigen ertragen. Und wie ich meine redende und heulende Schwester angeschaut und gedacht habe, hier ist ein Rede-Schweige-Kampf auf Leben und Tod, und wie ich sofort danach gedacht habe, zwar nicht so klar wie jetzt, aber gedacht habe: Meine Schwester hat sich nie entmutigen lassen, das ist ihre größte Tugend und ihr größter Fehler. Starrköpfig. Jawohl, ein sentimentaler Starrkopf, der ganz schnell, so mir nix, dir nix in Tränen ausbrechen kann. Meine Schwester hat nie gelernt, sich zu beherrschen. Aber sehr wahrscheinlich hat das nichts mit Beherrschung zu tun. Ihr fehlt ganz einfach der Blick. Nüchtern könnte man ihn nennen oder den Blick mit einer gewissen ironischen Distanz. Schwesterherz, Ironie rettet vor peinlichem Tränenerguss.

Nichts ist so langweilig, nichts ist so abscheulich wie ein sentimental schluchzender Schafskopf. Ob männlich oder

weiblich, das spielt keine Rolle. Ein bisschen Ironie, mehr
braucht man nicht, um gewappnet zu sein, ein bisschen Ironie,
mehr nicht. Aber während mir dieser Ratschlag durch den
Kopf ging, der besserwisserische Ratschlag der Älteren, so als
ob lächerliche achtzehn Monate mir hätten das Recht geben
können, meine Schwester zu bevormunden, wusste ich schon,
es fällt mir schwer … aber dennoch, es soll ausgesprochen
werden: Meine Schwester ist schon immer die Mutigere von
uns beiden gewesen. Denn während ich meine Worte herun-
terschlucke, als wären sie ein widerlicher Klumpen schlei-
miger Spucke, spuckt sie die widerlichen, schleimigen Klumpen Liebe und Mitleid dem Vater direkt ins Gesicht. Meine
Schwester nahm die Hand meines Vaters. Mein Vater wies sie
zurecht.

»Lass das!«, sagte er. Dann stand er auf und ging in sein
Zimmer, er hatte meine Schwester verscheucht, wie man eine
Fliege oder ein paar Tauben verjagt, die einem lästig sind.

»Du machst dich lächerlich«, hatte er ihr noch zugerufen,
als er schon am Aufzug stand.

Meine Schwester weinte leise vor sich hin, und ich hatte
das Gefühl, sie würde die Welt von nun an nur so, tränen-
verschleiert, sehen. Ich dachte, wie schön die Welt durch einen
Tränenschleier aussehen könnte, wenn man sich von der
Trauer lösen würde. Könnte man seine Trauer überwinden,
wären Tränen ein phantastisches ästhetisches Experiment.
Und dann fiel mir ein Gedicht von Nikolaus Lenau ein. Das ist
schon immer meine Methode gewesen, zu störenden Gefühlen
fallen mir Gedichte ein. Ich sah auf meine weinende Schwester herunter und dachte an Lenau, und dann dachte ich, dass
das Gefühl nun kulturvoll dahin ist, und dann dachte ich wieder an Lenau. Ich hatte den kleinen ledergebundenen Band

in einem Antiquariat im Westend erstanden, weil er genau in meine Jackentasche und in meine Hand passte. Lenaus Natur-lyrik hat mich schon immer angezogen, gleichzeitig geärgert. Abgesehen von der relativ kurzen Periode eines pubertieren-den Naturmystizismus hat mich keine Lyrik so aufgebracht, gleichzeitig so fasziniert wie die Lenaus. Vielleicht bin ich ein-fach nicht deutsch genug, um mich an »trüben Wolken« und »welkem Laub« berauschen zu können. Vielleicht bin ich wirk-lich zu jüdisch und muss daher schmunzeln, kein ironisches, ein melancholisches Schmunzeln, wenn ich diesen Reporter der Natur lese, der kleine Tiere und Blümchen besingt. Nichts-destoweniger fiel mir nun weder mein geliebter H. noch mein geliebter R. ein, sondern Nikolaus Lenau:

Winter kam hereingeschlichen
In mein Herz, die Tränen starben,
Und schneeweiß sind mir erblichen
Alle grünen Hoffnungsfarben.

Wie gut hast du's doch, dachte ich, während ich auf meine heulende Schwester blickte, du siehst die Welt durch dei-nen grünen Tränenschleier und zerlegst sie nicht mit dem unberührten, schneeweißen Verstand. Ein bisschen Selbst-mitleid lag in dem Gedanken, von der allerbehaglichsten Sorte.

Meine Schwester wischte sich die Tränen am Ärmel ihres Mantels ab: ein kleiner mutiger Soldat. Hier war der kleine mutige Soldat Schwester, nicht nur durch Familienbande mit mir vereint, sondern durch das Schweigen, in das mein Vater uns getaucht hatte, ein Schweigen, so anziehend und bedro-hend wie ein schwarzes, ruhiges Meer. Ich setzte mich neben sie. »Na«, sagte ich, »was hast du alte Heulsuse ihm wieder gesagt? Wie schrecklich das alles war.«

»Drecksau«, sagte meine Schwester, dann fragte sie mich, ob ich ein Taschentuch und eine Zigarette hätte. Ich gab ihr ein Taschentuch, sie schnäuzte sich, dann zündete ich uns zwei Zigaretten an. Wir pafften, und meine Mutter, die während der ganzen Szene mit dem Portier gesprochen hatte, kam hinzu und erklärte uns, dass sie nicht ins Orsay gehen würde, Gauguin und Van Gogh kenne man schon, auch nicht ins Pompidou, viel zu groß und unübersichtlich, sondern in das Kaufhaus Galéries Lafayette. Meine Mutter ein jüdischer Witz: Welche Galerie liebt die JAP (jewish american princess)? Na, die Galéries Lafayette.

Danach standen wir alle auf der Straße und berieten uns. Wir fanden kein gemeinsames Ausflugsziel und beschlossen, uns zu trennen. Ich dachte, in den Augen der anderen sind wir eine nette kleine Familie. Warum auch nicht? In den Augen der anderen ist man immer etwas. Für den Portier im Hotel sind wir das Trinkgeld, mit dem meine Mutter um sich schmeißt, für die Rezeption sind wir zwei Doppelzimmer, für den Kellner ein Milchkaffee vor dem Frühstück, ein Milchkaffee nach dem Frühstück, ein Milchkaffee während des Frühstücks und ein Kaffee schwarz. Und für den afrikanischen Taxifahrer, der mit dem regungslosen Gesicht eines bronzenen Buddhas auf meine zankenden Eltern schaute, die sich nicht entscheiden konnten, ob mein Vater zuerst meine Mutter absetzen sollte oder umgekehrt, einfach nur Touristen. Oder waren sie für ihn eine weitere Variante von nervendem Hellbeige? Aber warum sollte eine hauchdünne Haut den Menschen bestimmen? Ja, warum sollte man sich überhaupt irgendein Siegel aufdrücken lassen? In Wahrheit sind Herkunft, Religion, Nationalität nichts. Ein Deckmantel allenfalls, den man sich überstreift oder mit leichtem Druck hat aufzwingen lassen, so wie eine besorgte Mutter einem an der Tür noch schnell einen Schal andreht. In Wahrheit sind die meisten ihrer unmittelbaren Umgebung und Erziehung derart ausgeliefert, dass sie nichts als Herkunft, Religion und Nationalität sind, Sinnentäuschung und Betrug, in denen sie hausen wie in einem dunklen stinkenden Verlies. Leidenschaftslos muss man sich daher auf das Menschliche reduzieren: ein Skelett aus zweihundertzehn Knochen mit zweiundzwanzig Liter Muskulatur, drei Komma acht Liter Fettgewebe und vier Komma fünf Liter Blut, das durch ein dreihundert Gramm schweres Herz pumpt. Die »großen Gedanken«, was sind die denn angesichts dieser komplexen Form, die sich aus sechsundsechzig Prozent Wasser, eins Komma zwei Prozent Kohlenhydrate, zehn Komma fünf Prozent Fett, sechzehn Komma acht Prozent Eiweißstoffe und fünf Komma fünf Prozent Asche zusammensetzt? Das ist noch nicht alles, man müsste auch noch die täglichen menschlichen Absonderungen hinzufügen: fünfhundert Gramm Speichel, neunhundert Gramm Schweiß, tausendfünfhundert Gramm Magensaft, fünfhundert Gramm Galle, tausendfünfhundert ccm Harn und zweihundert Gramm Kot. Qu'on laisse faire la nature …

Hätte ich dem Taxifahrer sagen sollen: He, für dich sind sie sehr wahrscheinlich nichts anderes als weiße imperialistische Schweine, die dein Volk ausgebeutet haben und die du gleich trotzdem in die Galéries Lafayette kutschieren wirst und in die Bibliothek Medem, aber ihr habt die gleiche Körpertemperatur, in der Achselhöhle siebenunddreißig Grad und im Mastdarm siebenunddreißig Komma zwei. Was schert es uns, was ihr alles erlebt und erlitten habt und noch werdet erleiden müssen und welche Ungerechtigkeiten ihr habt ertragen müssen und verübt habt, und dass Freude und Traurigkeit euch erfüllt und Rührung euch überkam, was interessieren uns eure Bestürzung, Scheu und Zweifel und all die sanften Lüftchen der Seele angesichts dieser einen Tatsache: siebenunddreißig Komma zwei im Mastdarm, hätte ich mit salbungsvoller Stimme erwidern können, und siebenunddreißig in den Achselhöhlen. Es war ein niederschmetterndes Argument. Ich war ganz beflügelt davon. Welche Perspektiven eröffneten sich mir! Ich war berauscht von Kot und Pisse und Schweiß und Speichel. Warum auch nicht? Kot und Pisse und Schweiß und Speichel waren mein bester Einfall seit Wochen. Ja, wollen wir den Menschen nicht nach seinem Besitz, seiner Produktionskapazität, seiner Geschäftstüchtigkeit beurteilen, sondern nach seinen Ausscheidungen. Ich blickte zufrieden um mich, während meine Mutter mir aus dem mittlerweile langsam anfahrenden Taxi zuwinkte. Überall Schwitzende, Pissende, Scheißende, die ihren Besorgungen nacheilten. Überall Schwitzendes, Pissendes, Scheißendes, gehend, stehend, die Straße überquerend, übergewichtig, klein, groß, zu zweit, zu dritt, lachend, sich anstoßend, schweigsam …

Und plötzlich trat die Sonne aus einer Wolkenmasse heraus, als hätte eine Hand den Schalter angeknipst, um das städtische Bild, das zuvor im Halbdunkeln gehangen hatte, eher in fahler Beleuchtung, ins volle Licht zu rücken, und ich bewunderte es in seiner strahlenden, herausfordernden Pracht. Einen Augenblick lang war völlige Stille, jedenfalls kam es mir so vor. Und die Mauern, Dächer, Fenster, Schilder und Autos blühten in der Lichtfülle auf wie eigenartig geometrisches Gewächs. Ich blickte hoch und sah einen Fetzen Blau, an dem schon ein schmutzigweißes Ungeheuer zu knabbern begann. Nicht gierig, eher wie ein Kind, das bedächtig an einem azurnen Eis schleckt. Und Schleck für Schleck verschlang den Himmel der Wolkenmund. Zuletzt war der Himmel ein kleiner nichtssagender Tintenfleck, der von einem grauen Löschblatt aufgesaugt wurde. Aber man ahnte noch hinter dem Wolken-gestrüpp seine schwindelerregende Weite.

2

Mein Vater konnte über seine Vergangenheit nicht reden, der zweite Knoten heißt daher Bücherregal. Er ist kein schmerzlicher, sondern ein wunderbarer, üppiger Knoten, und während ich ihn langsam und bedächtig löse, klopft mir das Herz bis zum Hals. Die Bibliotheken der Reichen und Gebildeten gehorchen den Gesetzen des Geschmacks. Die Bibliotheken der Armen sind nur mit Lebensnotwendigem gefüllt. So war es auch bei uns. Mein Vater hat die Schule nicht abschließen können. Er kam mit fünfzehn ins KZ. Was er sich nach dem Krieg an Büchern zusammengekauft hat, während er sich eine materielle Existenz aufbaute, war ihm Schule, Vater, Rat, Erziehung und Trost zugleich. Die Bibliothek meines Vaters, ja, man muss von Bibliothek reden, denn die Bücher nahmen in meiner frühen Kindheit eine Wand ein und später, als wir umzogen, wurde ihnen, zum Entsetzen unserer jugoslawischen Putzfrau, ein ganzes Zimmer überlassen, war nicht adrett und distinguiert, sondern ein unverschämter, in seiner Stillosigkeit geradezu stilvoller Haufen Wunderlichkeiten. Mein Vater hatte einen ganz persönlichen Sinn für das Passende. Vielleicht hat er sich auch nie darum geschert, was passte und was nicht, sondern immer nur gierig gelesen, was ihm unter die Finger kam und was er gerade benötigte. So stand neben dem »Lexikon des Kaufmanns« Kafkas »Schloss« und neben »Wir schneidern und nähen« von Emmi Schrupp und Christel Tusch Dostojewskis »Spieler«.

Ich habe mich immer gefragt, was Mademoiselle Blanches Mutter, diejenige, die sich von allen »Madame la Comtesse« nennen ließ, wohl gedacht hätte, wenn sie gewusst hätte, dass sie sich das Regal mit Fräulein Schrupp-Tusch teilte? Hätte sie verächtlich mit den Schultern gezuckt, sie, die selbst den genialen Alexej Iwanowitsch einen unbedeutenden Wicht von Hauslehrer nannte? Oder hätte sie keine Erregung gezeigt, weil es höchst aristokratisch ist, Gesindel nicht zu bemerken? Oder hätte sie, weil das umgekehrte Verhalten, nämlich Gesindel zu bemerken, manchmal nicht weniger aristokratisch ist, Emmi Schrupp und Christel Tusch gemustert, dies aber so getan, als nähme sie sie als eigentümliche Zerstreuung, gleichsam als Darbietung zum Gentlemansvergnügen? Sicherlich hätte Alexej Iwanowitsch, dem immer daran gelegen war, die beiden aufzuziehen, gesagt: »Es ist noch gar nicht heraus, was hässlicher ist: das russische wüste Wesen oder die deutsche Fähigkeit, mit ehrlicher Arbeit Geld anzuhäufen.«

Und sicherlich hätte der General ausgerufen: »Was für ein wüster Gedanke!«

Wild ging es bei uns zu. Wenn auch nur thematisch. Geputzt und aufgeräumt wurde täglich. Aus Ordnungsliebe wurden die Bücher nach Größe und Farbe hübsch arrangiert. Sehr zur Verzweiflung meines Vaters, der für solche Bagatellen wie geometrische oder farbliche Harmonien nicht zu erwärmen war. Oft hörte ich ihn meckern. Half aber nichts. Die Putzfrau tat verbissen und herzlos ihre Pflicht. So hat er sich wohl notgedrungen mit der Idee versöhnen müssen, dass er auch in Bezug auf die Bücher nicht immer fand, was er suchte. (Oder aber er fand, was er nicht suchte, und gab sich zufrieden.) Wie dem auch es sei, das steht fest: Die Bibliothek meines Vaters war eine Kreuzfahrt durch den guten und den schlechten Geschmack. Kein müßiges Umherschlendern, sondern Tumult. Und gerade weil plumper Schund sie umgaben, leuchteten die Schätze der abendländischen Kultur umso prächtiger. Nirgends wieder habe ich Bücher so funkeln sehen wie in seiner Bibliothek. Mein Vater hat nie mit gezierter Unterwürfigkeit dem guten Geschmack gehuldigt, denn er wusste: Nichts ist geschmackloser als der gute Geschmack, im wahrsten Sinne des Wortes geschmacklos, weil ohne die saftige Würze des Banalen.

Mein Vater hat nie bemerkt, dass in seiner Bibliothek ein Spitzel hauste, und zwar von zwei bis fünf Uhr nachmittags unter seinem Arbeitstisch. Montags, dienstags, donnerstags, freitags hockte der Spitzel unterm Tisch. Mittwochs ging er in die Tanzschule und lernte erste, zweite, dritte, vierte und fünfte Position und prägte sich solide, anständig, aber ohne einen Funken Anmut das *Dégagé à la quatrième devant* und das *Dégagé à la quatrième derrière* ein. Ich hatte zwar ein rosa Tutu und einen schlanken Körper, aber von Grazie keine Spur. Für grazile Mädchensauereien hatte ich nichts übrig, es war mir zu schad um die Zeit. Dennoch fehlte ich aus Pflichtbewusstsein am Mittwoch nie und schüttelte über mich selbst den Kopf, wenn ich mich zufällig im Spiegel erblickte: Mit Leidensmiene trippelte und hüpfte ich. Manchmal im Takt, manchmal den anderen um einige Takte voraus. Wollen wir es an die große Glocke hängen: Meine Tanzbemühungen waren eine wüste Beschimpfung der Kunst. Die Mutter wusste es. Das Kind ebenfalls. Die Ballettlehrerin ganz bestimmt. Alle Versuche in dieser Richtung sollten zeitlebens erbarmungslos scheitern.

Die Bücher, die mich am meisten interessierten, waren die, an die ich nicht gelangen konnte. Sie standen im obersten Regal. Obwohl kein Verbotsschild vor ihnen angebracht war, spürte ich doch, dass mein Vater über dieses unerreichbare Regal den Bann verhängt hatte. Vielleicht war es ja nur kindliche Neugierde, die mich verstohlen und gespannt auf die obere Bücherreihe lugen ließ. Oder aber ich gehorchte dem Gebot, welches besagt, dass dort, wo unüberwindbare Schwierigkeiten anzutreffen sind, auch große Lust zu finden ist.

Die Bücher waren bergan, stromauf, himmelhoch, ein Aufwärtshaken: Wie es euch gefällt. Wir Kinder hätten uns nur mit Hilfe eines Stuhls und auf den Zehenspitzen stehend zu ihnen hinaufkämpfen können. Ich weiß auch nicht warum, obwohl ich sie lesen wollte, hab ich mich lange Zeit nicht getraut, einen jener hohen Mahagonistühle aus dem Esszimmer zu holen. Keiner hätte es bemerkt, dennoch wagte ich es nicht.

Oft schaute ich von meinem Platz unterm Schreibtisch zu diesen Büchern empor, dann durch die geöffneten Türflügel des Esszimmers auf einen der läppischen Stühle, die mein Sesam-öffne-dich zu einer, wie mir schien, wonnevollen, unerhörten Zukunft waren. Das ging einige Monate gut. Dann hielt ich es nicht mehr aus. An einem Samstag... Ich habe den Samstag noch gut im Kopf. Oder aber einen anderen Samstag, der ihm gleicht. Alle Samstage hatten müßige, dürre Träume und Uhrzeiger, die vor Langeweile nur langsam vorankrochen. Manchmal hatten Samstage auch den fettigen, zwiebligen Geruch von Frikadellen, für die meine Mutter, in einem plötzlichen Anflug von Hausfraulichkeit, beschlossen hatte, ihre roten Fingernägel zu opfern.

Ich schob den Bürosessel meines Vaters heran, das alte, kränkliche, schwere Ding aus Leder und Eichenholz. Einen

Augenblick Zögern, dann sprang ich leichtfüßig hinauf. Mein Herz fing an zu hämmern. Die heiß ersehnten Lieblinge waren nur einige Zentimeter von mir entfernt. Ich spürte die Hitze ihres Inhalts. Sie drang durch die Umschläge aus Karton. Ich hörte die Bücher atmen. Sie atmeten unregelmäßig und schnell. Beharrlich krochen meine Finger auf sie zu. Ich berührte ein Buch, zog es aus dem Regal und ... zu spät! »Gila.« Ich wurde gerufen, schreckte auf, stellte hastig alles an seinen Platz. »Gila«, hörte ich erneut, und ich trottete missmutig der Stimme entgegen, während Bücher, Stühle, Teppich, Schreibtisch, einfach alles mich verspottete.

Im Kinderzimmer wartete man schon auf mich. Ich wurde wie üblich als Publikum benötigt. Das Schauspiel hieß »Bestrafung der Schwester«. Meine Schwester stand an der Tür, doch es gab kein Entweichen. Staatsanwalt und Richter, verkörpert von einem Kindermädchen in Schottenrock, versperrten den Weg. Ich wechselte mit der Angeklagten heimlich Blicke. Einen Blick – mach dir nichts draus. Einen Blick – warum hilfst du mir nicht. Einen Blick – ist doch bald vorbei. Einen Blick – feiges Aas. Einen Blick – fang ja nicht wieder an zu heulen.

Das Kindermädchen machte eine Szene. Zwar nicht so groß wie die Szenen der Mutter, aber groß genug, um sie machtvoll erscheinen zu lassen. Sie wuchs mit jedem Wort. »Hier«, sagte sie »und hier und hier. Hier haben wir es wieder einmal. Und was hast du zu deiner Verteidigung zu sagen?«

Sie legte alle Beweisstücke, die ihr Besen unter dem Bett hervorgefegt hatte, auf den Tisch. Meine Schwester sagte nichts, blickte nur auf die Papierknäulchen in allen Schattierungen und Farben: Rosa, wie das Fleisch eines Lachses,

sämiges Braun, Altweiberviolett und ein ganz zartes Kücken-
gelb. Wie traurig sie dreinschaute – ein Häufchen Elend. Aber
dann, als hätte sich das Rad ihrer Gefühle gedreht, huschte ein
kleines, trotziges Lächeln über ihr Gesicht. Meine Schwester
wandte den Kopf ab und lächelte, dann schaute sie wieder
schuldbewusst auf den Boden.

»Wie oft hab ich dir schon gesagt, dass du zwischen den
Mahlzeiten nicht naschen darfst?« Meine Schwester zuckte
mit den Achseln. »Verstehst du denn nicht, dass wir nur dein
Bestes wollen? Glaubst du, das macht uns Spaß?«

Ich sah schon eine Träne am Unterlid. Noch wagte sie sich
nicht hervor. Aber gleich … nach einem weiteren Wort …
einem jener harmlosen Wörter, die verletzen: zu dick, Pum-
mel … würden sich die Tränen den Weg zu ihren vollen Backen
ertrotzen, um sie zu erleichtern und zu besänftigen. Und sie
würde behaglich in ihrer Trauer verweilen, es war ein an-
genehmes, ein gutes Gefühl, ein Gefühl, das sie für den eben
gerade erhaltenen Nasenstüber und die Demütigung entschä-
digen würde, und sie würde zehn, fünfzehn, zwanzig Minuten
da sitzen und weinen und sich von dem gewohnten Klang ihres
unterdrückten Schluchzens einlullen lassen und eine geheime
Genugtuung und Mattigkeit dabei empfinden.

Das Kindermädchen redete und redete. Und wir standen
in der zähen Luft und warteten, bis der Vortrag zu Ende war
und diese dünne, pedantische Gestalt, die uns aus kurzsichtigen Augen strafend anblickte, abzischte. Endlich war sie weg.
Meine Schwester ging zum Bett, hob das Kopfkissen hoch und
zog eine Praline hervor, wickelte sie aus, zerknüllte das Papier
und stopfte sich ein weiteres Verbrechen in den Mund. Und
während sie genüsslich lutschte, kullerten ihr auch schon die
ersten Tränen übers Gesicht.

Eigentlich war es so: Immer war sie Täter, der, wenn er in Tränen ausbrach, was sie, sobald man sie ausschimpfte, reflexartig tat, sofort Opfer wurde. Vom Täter zum Opfer, dazwischen gab es nichts. Dazwischen lag die Kindheit. Aber gerade diese von der Rolle losgelöste Zwischenzeit, in der meine Schwester spielte, träumte und das winzig Großartige vollbrachte, zu dem nur Kinder fähig sind, interessierte die Erwachsenen nicht. Sie blieb unbeachtet, unberührt, eine Nichtigkeit, an der sie sich festhalten konnte, eine Bagatelle, in der sie auflebte.

Ich versuchte es erneut an einem Nachmittag, kurz bevor es dunkel wird und die Konturen der Dinge zerfließen. Diesmal war ich fest entschlossen, nichts zwischen mich und die Verlockung zu lassen. Im Flur war meine Mutter bei ihrem dritten zwitschernden Telefongespräch. Ich hörte ihre fröhlichen Vogellaute und kletterte auf den Stuhl. Hoppla! Schon war ich oben. Hoppla! Schon huschten meine Finger über die Reihen. Ich berührte einige dicke Wälzer. Spürte ich etwas? Ich fühlte, wie sich ein Schutzumschlag ganz besonders sträubte. »Lass das!«, sagte das Biest von Buch, gerade darum nahm ich es in meine heiße kleine Pfote. Ein Buch mit einem dummen Titel: »Wendekreis des Krebses«. Was hatte das zu bedeuten? Ich streichelte und drückte das Buch, dann öffnete ich es mit einem Ruck. Ich stand auf dem Stuhl und las:

»Ich wohne in der Villa Borghese. Hier ist nirgendwo eine Spur von Schmutz; kein Stuhl, der nicht an seinem Platz steht.«

Ich dachte, das stimmt: Der Stuhl steht da, wo er hingehört, und ich steh auf dem Stuhl und nirgendwo eine Spur von Schmutz. Ich blätterte um: »Wann immer ich das Wort Seele von seinen Lippen hörte, wurde ich …« Und blätterte um:

43

»Wer will schon eine zartfühlende Hure?« Ah, das war schon
was! »Claude bat einen sogar wegzuschauen, wenn sie überm
Bidet hockte. Ein Mann, wenn er in Leidenschaft entbrannt
ist, will Dinge sehen. Er will alles sehen, sogar wie sie Wasser
lassen.« Jawohl, dachte ich, ein Kind ebenfalls, und las weiter.
»Und wenn es auch sehr gut und sehr schön ist, zu wissen,
dass eine Frau ein denkendes Wesen ist, so ist doch Literatur …«, warum faselte er über Literatur, während die arme
Frau mit gespreizten Beinen überm Bidet hockt? Sie wird sich
noch einen Krampf holen, weil er ein denkendes Wesen ist.

»… so ist doch Literatur, die von dem kalten Leichnam
einer Hure kommt, das letzte, was man im Bett serviert bekommen möchte.« Wo war die Pisse? Und weshalb servierte
er mir nun diesen kalten Leichnamssatz, statt sich an die
Beschreibung des Wasserlassens zu machen? Ich wurde skep-
tisch, las dennoch weiter. »Germaine hatte die richtige Auf-
fassung.« Na endlich! »Sie war ungebildet und lüstern. Sie
widmete sich mit Leib und Seele ihrem Geschäft.« Bravo, Germaine! Nur zu. »Sie war durch und durch eine Hure.« Ich hielt
den Atem an. »Und das war ihre Tugend! «

Ah, der alte Sack, der Cognac, Aperitifs und Pernods in sich
hineinkippte. Wozu? Um Kraft und Mut zu sammeln? Nein,
lediglich um sich etwas aufzuwärmen. Dabei glühte es den
Huren zwischen den Beinen, aber das Feuer durchdrang ihn
nicht. Der elende Tugendwächter schaute einfach weg, wenn
er eine Frau bestieg, die für alle und jeden stöhnte. Sein Zart-
gefühl war verletzend. Ich klappte das Buch zu und dachte verächtlich: Wer will schon einen zartfühlenden Schriftsteller?
Ich jedenfalls nicht.

Ich hatte, in meine Lektüre versunken, Zeit und Ort vergessen. Nun erinnerten mich die Bücher daran, wo ich war:

»Schieb dein kleines Hinterteil beiseite«, sagte ein dicker Ratgeber, an dem ich mich abgestützt hatte.

»Es ist wirklich nicht zum Aushalten, dass ein Kind so schlechte Manieren hat«, wandte Bert Brecht ein.

»Und so aufdringlich ist«, sagte Olga aus »Drei Schwestern«.

»Wo sie doch weiß, dass sie unerwünscht ist«, sagte »Der Duden«, der maßgebend in allen Zweifelsfällen ist.

»Und mal ein Bad nehmen müsste«, fügte die bissige Olga hinzu. Da sie Lehrerin einer Mädchenschule war und wusste, wovon sie sprach, latschte ich gemächlich ins Badezimmer, wo ich von Seifenschaum, Haarshampoo und Kindermädchen erwartet wurde.

In der Nacht hatte ich einen eigenartigen Traum: Ich lag in meinem Kinderzimmer im Bett und wurde von einer Frau geweckt, die mich ganz sanft an der Schulter berührte.

»Komm«, flüsterte sie, gab mir die Hand, führte mich in unser weiß gekacheltes Bad und wies mir einen Stuhl zu, der dem Arbeitssessel meines Vaters glich. Ich setzte mich und versank im Polster, was mir, obwohl es nicht unangenehm war, Angst machte.

»Schau«, sagte die Frau und zog sich vor mir aus. Zuerst knöpfte sie ihre Bluse auf, dann machte sie sich am Reißverschluss ihres Schottenrockes zu schaffen, darunter war sie nackt.

Ich blickte ihr ungläubig ins Gesicht, dann auf das kleine Häufchen Kleidung, das auf den weißen Fliesen lag, dann wieder in ihr Gesicht.

»Aber das geht doch nicht«, sagte ich und dachte, während ich die Wörter aussprach, beruhige dich, es ist nur ein Traum.

»Los, schau tiefer«, sagte die Frau und fing an zu lachen. Ich war dem Weinen nah, wollte die Augen schließen, aber senkte stattdessen den Kopf und blickte angeekelt und seltsam erregt auf ihre flachen Brüste und auf zwei rote fleischige Brustwarzen und auf einen Bauch, der krumpelig schrumpelig lachte, und tiefer, immer tiefer, an Bauchnabel und Muttermal vorbei, auf ihr gekräuseltes Schamhaar und auf eine rosige faltige Blütenknospe und dann auf ihren kleinen dunklen Spalt.

Die Frau ging einige Schritte zurück und stellte sich breitbeinig vor mir auf, und ich sah, wie ein dünner stetiger Strahl dem kleinen Spalt entwich und sich eine goldene Pfütze vor ihren Füßen bildete. Einige Tropfen glitten an der sahneweißen Haut des Schenkels hinunter, andere verfingen sich im Schamhaar, wie durchsichtige Fliegen in einem schwarzen glitzernden Spinnennetz. Die Frau beendete ihr Geschäft und sagte: »So.« Das hatte mich kleines, hypnotisiertes Kaninchen geweckt, und ich erwachte in meinem warmen Urin.

Ich habe eben erfunden, gepinkelt habe ich damals nicht. Die Pisse ist hinzugedichtet, nicht etwa, weil mich Pisse interessiert, sondern weil ich einfach erfinden muss. Ein Grund ist wohl, dass ich mir den Leser vorstelle und sein ganz und gar gleichgültiges Gesicht, während ich mich langsam Satz für Satz vor ihm entblöße. Ich kann das nicht ertragen, und deshalb erfinde ich gewissenhaft. Die Frauen und Männer, die sich in Peepshows ausziehen, bieten sich auch verlogen an. Und so wie sie sich mit blödsinnigem Zubehör umgeben, umhülle ich mich mit meinem hinzugedichteten Kram. Die Lüge ist unser Trumpf im Ausziehspiel. Denn nackt träfe uns die Verachtung, die so mancher rechtschaffene Spanner uns entgegenbringt, wie ein direkter Faustschlag ins Gesicht, aber mit der Lüge bekleidet trifft uns nichts. Die Schaustellung bleibt in ihrer stilisierten Übertreibung immer nur ein Spiel. Die Autobiographie bleibt mit ihren stilisierten Lügen Literatur. Wisse darum, argloser Leser: Je aufreizender, desto keuscher; je hässlicher, desto schöner; je mutiger, desto feiger. Wer das wahre Gesicht hinter der Maske erblicken will, muss suchen. Denn nackt bin ich nie oder nur dann, wenn auch du es bist. Aber mich schützt das Wort, während du deiner Neugierde, deiner Missbilligung und deinem Mitleid wortlos ausgeliefert bist.

Henry Miller hab ich weder mit acht noch mit zehn gelesen, sondern sehr viel später. Ich habe die Pläne meines Vaters noch nie durchkreuzt. Zu den oberen Büchern habe ich daher Zentimeter um Zentimeter hinaufwachsen müssen. Eigentlich war die Bewegung eine doppelte. Ich wuchs, und die schmutzige Bücherreihe wuchs auch, und da schon bald ganz oben nicht mehr genügend Platz für sie war, rückte sie eine, dann zwei, dann drei Etagen tiefer. Wir trafen uns, als ich zwölf, dreizehn oder vierzehn war. Das ist kein gutes Alter für schmutzige Bücher. Wer weiß, vielleicht doch.

Ganz komisch erscheint mir heute, dass die wilden, ekelerregenden und gefährlichen Bücher nicht zu den dunklen, unteren Etagen verdonnert wurden, sondern sich oben ausbreiten durften, wo es hell und gemütlich war. Die Teufel und Dämonen wohnen in der Unterwelt. Der Unrat kommt in den Keller. Doch bei uns blieb der Schmuddel oben. So wurde also für meinen Vater, weil er keusche Kinder besaß, deren Augen und Geist er vor dem Dreck behüten wollte, der Bibliothekshimmel zum Abgrund.

Das erste Buch, das ich las, war ein zerfleddertes Taschenbuch. Der Umschlag war nichts sagend, dennoch zog es mich an. Es war ungefähr 500 Seiten lang. Das Papier war vergilbt. Später, sehr viel später, hab ich mir eine Erstausgabe des Romans zugelegt. Zwei grüne Bände, Olympia-Press.

Das Buch erzählt die Geschichte einer zynischen amerikanischen Göre, die Kaugummi bearbeitet und Eis in null Komma nichts vertilgt, und die Geschichte eines krankhaft empfindsamen Europäers, der Sodbrennen hat und einiges mehr.

Ich müsste jetzt über dieses Werk reden, denn es hatte einen starken Eindruck auf mich gemacht. Aber ich tue es nicht. Oh ja, der Roman war ein Palast, in dem ich mich monatelang staunend aufhielt. Dennoch soll nun nicht von diesem oder anderen Palästen die Rede sein, sondern von einer Spelunke. Es widert mich an, aber es muss sein. Denn obwohl so manches hinzugedichtet ist, verschweige ich nichts und gebe mich mit allem ab, auch mit dem miesesten Dreck. Die Spielregeln sind einfach, und ich werde sie einhalten: vor allen Dingen das schildern, was gern wortlos bleiben würde. Also ohne Glanz und ohne falsche Prüderie:

Ein Band mit Fotografien. Schwarzweißaufnahmen einiger Amateure. Das Kind blätterte, blieb an zwei Fotografien hängen. Wehrte sich nicht und blickte. Erschrak und blickte. Verstand nicht und blickte und erschrak.

Auf dem ersten Foto waren vordergründig vier Hinterköpfe von Schulkindern abgebildet. Vier kleine Schädel in Mausgrau, Steingrau, Schwarzgrau und Rauchgrau mit kurz getrimmtem Haar. Bei einem Schulkind mit ganz besonders abstehenden Ohren lagen rechts und links zwei weiße Miesmuscheln am nebelgrauen Hinterkopf. Das Foto endet beim weißen Kragen.

Bei einem, der sich etwas vorgebeugt hatte, war noch ein Zentimeter Anthrazitweste zu erhaschen. Die Kinder, es waren Jungen, schauten auf eine Tafel, auf der zwei Sätze geschrieben standen, die zwei schiefe Ausrufezeichen abschlossen, so als hätte ein plötzlicher Sturmwind sie fast zum Fallen gebracht.

Der Wahrscheinlichkeit nach schielte die Klasse, die von einem Laien als eine Reihe körperloser grauer Hinterköpfe mit Kragen verewigt worden war, auf einen der drei Jungs, die sich vor der Tafel hatten aufstellen müssen. Der Wahrscheinlichkeit nach nicht gerade auf jenen, den man auf der linken Ecke des Fotos als halbiertes Profil erkennen konnte, mit einem langen Stock in der Hand, das auf das Wort »Hütet« deutete.

Vielmehr blickten sie eifrig, gehässig, beschämt, verstohlen, das soll ganz der Vorstellung des Lesers überlassen bleiben, auf die zwei Jungs, die mit gesenktem Kopf in der rechten Ecke des Fotos standen. Sie besaßen als einzige Körper: gesenkter Kopf, gebeugte Schultern, vor dem Hosenlatz verknotete Finger und eine vollständig abgelichtete Weste mit einem weißen Davidstern drauf. Und während ich sie fixierte, nur sie, keinen anderen, hörte ich, wie die Klasse im Takt laut vorgrölte, was der dünne Zeigestock Wort für Wort befahl:

Der. Jude. Ist. Unser. Größter. Feind

Hütet. Euch. Vor. Dem. Juden

Ich hatte das wahre Obszöne, die Essenz des Obszönen, das alltägliche, haltlose, willkürliche Obszöne in der Hand. Denn die Bestrafung war kein lästiges, notwendiges Geschäft, sondern Augenweide und Lust. Und sie glotzte mich an und beschmutzte mich, diese widerliche Lust, die der mickrige, scheinheilige Knipser empfunden haben musste bei der Darstellung von kindlichem Leid. Oh ja, ich hab es wohl spüren müssen, dass der Fotograf kein Tugendwächter war, der wegschaute, wenn er sich eines Kinderkörpers bemächtigte. Er wollte sehen. Und tatsächlich, hier waren sie, die zum Spektakel dargebotenen Jungs in ihrer menschlichen Not. Wieso stand dieses Buch neben Henry Miller? Nichts, aber auch nichts hatte es mit dem zartfühlenden Pornographen gemein, der seine Huren liebt und mit Worten schützt. Von der Kunst des erotischen Verhüllens hatte der Knipser noch nie etwas gehört. Und selbst wenn er davon gewusst hätte, so ging es ihm doch allein darum, Erniedrigung sauber und nüchtern festzuhalten.

Das zweite Foto hatte ebenfalls einen alltäglichen Hintergrund – die Straße. Und wieder ging es um das Ritual der Strafe und um Sexualität. Und wieder wurde ein Pranger errichtet, um die Schüchternen, Verklemmten, Verkrüppelten, die schäbigen Seelen aufzuheizen. Fünf Männer in Uniform mit Hakenkreuz auf der Armbinde umzingelten eine Frau. Die Männer hatten die Hände hinter dem Rücken gekreuzt und blickten grimmig, nur einer lächelte ins Objektiv hinein. Die Frau war jung, so um die zwanzig, und trug ein helles Kleid und einen kleinen Hut schräg ins Gesicht gerückt. Um ihren Hals hing ein Schild, das Brust und Unterleib verdeckte. Darauf stand: »Ich bin am Ort das größte Schwein und lass mich nur mit Juden ein.«

Es war ein Schauspiel, und es war für die Masse inszeniert. Das Volk besteht auf seinem Recht, sich am Strafvollzug und am Opfer weiden zu können.

Fünf Flittchen mit Hakenkreuzzierat und Firlefanz, kokett wie Flittchen in greller enger Kleidung, neben einer jungen Frau. Und während diese Arschlecker und Kriecher sich in männliche Pose stellten, Pose der gefallsüchtigen und dünkelhaften Macht, hatte die Frau sie ohne Hakenkreuz und Rune

und Totenkopf bezwungen. Wusste sie es? Sie, die da ausgeschlossen in ihrer Mitte stand? Wusste die Frau, dass die
Gaffer und SS-Männer sie brauchten? Dass sie sich nur Lust
verschaffen konnten, indem sie sich vorstellten, wie sie es
mit einem Juden trieb? Je stärker sie zeterten, desto sicherer
konnte man sein, dass sie diese verbotene Liebe genossen.
Nicht wie einfache Spanner, die nur zusehen wollten, sondern
wie solche, die auch einen Teil dieser Liebe besitzen mussten.
Sie wollten nicht nur Zuschauer, sondern selbst Verbrecher
sein. So schlichen sie sich, indem sie sie brandmarkten, in
diese Liebe hinein. Und die, die sich am lautesten entrüste-
ten, tobten nur die eigene Geilheit aus. Beim Anprangern der
Lust haben die Deutschen einen merkwürdigen Eifer entfal-
tet, und er verrät, dass in Deutschland das Vergnügen durch
das Verbot, den Verstoß und die öffentliche Bestrafung ge-
steigert wird. Durch Verbot und Bestrafung, die nichts anderes als Besitzergreifung fremder Lust und Sinnlichkeit sind.

Zur gleichen Zeit las ich einen Augenzeugenbericht des
Abtransports (was für ein Wort) der Juden aus Riga. Was bedeutete dem Kind dieser Bericht? Nichts. Das Kind blieb un-
bewegt. Mit einer bis zum Blödsinn gesteigerten Gleichgültigkeit ließ es sich seinen Kinderalltag nicht nehmen. So viel war
sicher: Das Kind hatte von nun an mit der oberen Bücherreihe
nichts mehr am Hut. Und den Bericht, den es gelesen hatte,
unbefugt, ganz unbefugt, und der nun nach seiner gerechten
Kinderruhe griff, hatte es mit einem Kinkerlitzchen Pipi ab-
gespeist. Das Kind machte eine Zeitlang Pipi ins Bett, mehr
war da nicht zu holen. Wachte auf mit stinkendem, feuchtem
Schlafanzug, wusste sich keinen Rat, zog den Schlafanzug aus,
wischte sich damit zwischen den Beinen herum, ging leise
zum Stuhl, auf dem Rock, Hemd, Unterhose und Socken für

den nächsten Tag ausgebreitet lagen, zog Unterhose und Hemd an und huschte als halbnacktes Schulkind verkleidet ins Schwesterbett.

Wachte auf mit Kinderangst und sah die Welt zwischen zugezogenen Gardinen mit Kinderaugen: der Schrank – ein Riese, der Stuhl – ein gebückter Mann, der Tisch – ein Krokodil. Ein Krokodil mit langen Beinen? Ja, ein Krokodil mit langen Beinen, darum umso schrecklicher.

Ein dunkler Fleck auf der Matratze. Ein Kindermädchen, das den säuerlich riechenden Schandfleck mit Lauge und Schwamm bearbeitete, fluchend und schimpfend daran herumrieb, so als hätte das Kind Pipi allein zu diesem Zweck gemacht: zur Ausbeutung der arbeitenden Klassen. Und ein paar Krokodile, Männer, Riesen, viel mehr bewirkte dieser Bericht nicht.

»Die Juden des betreffenden Lagers mussten lange Gräben als Massengräber ausheben, sich dann völlig entkleiden, ihre abgelegten Sachen in bestimmte Haufen sortieren und sich dann nackend auf den Boden des Massengrabes legen. Dann wurden sie von SS-Leuten mit Maschinenpistolen umgebracht. Die nächste Gruppe der zum Tode Verdammten musste sich dann auf die bereits Hingerichteten legen und wurde in derselben Weise erschossen. Dies Verfahren wurde fortgesetzt, bis das Grab gefüllt war.«

Sehr wahrscheinlich hätte ich mit jemandem darüber reden sollen. Aber ich fürchtete mich. Ganz bestimmt fehlten mir die Worte. So hockte die Angst meine Kindheit ab. Nur darum, glaube ich, habe ich es mir und den anderen mehr als einmal bewiesen, was für ein kleiner Draufgänger ich doch war. Im

Hallenbad vor glotzenden, hochgereckten Köpfen bibbernd auf dem Sprungbrett stehend, war ich kein ängstliches Kind und sprang. Und hörte ich einen gut gemeinten Witz auf meine Kosten, war ich sofort zum Faustkampf aufgelegt. Schon hielt ich einem Freund die Pfote unter die Nase. Schon lag ich auf dem Rücken, ein knorpeliges Knie im Mund.

Vor allen Dingen nachts. Nachts in die filzige Dunkelheit geklebt, wurde ich ganz besonders groß: ein Held. Und konnte alles. Und war glücklich. Und hatte eine animalische Würde. Und schlief ein.

Und dennoch, trotz all der Versuche zu vergessen, kehrte eine Frage zurück, wurde verscheucht, war einige Jahre wie Luft, ließ sich nicht abwimmeln, tauchte immer wieder auf. Oh ja, ich konnte mir vorstellen zu morden. Wenn man mich mit Hass gemästet hätte, mit Kampfgeist, Zielbewusstsein, Marschdisziplin … aber sich auszuziehen, um sich auf eine Leiche zu legen … Was ist das für einer? fragte ich mich und dann: Wie lange hättest du wohl Angstfraß löffeln müssen bis … Und dann: Könnte man auch dich langsam und systematisch brechen, bis du als Mensch erledigt bist?

Was ist das für einer, fragte ich mich und weiß es heute, das ist einer, der nichts mehr ist, kein Opfer, kein Feind, kein Jude, eben nichts mehr ist außer Symbol fremder Macht.

Dem Menschen im Sterben die Menschlichkeit zu nehmen, das ist der schrecklichste und höchste Triumph der Macht. Oh nein, ich will damit gar nicht sagen, dass Juden in die Opferrolle hineingeboren werden und Grausamkeit eine spezifisch deutsche Eigenschaft ist. So ging es in Deutschland zu und wird es überall da zugehen, wo Gewalt zum Ritual der eigenen Herrlichkeit wird. So ging es in Deutschland zu und kann es auch heute noch überall zugehen, wenn man sich seine Größe bescheinigen muss und zur Bescheinigung der eigenen Größe erniedrigende, zerstörerische Macht über andere braucht. Denn Macht ist ein unersättliches Tier. Es fordert fortwährend neue Beute. Woher ich das weiß?

Aus Büchern. Alles weiß ich aus Büchern. Und das Leben ist an den Haaren herbeigezerrt. Nicht ganz so, aber fast so. Die Bücher lagern sich ab. Schicht für Schicht Erzählungen, Berichte, Märchen. Kleine und große Wunder. Alles bleibt im Kopf. Und das Leben drängelt sich durch. Die Bücher hab ich gekaut und geschluckt, und ihre Bilder und ihr Geschmack und ihre Musik durchtränkten meinen Alltag.

Auch den Leidensweg meines Vaters habe ich in einem Buch nachgelesen. Mein Vater hatte einem Journalisten die letzten Kriegstage geschildert. Ich habe diese Schilderung in Paris, vor einem Regal stehend, in einer deutschen Buchhandlung entdeckt, während sich mein Sohn Bilderbücher von Janosch anschaute. Mein Sohn war damals vier, und ich war zweiunddreißig. Es war ein stinknormaler regnerischer Mittwoch. Einer jener kalten Tage, an denen der Asphalt schwarz glänzt und die Menschen als huschende Mäntel hinter einem grauen Regenvorhang verschwinden. Ich habe damals ganz zufällig zum Buch gegriffen, denn es interessierte mich a priori nicht, was prominente Zeitgenossen zum Thema 8. Mai 1945 zu sagen haben, dachte ich jedenfalls, ich hatte vergessen, dass auch Prominenz einmal Hinz und Kunz gewesen war.

Ich las … Nein, nicht so schnell. Zuerst hielt ich das Buch in den Händen und blätterte unbeteiligt. Dann stieß ich auf den Namen meines Vaters. Arno Lustiger sprang mir aufgeregt und staunend ins Auge, löste sich von den restlichen Namen ab, flog auf mich zu, schnippte herrisch mit den Fingern. Arno

Lustiger, das war ein Appell, und alles andere verstummte und schmolz dahin, und ich stand da wie ein armseliger Köter, dem man das Fell über die Ohren gezogen hatte, und traute mich nicht. Ich machte, was ich immer mache, wenn ich ängstlich werde: Ich wurde zornig.

Na, sieh mal einer an, dachte ich, der Alte hat wieder eine Rede gehalten. Ich dachte erbost, das ist ein öffentlicher Vortrag, zu dem ich nicht eingeladen worden bin, denn mein Vater hatte mir weder das Buch geschickt noch davon erzählt. Na, sieh mal einer an, dachte ich und unterhielt mich mit meinem Sohn. Über dies und jenes. Ein paar Minuten lang. Doch während ich sprach und scheinbar auch zuhörte, denn mein Sohn merkte von alldem nichts, rumorte und zeterte das Scheusal inneres Stimmchen: Los, du feiges Aas! Du musst durch den Lebensbericht des Vaters gehen. Du wolltest es doch schon immer wissen. Nun kannst du es.

Ich schlug Seite vierundzwanzig auf und las, und während ich las, beruhigte ich mich. Und dann? Dann nichts! Ich las zum ersten Mal, was mein Vater mir während meiner Kindheit verschwiegen hatte. Und dann? Ist das denn nicht schon genug? Und dann? Und dann blickte ich auf und schaute mich um. Und dann? Und dann klappte ich das Buch zu. Und dann? Und dann wollte ich es ins Regal zurückstellen, behielt es aber in der Hand. Und dann? Und dann blickte ich auf meinen Sohn, der im Schneidersitz auf dem Boden saß. Und dann? Und dann drang Realität ein und zwar so: Alle kamen mir geistesgestört vor. Die zwei deutschen Studentinnen, die einen Langenscheidt suchten und auf ihrer Reise durchs Wörterbuchland über irgendeine Party redeten und über einen Pierre oder Paul, der eine Claire oder Claude im Gästeklo gevögelt hatte – gevögelt? Ja, das war das Wort, und man konnte sich weiß Gott nichts dabei vorstellen, weder Amsel, Drossel, Fink und Star noch ein kopulierendes Paar: verrückt. Die Buchhändlerin im hellen Rollpulli, die mit zwei Zeigefingern im Gesicht herumstocherte, mit sanftem Augenaufschlag, so als berühre sie ein kleines Hündchen und nicht eine Pustel, die da entzündet und fettrot auf dem Kinn hockte: verrückt. Die vier Fußgänger, die lachend mitten auf der Straße stehen geblieben waren. Vielleicht standen sie ja schon ewig da, eine glucksende, eine kollernde, eine lautlose und eine tränenfeuchte Schnauze auf Kommando fröhlich: verrückt. Sogar der Himmel, der sich müde und welk behauptete, schien verrückt geworden zu sein.

»Gila«, sagte mein Sohn, und augenblicklich versöhnte ich mich mit dieser lärmenden, gewöhnlichen und ahnungslosen Realität, die mich umgab. Ich schaute ihn ängstlich an.

»Ich will ein Eis«, sagte mein Sohn, und an der Art, wie er es sagte, nicht herrisch, nicht weinerlich, einfach als Aussagesatz dahergesprochen, verstand ich, dass argumentieren zwecklos war.

Wo zum Teufel kriegt man in einer deutschen Buchhandlung ein Eis her? Und außerdem, es regnete! Und außerdem war es schon sechs! So ein Eis vor dem Abendessen, hörte ich mich mit der nörgelnden Stimme meiner Mutter, meiner Großmutter, meiner Urgroßmutter denken, verdirbt den ganzen ausgeklügelten Abendbrotplan.

»Na gut«, sagte ich, »aber lass mich erst dieses Buch kaufen.«

Ich zahlte, dann machten wir uns durch eine hässliche Fußgängerzone auf den Weg. Wir betraten ein Bistro. Im warmen und feuchten Dunst saßen Werktätige und tranken vor dem Kino oder dem Nachhauseweg Wein, oder sie tranken einfach nur Wein ohne späteres Ziel. Ich bestellte, und wir warteten stumm. Als mein Sohn sich wacker durch drei Kugeln synthetischgrünes Pistazieneis durchzuschlingen begann, schlug ich das Buch wieder auf. Hier ist Platz für uns alle, dachte ich, auch für meinen Vater, dennoch las ich nicht sofort, blickte stattdessen auf einen Nachbartisch, eher auf den Nachbarn, der in einem Trainingsanzug vor einem Teller Speckigem saß: Speck in dunkelblauem Polyester vor Speck in brauner Soße. Dann fing ich an zu lesen. Alles wieder von vorn. Erster Satz: »Im Januar 1945 war ich Häftling Nr. A-5592 im KZ Blechhammer in Schlesien, einem Nebenlager von Auschwitz.«

Zweiter Satz. Dritter Satz. Vierter Satz. Fünfter Satz. Sechster Satz. Siebter Satz:

»Wer nicht arbeiten konnte, wurde ins Hauptlager Auschwitz gebracht und dort vergast, wie mein Vater, den ich um zwei Wochen verpasste, als ich im KZ Blechhammer eintraf.«

Ich merkte, ich fing an zu zittern, und bestellte eine halbe Flasche Wein. Ich soff langsam, aber stetig, während mein Sohn Eis und Pommes mit Ketchup aß, alles vermischt als grüner, roter, gelber Fraß, der Kinder glücklich macht. Ich las, und wieder wurde der Alltag ein schlechter Film.

Ein Mann greift in einen Teller Erdnüsse, klaubt ein Häufchen in seine Faust und stopft es sich, mit einer Brünetten flirtend, in den Mund. Abblende. Eine behaarte Männerhand drückt einen Zigarettenstummel in einem gelben Porzellanaschenbecher aus. Abblende.

Ein bärtiger Mann mustert mit abschätzendem Blick den roten Lederarsch einer Frau. Abblende.

Ein Mädchen berichtet mit dem Fanatismus des Neophyten von einem Fußballspiel. C'était gé-nial, su-per, extra-ordi-naire. Abblende.

Ein schwangerer Bauch in Männerhemd lässt sich von einem Mann mit Frauenhänden streicheln. Abblende.

Eigentlich sah ich es so. Jedes Mal, wenn ich schuldbewusst den Kopf hob, so als brauchte mein schleckender, lutschender, sabbernder, selbstvergessener Sohn gerade jetzt eine Mutter, sprang mir ein Fetzen Realität besonders grell und störend ins Auge. Gleißendes Licht war die Realität oder eher ganz gewöhnliches Abendlicht auf gleißende Worte. Nicht die Worte, sondern die Realität war flach und dünn und durchsichtig wie billiges Papier, und durch sie schimmerte der Lebensbericht meines Vaters. Ich hatte das Gefühl, in einer Inszenierung zu sitzen, und obwohl sich alle Mühe gaben, glaubwürdig zu sein, sah man doch Maske, Kostüm, Schminke, die trödelhafte Kulisse. Nichts war echt, und ich war Teil dieses riesigen großstädtischen Schauspiels, eher ein raffinierter Sammler von Trugbildern. Bildern, die ich in meinen Kopf stopfte, erfasste, registrierte wie früher meine Briefmarken oder Aufkleber. Mein Kopf ein Album oder Tummelplatz für Banalität. Und die hatte eine armselige, schmächtige Fresse.

In diesem Zustand der Verwirrung durchkreuzten sich Vergangenheit und Gegenwart, verhedderten sich zu einem Knoten, den zu lösen ich nicht imstande war. Ich schaute auf den Kellner, er atmete schwer durch eine klobige Nase und stellte Besteck, Papierservietten, Salz und Pfeffer und ein Bastkörbchen mit Baguette auf den Nachbartisch. Und während ich ihm zuhörte, wie er mit nasaler Stimme das Tagesgericht herunterleierte, tippte mir mein Vater auf die Schulter: »Schon in der zweiten Nacht wurde mir meine Brotration, die ich, in einem Beutel verpackt, als Kissen benutzte, gestohlen. Damit war ich eigentlich zum Tode verurteilt, denn das war meine einzige Verpflegung während des Marsches.« »Schmeckt es?«, fragte ich meinen Sohn.

Er hob nicht den Kopf, nickte nur. Und während er zwei gelbe Sommertage in eine rote Dämmerung tunkte, sah ich meinen Vater nach zwölftägigem Marsch über Kosel und Neiße das KZ Groß-Rosen erreichen und später das KZ Buchenwald und später das KZ Langenstein.

»Nach einer Woche als Häftling Nr. 124880 im berüchtigten Kleinen Lager wurde ich mit der Bahn ins KZ Langenstein im Harz verbracht. Später erfuhr ich, dass in diesem Lager die letzte Parole der SS praktiziert wurde, Verschrottung durch Arbeit.«

Nichts mehr davon! Kehre zurück ins Bistro. Der Kellner lachte mit einem Stammgast: »Elle est bien pressée, celle-là!«, sagte er, sich mit der Hand am Tisch abstützend. »Tenez, savez vous que …« Der Kellner beugte sich vor und flüsterte dem Stammgast etwas ins Ohr, und die Metallbrille des Stammgastes machte ein paar diskrete Gluckslaute vor Vergnügen.

Am Nebentisch saß ein junges Paar über eine Plastikspeisekarte gebeugt.

»Do you like hamburger sur le cheval?«, fragte die junge Frau und machte dabei ein trauriges, steinernes Gesicht, als hätte sie gerade einen theoretisch-philosophischen Standpunkt aufgeben müssen.

»What is a hamburger sur le cheval? Horsemeat?«

»No, it's a hamburger with … How do you say, oeuf sur les

plats?« Die Frau schnippte in die Finger, während der Stammgast resümierte:»Les hommes sont comme ça.«

»With an egg«, sagte die Frau stolz.

»What do you mean, with an egg?«, fragte ihr Freund.

»With an egg on the hamburger.«

»On top of it?«, fragte der Freund.

»C'est l'epoque«, sagte der Stammgast.

Der Kellner nickte, seufzte, dann machte er seinen Rückzug küchenwärts.

»Is it good, a hamburger with an egg?«, fragte der Freund.

»Einmal bekam ich Durchfall und war so schwach, dass ich
mit letzten Kräften den Stollen erreichte. Ich war sicher, dass
dies der letzte Tag meines Lebens war. Der zivile Meister meines Kommandos erkannte sofort die Lage und schloss mich,
ohne ein Wort zu sagen, in eine Werkzeugkiste ein, um mich
bei Arbeitsende herauszulassen. Dieser eine arbeitsfreie Tag
rettete mir das Leben.« Ich schaute hoch, beinahe überrascht,
das kleine zu einer Frage verzogene liebe Schnäuzchen zu
sehen. Die Augenbrauen zu zwei hellbraunen quer liegenden
Fragezeichen hochgezogen, die runden Augen darunter zwei
kleine schillernde Punkte.

»S'il te plaît! S'il te plaît! Können wir Flipper spielen?«

Mein Sohn deutete auf das Ungetüm, das in einer Ecke des
Bistros stand. Gemeinsam spielten wir Flipper und gewannen.
Und jedes Mal, wenn wir gewannen, gab das Ding klingelnde
Geräusche von sich. Klingelte, blinkte, zischte, während mein
Sohn in die Hände klatschte. Am Ende bekam mein Sohn eine
Cola gratis und saß auf der Theke. Stolz, mit Kennermiene er-
klärte er dem Wirt Taktik und Strategie. Wie man der prallen
Blonden im Bikini mit den aufrecht zum Himmel stehenden
Brüsten, die auf dem Flipper abgebildet war, ein verheißungs-

volles Klingeln abgewann. Ich blickte auf meinen Sohn und spürte, er hatte etwas Außerordentliches vollbracht. Nicht sein Sieg war das Besondere, sondern die Freude darüber. Plötzlich fielen mir viele Episoden meiner Kindheit ein. Zum Beispiel, wie ich einmal herrisch und mit lautem Gegacker darauf gepocht hatte, an einem windigen Sonntag gerade das geblümte Kattunkleid zum Ausflug anzuziehen, das weder Schutz vor Kälte noch sonst was außer blaue Blumen hätte bieten können, und wie mein Vater, statt zu schimpfen oder mit tiefer Männerstimme es mir zu erklären, nachgegeben hatte. Und wie mein Vater mir im Spielzeugladen doch die Puppe gekauft hatte, die ich haben wollte, nicht etwa, weil sie die schönste, sondern weil sie die teuerste war. Und wie ich nachts bei ihm sitzen durfte, während er Zeitung las. Und er mir, statt mich ins Bett zu schicken, heiße Schokolade mit Wasser machte, weil es mich vor der sich um den Löffel schlängelnden Milchhaut ekelte ...

Mein Vater hatte mir kleinem übermächtigem Tyrannen immer nachgegeben. Und auch meine Schwester war ein Kind, das in Königskleidern steckte, die viel zu groß und schwer für sie waren. Mir fielen all die aufmüpfigen Episoden unserer Kindheit ein, und plötzlich verstand ich sie. Mein Vater hatte uns nie gehorcht. Wir hatten ihn nur mit unseren Kinderforderungen und unseren Kinderklagen und unseren Kinderfreuden gerettet. Und jede Freude und jede Forderung und jede Klage, die wir weinerlich oder atemlos lachend, uns hurtig verlispend oder stockend hervorgebracht hatten, riss die Vergangenheit auf, die schwarz und filzig über seinem Wesen lag. Ich begriff, warum er mich Gila und meine Schwester Rina genannt hatte. Beides bedeutet auf Hebräisch Freude oder Glück. Mein Vater hatte versucht, an uns glücklich zu werden,

und wir hatten es ihm mit dem unverschämten Verhalten ver-
zogener Kinder gestattet.

Als ich schon zu Hause war und etwas angetrunken in einem
Schaumbad lag, während mein Sohn mit zu Fäustchen ge-
ballter Hand von klingelnden Blondinen träumte und meine
einjährige Tochter im Wohnzimmer mit ihrem Vater spielte,
einem Vater, der ebenfalls den Extravaganzen seiner Tochter
nicht gewachsen ist, keimte ein seltsames Gedankengewächs
im Kopf. Das Kapitel wäre nicht abgeschlossen, wenn es mir
nicht gelingen würde, es nun herauszureißen. Ich dachte an
das Gelesene, aber weder an die grausamen Kapos, die ohne
erkennbaren Anlass prügelten, noch an den gestreiften Zell-
wollfetzen, mit dem mein Vater bekleidet war. Ich dachte nicht
an Unterernährung, Schikane, Schläge, sondern an etwas vollkommen Nebensächliches. Es war geradezu obszön. Oh nein,
nicht dass ich nun in vollkommenem Gleichmut daran dachte.
Denn die Bilder wirbelten noch umher und erfüllten mich mit
Trauer und Scham. Es war vielmehr einer jener Gedanken, der
hartnäckig auf der Schwelle des Hirns stehen bleibt, mit dem
Lächeln lästiger Eindringlinge anklopft, um unaufgefordert
genau dann einzutreten, wenn er unerwünscht ist: Der Bericht
meines Vaters hatte einen harten, mühelosen Glanz. Obwohl
er in der ersten Person geschrieben hatte, konnte ich mich
doch nicht des Gefühls erwehren, dass das Schicksal eines
Fremden geschildert worden war. Mein Vater benutzte das Ich
so, wie andere das Er oder Sie benutzt hätten. Er schrieb mit
einem Ich wie aus Holz. Das war ein stilistisches Kunststück,
dem man selten begegnete. Ein Ich wie aus Holz, habe ich gedacht, beschämt, jaja, und doch: ist eine Erzählhaltung, zu der
du nie imstande sein wirst. Denn dir geht es nicht um Bericht-

erstattung, sondern nur um dich selbst. Immer nur um dich selbst, wie all den anderen Egozentrikern, die sich Schriftsteller nennen, zu Recht Schriftsteller nennen, denn Schriftstellerei ist eine miese egozentrische Angelegenheit. Dennoch habe ich mir gewünscht, so und nicht anders schreiben zu können: mit einem Ich wie aus Holz. Ein Schreiben, das einmal nichts versucht. Auch nicht versucht, Leben zu gestalten, mit der eigenen Stimme im Ohr und den eigenen Bildern im Kopf. All deine Vorbilder, habe ich gedacht, während ich mich einseifte, sind egozentrische Schweinehunde, die nicht berichten wollen, sondern schaffen, halten, umkreisen oder ausradieren wollen, was aufs Gleiche hinauskommt: In der Mitte solch einer Schreiberei hockt majestätisch ein fettes, selbstgefälliges Ich. Und was ist so ein Ich schon: ein Fetzenschädel, saudumme Halbwirklichkeit.

Mein Vater hat sich und seine Gefühle nie zur Kenntnis genommen, denn sie hätten nicht nur gestört, sondern auch zerstört, worum es ihm und den anderen Überlebenden ging, um das Mitgefühl der Leser. Was für ein ausweglos Anrennen gegen die eigene Person, habe ich gedacht, gleichzeitig diesen Versuch wegen seiner Verbissenheit bewundert. Und ich habe auch gespürt, wozu so ein Ich wie aus Holz imstande ist. Gefühllos stellt sich mein Vater dar, um die anderen fühlen zu lassen. Und das ist das Fazit: Während ich die Leser im Auge behalte, schenkt er ihnen ihr Herz.

Am nächsten Tag habe ich mich endlich getraut, meinen Vater zur Rede zu stellen. Zuvor ging ich mit meiner Verlegerin essen. Warum ich das erwähne? Weil es sich so ereignet hat.

Meine Verlegerin und ich gehen regelmäßig essen. Und trinken regelmäßig eine Flasche Wein dazu. Grund zum Feiern brauchen andere, wir nicht. Wir, die wir schon nach zwei Gläschen windschief auf unseren Stühlen hocken, begnügen uns mit dem Alltag und zählen Sorgen auf. Ein ganz besonders beliebtes Thema sind Babysittersorgen: Polnische Babysitter werden mit englischen Babysittern verglichen. Fehlende Babysitter werden dem Rettungsboot Babysitter entgegengesetzt, dieser aussterbenden Spezies, die auch samstagabends Zeit zum Nudelkochen und Gutenachtgeschichtenerzählen hat. Der bewährte, mittlerweile verheiratete Babysitter wird angesichts des suspekt jungen Nachschubs mit finnisch-französischem Wörterbuch und vegetarischen Essgewohnheiten betrauert. Und so weiter und so weiter. Und so weiter bis zum Dessert. Babysitter sind ein unersättliches Thema. Aber wir wären nicht, was wir sind: werktätige Kopfarbeiter, wenn uns die real existierenden Personen nicht auch Anlass zur Reflexion geben würde: ein Essay zum Thema Suche wird herausgeschunden, menschliche Prototypen werden entwickelt, Utopie wird geschaffen, in der Babysitter streng ihres Amtes walten. Allerliebste, heilige Babysitterutopie … die an der Wirklichkeit zerbricht.

Als ich bei meinem zweiten Glas angelangt war, fing die Realität an, sich zu verändern. Tischnachbarn und Lokal brachen vor meiner Nase zusammen. Die Wirklichkeit schafft sich selbst ab nach einem Gläschen Chablis! Und wurde harmlos: ein Farbgemisch. Was für ein Schauspiel! dachte ich. So etwas Hübsches hast du schon lange nicht gesehen. Aber dann ertappte ich mich dabei, einen nackten Frauenarm anzustarren. Zuerst ganz zufällig, doch dann interessiert. Die Mausefalle schnappte zu. Und schon war er wieder da, jener sinnliche Blick, der aller Anfang vom Schreiben ist. Ein Kampf fing an. Farben und Formen hielten sich wacker. Doch als rosiges Unterarmfleisch gestreichelt wurde, wuchs, während sich eine Männerhand ganz scheinheilig bis zur Schulter hinaufschlich, eine Geschichte. Die Menschen sind wie grober bunter Sand, und plötzlich, weiß der Teufel warum, kann man sich einfühlen und tritt ins Leben zurück und schaut sich fest. Der Mann? So um die siebzig in lässiger Haltung um seinen Teller drapiert. Die Frau? Ein roter Mund, der einer taufeuchten, offenen Blüte gleicht. Der Mann? Erzählt in blauem Kaschmir von seinem eigenen Mythos. Die Frau? Hört zu und siezt ihn. Aha, das ist ein erstes Treffen, dachte ich – und siegesgewiß, das endet im Bett.

Danach ging ich nach Hause. Zu Fuß, im Laufschritt, durch ein graues Paris. Wie immer regnete es, und man konnte nicht umhin, sich die zu einem gehässigem Lächeln verzogenen Mundwinkel der Stadt vorzustellen. Und wahrscheinlich lachte sie auch über die Ampeln, Straßenschilder, Parkuhren, Dachreklamen, Abfallkörbe, Telefonzellen und über die Menschen, die sich durch den ganzen Krimskrams einen Weg bahnten. Als ich meinen Wohnungsschlüssel aus der Tasche zog, hatte ich eine jener Eingebungen, die so dumm nicht sind. Nun, vielleicht auch nicht gerade das Licht der Welt, aber eben nicht dumm genug, als dass ich sie hier nicht wahrheitsgetreu wiedergeben könnte. Ich dachte, dass mir eitle alte Frauen lieber sind als jene Sorte alter eitler Mann, dem ich eben im Restaurant begegnet war. Denn während sich alte eitle Männer einfach mit jungen Frauen schmücken, duellieren sich alte eitle Frauen täglich mit sich selbst, werkeln an ihrem Körper herum, um ihrer von der Zeit zerfurchten Hülle jene rosige Erscheinung zu geben, die ihrem Wesen entspricht. Und was ist bitte schön schwerer, sich selbst zu schmücken oder mit fremdem Schmuck zu behängen? Ich bin in diese Art von weiblicher Koketterie regelrecht verliebt. Und die Frauen, die man von vier bis sechs Uhr nachmittags in den Pariser Café-häusern antrifft, diese reizvollen, rosigen, gepuderten kleinen Damen mit hochtoupiertem Haar und ausgezupften Augen-brauen, sind Göttinnen eines vergangenen Zeitalters, jenes Zeitalters, in dem man sich aus Anstandsgründen behauptete, gerade weil es nichts einbrachte. Diese Frauen sind so herz-zerbrechend anachronistisch, wie ihre männlichen Gegen-spieler mit jungem Anhang zeitgemäß sind. Von Nutzen-Kos-ten-Analyse haben sie noch nie etwas gehört, und auch nicht von Effizienz und Leistungsprinzip und von Time is money. Warum ich das alles erzähle? Weil ich es so gedacht habe. Warum ich es so gedacht habe?

Als Ablenkung. Und deshalb muss es hier als Ablenkung stehen, so wie ich es als Ablenkung gedacht habe. Jaja, ich weiß schon: Time is money. Und gerade ein Erzähler muss effizient sein. Aber was ich vorhatte, war dazu verdammt zu scheitern. Meinen inneren Schweinehund wollte ich über-winden und den Vater endlich zur Rede stellen, aber statt ihn einfach anzurufen, dachte ich an alte gepuderte Frauen und an alte Männer in blauem Kaschmir und an Babysitter und an weiß der Teufel was. Aber dann sagte ich mir: Du kannst ihn ja einfach anrufen, und wenn du dich nicht traust, ihn zur Rede zu stellen, dann rede einfach du ... über dies und jenes ... mit den Fragen im Kopf ... über dies und jenes ... und während du mit ihm deinen Alltag abwanderst, wandern die Fragen im Kopf ... das kannst du doch, so hast du es ja schon von Kind-heit an gemacht ... über dies und jenes sprechen, mit den Fra-gen im Kopf.

Ich rief ihn an. Mein Vater antwortete mit seinem Namen. Lustiger, sagte er, und ich sagte: Lustiger ebenfalls. Und dann sagte ich, bevor er mich fragen konnte, wie es mir geht, mit der Direktheit der Feiglinge: »Warum hast du uns nie etwas über den Krieg erzählt?«

Mein Vater schwieg. Ich hörte ihn atmen. Und dann, nach ein paar Sekunden, die unerträglich lang waren, sagte mein Vater mit einer Stimme, die voller Ungeduld war und die ich kannte, sie hatte mich von Jugend auf zum Verstummen gebracht: »Was soll das?«

Ich fragte wieder: »Warum hast du uns nie etwas über den Krieg erzählt?«

Ach, Leser, du hältst mich jetzt wohl für mutig. Aber mutig wäre ich gewesen, wenn ich meinen Vater gebeten hätte, mir etwas über den Krieg zu erzählen. Aber das traute ich mich nicht. Deshalb machte ich ihm Vorwürfe und fragte ein läppisches »Warum«. Wollte eine paar psychologische Erklärungen hören statt Fakten. Mein Vater antwortete wie erwartet, er sagte: »Weil ich euch immer hab beschützen wollen.«

Dann ging er zu Alltäglichem über und fragte mich nach dem Befinden meiner Kinder. Ich erzählte ihm von meinem Sohn und seinem Klavierunterricht und von meiner Tochter und ihrem süßen Gebabbel und von Babysittersorgen, aber während ich redete, sehr geistreich und witzig, dachte ich: beschützen vor wem?

Beschützen vor wem, wollte ich sagen, sagte aber nichts, weil ich mich nicht zu sagen getraute, was ich dachte, dass er uns nicht hat vor der deutschen Grausamkeit und dem deutschen Wahnsinn beschützen wollen. Hättest du uns vor der deutschen Grausamkeit und dem deutschen Wahnsinn beschützen wollen, wollte ich ihm sagen, sagte aber nichts, dann hättest du uns ihnen nicht ausgeliefert, dann hättest du uns nie in Deutschland leben lassen dürfen. Also beschützen vor wem?, wollte ich sagen, sagte aber stattdessen allerlei. Denn ich hatte beschlossen, ihn zu schonen, so wie er beschlossen hatte, uns zu schonen. Wir waren und sind eine Familie, die schonend über die Vergangenheit schweigt. Nirgends wurde und wird so schonend und beschützend über die Vergangenheit geschwiegen wie bei uns. Ich habe dennoch schon als Kind, bevor ich sprechen und schweigen konnte, gefühlt und daher gewusst, wovor mein Vater uns hat beschützen wollen und wovor er uns zeitlebens wird zu beschützen versuchen – vor sich selbst.

Mein Vater hat uns immer vor sich selbst beschützen wollen, nicht vor den Deutschen, nur vor sich selbst. Natürlich nicht vor dem Mann, der er nach all den Jahren harter und disziplinierter Verdrängungsarbeit geworden war, sondern vor seinem ärgsten Feind, einem Feind, den er fünfzig Jahre bekämpft hat und den er nun, als angesehener Geschäftsmann und Publizist, bezwungen zu haben glaubt, vor dem ausgemergelten Jungen im KZ. Mein Vater hat uns immer vor diesem Jungen beschützen wollen und hat uns nie sein Kindergesicht sehen lassen, denn es war nicht unwissend und zärtlich und pausbäckig und rein, aber genau dieses Gesicht haben meine Schwester und ich zeitlebens gesucht, wenn wir es auch noch nicht gefunden haben.

3

Was heißt hier, hast sein Kindergesicht nicht gesehen. Gab es denn keine Fotos? Nein, es gab keine Fotos und auch keine zusammengerollten Teppiche, Kissen, Sessel, Vasen und auch keine Koffer voller Verschossenem, Abgewiesenem, aus der Mode Gekommenem, Angeschlagenem, das auf dem Dachboden verstaubte. Oder aber es gab diesen gutbürgerlichen Plunder doch, aber aus ihm murmelte nicht Familie.

Die Dinge blieben schweigsam, ohne Spannung und Geheimnis. Vergangenheit hatte sie nicht beschattet und verklärt. In der grellen Beleuchtung der Gegenwart boten sie sich zweckmäßig zur Benutzung an. Oh ja, die Dinge waren schön, teuer, manchmal sogar unerschwinglich. Und dennoch gab es keinen Gegenstand, den man mit einem wehmütigen Lächeln hätte in die Hand nehmen können. So ein Ding, das einen Vater- oder Muttermund gereizt hätte, Geschichten zu erzählen. Soll ich es klarer ausdrücken? Ist das wirklich nötig? Nun gut. Die Häuser meiner Familien sind geplündert worden, denn es hat sie alle erwischt, ganz unabhängig von ihrer sozialen Stellung. Daher ein drittes Kapitel: Familienandenken und Krimskrams oder ein Briefbeschwerer aus Kristall.

Mein Großvater trank seinen Schnaps im Stehen. Auch Cognac, Whiskey, Wein trank er so: stehend, resolut, unerbittlich, in einem Schluck. Oft habe ich ihm zu erklären versucht, was genießen heißt. Es heißt die Mundhöhlen mit Wein füllen und über die Zungenoberfläche rollen lassen. Es heißt mit Augen, Nase und Gaumen den Duft von Pfirsich und Honig und das Aroma von Rosenblüten und Brombeeren herausschmecken und den Nachhall von längst vergessenen Sommern. Oft heißt es einfach nur einen Trinkspruch anbringen.

»Großvater«, habe ich ihm gesagt, »man zieht die Augenbrauen zusammen, weil man an einen Trinkspruch denkt. Dann schlägt man mit dem Löffel an sein Glas, erhebt sich und lallt: Leute, worauf wollen wir trinken? Und während andere brüllen: Auf die Gesundheit! Auf die Liebe! Darauf, dass Gloria heut die Nacht mit mir verbringt!, formt sich im Mund ein mächtiges Wort. Le Chaim!, sagt man dann, auf das Leben, und stößt mit seinen Freunden an.«
Manchmal dachte ich auch an Gelesenes. Großvater, dachte ich dann, sobald ich in den Bildern schwamm, müsste in zurückhaltend gewählter Kleidung in einem Restaurant sitzen. Und um ihn herum flinke Schatten, die das Souper wegtragen. Und wie könnte es anders sein, hört er doch glatt mit vor Vergnügen gespitzten Lippen dem angeheiterten Geplapper einer jungen Schneiderin zu. Und wie könnte es anders sein, reicht er ihr doch ein schwarzes Etui. Sie öffnet es, ah, oh, schlägt entzückt in die Hände. Großvater labert etwas von einer Halskette als Zeichen ewiger Verbundenheit, macht sich an der Schließe zu schaffen, lässt sie einschnappen (klick), während der Kellner, der zuvor einige Krümel von der Tischdecke gefegt hatte, mit strengem Gesicht, kalvinistisch verknöchert, sich seiner Würde bewusst, die Karte mit den Desserts hervorzückt.

»Na«, fragt Großvater mit der trägen, schleppenden Stimme des Verdauenden, »was willst du nun?«

»Champagner!« antwortet die Frau, »Nichts als Champagner!«

Großvater lässt Korken knallen, wie ein Mann von Welt. Dann lehnt er sich zurück, schlägt die Beine übereinander und wandert mit den Augen die weibliche Physiognomie ab.

Ja, das heißt genießen, und man sieht schon seinen ganzen triumphalen Verlauf, dem noch etwas nüchterne Zweckmäßigkeit hinzugefügt werden sollte: Großvaters schwarze Augen blicken nicht nur gierig. Es ist auch Sorge in die Pupille geklebt. Der Scheck ist schon eingelöst und fast verprasst. Die Ermahnungen der Eltern spuken noch im Kopf herum. Großvater lächelt scheinheilig charmant und denkt, dass er pleite ist und wem er wohl diesmal die nötigen Moneten abquatschen könnte.

Aber er stand wie ein Mann an der Front, weil Trinken eine ernste Sache war und Sitzen und Liegen der Verfall. Hart, gebieterisch, kerzengerade, mit solch einer Entschlossenheit, dass man ihn nicht zu stören wagte, trank er gegen Zahnweh, gegen Schnupfen, die Müdigkeit der Glieder und gegen sein beklommenes Herz. Nie hab ich ihn nach einem Gläschen in heiterer, leutseliger Stimmung gesehen, nie zeichnete der Alkohol rote Wangen oder ein Lächeln auf sein Gesicht. Und wenn ich ihn lächelnd aus dem Fenster blickend erwischte, dann wusste ich, jetzt träumt er von seiner großen Liebe. Ach wo, er träumte nicht von einer anderen Frau. Mein Großvater liebte die Gescheiterten und Verlorenen, die Erschrockenen jeder Art. Für eine andere Liebe fand er keine Muße, denn seine Zeit war eine Sau, die ihre Jungen verschlingt. Was hat das alles mit einem Briefbeschwerer aus Kristall zu tun? Geduld, ungeduldiger Leser, Geduld! So viel sei dennoch gesagt: Besagter Briefbeschwerer lag im Spirituosenschrank des Wohnzimmers neben Wodka und Schnaps. So ist er für mich mit den Trinkgewohnheiten meines Großvaters verbunden.

Er gehörte meiner Großmutter. Anfassen durften wir ihn nicht.

»Zeig uns den Briefbeschwerer«, bettelten meine Schwester und ich, wenn wir in den Sommerferien zu meinen Großeltern nach Israel reisten. »Bitte, bitte zeig ihn uns.«

Meine Großmutter ließ sich nicht oft erweichen. Manchmal jedoch holte sie ihn hervor. Wischte sich die Hände an der Schürze ab, öffnete den Spirituosenschrank, nahm ihn heraus und stellte ihn vorsichtig auf den Tisch.

»So«, sagte sie, und ihr Doppelkinn nickte zufrieden. Dann legte sie das Ding wieder zurück. Und wir, die wir zuvor so inständig gebettelt hatten, wir vergaßen ihn. Das ist die Wahrheit. Kaum war es weg, hatte das Ding seine zentrale Bedeutung verloren, widmeten wir uns unserem Mädchenkram. Und dennoch muss ich jetzt so weitererzählen, als ob wir ganz davon besessen gewesen wären, muss ich lügen und behaupten: Nein, wir dachten an nichts anderes als an jenen Briefbeschwerer, der im Spirituosenschrank lag. Und wenn wir an etwas anderes dachten, zum Beispiel an die neue Platte von Pink Floyd, Abba oder Boney M. und die Songs zweistimmig herunterleierten, dazu Tanzbewegungen, vorm Spiegel natürlich, wie hätte es anders sein können, mit Klamotten, die zu groß für uns waren, dann war der Briefbeschwerer zugegen. Irgendwie war er immer da und trieb seinen Zauber. Munterte uns auf, ohne Rücksicht auf die noch unterentwickelten Hüften den lasziven Hüftschwung einzuüben, dieses Gewinde mit Arsch, das bei prallen Frauen was hergibt, aber bei zwei außer Rand und Band geratenen Kindern, na ja … Was hatte der Briefbeschwerer in Gang gesetzt? Eine Art Reflex, wie das Schließen der Augenlider bei zu grellem Licht. Neugier könnte man es nennen, oder man nennt es die üble Angewohnheit, an allem herumzuzweifeln und überall eine sagenhafte Geschichte zu wittern. Der Briefbeschwerer war kein Briefbeschwerer. Denn wäre er einer gewesen, dann läge er auf einem Schreibtisch und nicht im Spirituosenschrank. Von dieser Feststellung ist es nur ein Katzensprung bis zur Prämisse, die uns hier interessiert: Wenn nichts ist, wie es scheint, dann sind zwei Kinder in übergroßen Klamotten auch keine Kinder in übergroßen Klamotten, sondern Boney M. Mit Realität hat das nix zu tun, dafür aber mit Logik.

Meine Großmutter liebte die rhetorische Figur. Vor allen Dingen liebte sie die Litotes. Litowas? Litower? Litotes, Oma, Litotes. Fünf Jahre habe ich in Jerusalem Germanistik studiert: den Jambus, den Vormärz, die Romantik, das Trauerspiel, Stürmer, Dränger, die klassische Verschmelzung deutschen Wesens mit dem Geist der Antike … bis zum Überdruss habe ich gefressen, was mir verknöcherte deutsche Gastprofessoren lauwarm an Kultur servierten, geblieben ist von der ganzen Schinderei nur der Wunsch abzuhauen, sobald mir einer mit ich weiß nicht was für einem Zitat von Goethe kommt und der Litotes. Hat meine Großmutter gewusst, dass sie eine rhetorische Figur benutzte, wenn sie sagte, das Kind ist nicht dumm statt das Kind ist gescheit? Und dass die doppelte Verneinung oder Untertreibung ein Stilmittel ist, das man in der Universität zerlegt und analysiert, wenn auch nicht praktiziert? Sehr wahrscheinlich nicht. Meine Großmutter fragte: Willst du nicht eine Kleinigkeit essen? und tischte den ganzen Kühlschrank auf. Sagte, das macht wirklich nichts, wenn du unbedingt widersprechen musst, und ich wusste, jetzt muss ich den Mund halten. Fragte, was willst du sehen? Doch nicht etwa wieder den kleinen … und konnte mich nicht irreführen. Vor allen Dingen aber sagte sie, wenn sie uns über die Balkonbrüstung gebeugt die Kinder beobachteten sah, die sind nichts für euch. »Die sind nichts für euch«, so nannte meine Großmutter die Straßenkinder, mit denen wir nach ausdrücklichem Gebot unser Mutter nicht zu verkehren hatten, weil wir was Besseres waren. Warum wir was Besseres waren? Weil die da unten auf der Straße spielen mussten, hatten ja keine andere Wahl, wir aber, die wir die Wahl hatten, konnten uns an deren Spielen nicht satt sehen, wollten nicht ins Schwimmbad oder ins Hotel zu unserer Mutter, sondern runter. Am Schwimmbad war nichts auszusetzen, aber die Straße, schmutzig, glühend, aufregend, das war schon was anderes. Meine Großmutter winkte jedes Mal ab, wenn wir sie mit flehenden Augen anblickten. Dann sprach sie ihr Machtwort: »*Nejn*«, sagte sie, »*di sin nischt far euch.*«

Man kann Gift drauf nehmen, dass wir die schönste Zeit unserer Kindheit verpasst hätten, wenn die alte Füchsin nicht täglich dieses Sätzchen aufgesagt hätte. So lange hat sie uns »*di sin nischt far euch*« vorgebetet, bis wir schlapper Mädchenverein endlich rebellierten. Dann, als sie uns nicht mehr halten konnte, ließ sie uns auf die Israelis los. Und sagte uns in ihrem ganz eigenen Gemisch aus Jiddisch und Deutsch: »*Eure mame (Mutter) hot gespielt den ganzen tag aufn gass. Un wos is aus ir geworden? A schlimme sach: was besseres! Ot derfar (darum) gejt ir nur für eine schor (Stunde).*«

»*Aber nur für eine schor*«, sagte sie mit missmutigem Gesicht, dann seufzte sie und hielt vier Stunden Nickerchen.

Meine Großmutter schlief wie ein Stein. Und ihr geradezu kolossales Schlafbedürfnis hielt lange an. Man möchte hinzufügen, erst als wir unsere europäische Haut abgestreift hatten und uns nicht einmal ein geübtes Auge von den kleinen wilden, verschwitzen Straßenkinder hätte unterscheiden können und wir perfekt Hebräisch sprachen, so ein saftiges Hebräisch, das man nicht aus Büchern lernt, ließ sie die Angewohnheit, sich hinzulegen, fallen.

Viel brauchte sie nicht, um ihren Willen durchzusetzen. Eigentlich benötigte sie nichts anderes als die Litower, Litowas, Litotes. Daher lagen ihr Ratschläge, die man in der affirmativen Form hätte vorbringen müssen, fern. Auch die Befehlsform habe ich nie aus ihrem Mund vernommen, außer freilich einen Imperativ, den sie in die doppelte Verneinung gewickelt und verpackt hatte wie ein Geburtstagsgeschenk. Ihre Satzschleifchen habe ich mit dem größten Vergnügen gelöst. Denn es war ein Spiel, das den Verstand schärfte. Nur drei Lebensweisheiten hat Großmutter uns immer wieder eingetrichtert. Waren sie ihr ganz besonders teuer, so wertvoll, dass sie sich nicht der Gefahr ausgesetzt sehen wollte, missverstanden zu werden? Oder hielt sie sie für so nebensächlich, dass sie es wagte, sie ohne Vorsichtsmaßregel anzubieten? Keine Ahnung. Ohne Erläuterung also Omas Lebensweisheiten:

Darauf sollte eine Frau auch im Notfall nie verzichten: gutes Schuhwerk, eine hübsche Tasche und eine gepuderte Nase.

Ab vierzig muss man sich für das Gesicht oder das Hinterteil entscheiden. Ist man dünn, hat man eine gute Figur, aber Falten. Ist man dick, hat man ein junges Gesicht, aber einen Fettarsch. Und nun, meine *kinderlech*, die Preisfrage. Wie betritt man einen Raum? Vorwärts oder rückwärts gehend?

In redn is dos wichtikste dos, wos men redt nit ojs.
Beim Sprechen ist das Wichtigste das, was man nicht ausspricht.

Obwohl ich weiß, dass das Gedächtnis uns nichts nützen würde, wenn es unnachsichtig treu wäre, ärgert es mich, dass mir nun, da ich von meiner Kindheit in Israel erzählen will, so wenig Erinnerungsbilder zur Verfügung stehen. Wo sind die Ereignisse hin, die mir damals wichtig erschienen? Kann es denn möglich sein, dass ich mich an den Jungen, in den ich unsterblich verliebt war, nicht erinnere? Auch mit der größten Willensanstrengung fällt mir sein Name nicht mehr ein, ganz zu schweigen von seinem Gesicht. Es bleibt ein Schattengesicht, zärtlich verdunkelt. Ich denke, wer wirklich verliebt war, der sieht das Gesicht mit allen Feinheiten und Fehlern bis an sein Lebensende. Wer wirklich verliebt war, der hat die Haarsträhne, die in die Augen fiel, oder den Bartflaum auf der Oberlippe auf Kommando im Kopf. Sobald er Liebe sagt, sieht er Liebe, fertig, aus. Sitzend, stehend, lachend … Selbst wenn das Bild nicht in allen Punkten der Wahrheit entspricht, müsste es doch so zugegen sein wie die Dinge, die uns umgeben. Und dennoch … traurig, aber wahr … so ist es nie. Glatt kann nicht erzählt werden, wenn man sich auf seine Erinnerung stützt. Das Gedächtnis liebt Anekdoten, scheut plötzlich auf wie ein kleiner Gaul, schlägt einen Wildpfad ein, so dass der Erzähler Mühe hat, die Zügel in der Hand zu behalten.

Geblieben von dem ganzen Sommerzauber sind ein paar Bilder. Sie sind so unwichtig für die Erzählung, wie sie für mich wichtig sind. Geblieben ist dies: wie wir, wenn der Abend anbrach, in die Häuser gerufen wurden. Erst einer, dann der zweite, dann der dritte und so weiter. Wie wir uns mit Händedruck verabschiedeten. Immer waren wir ernst dabei, uns der Feierlichkeit des Augenblicks bewusst. Und dann, während wir in die Häuser schlichen, trat Veränderung ein. Das Heldenkostüm wurde abgestreift. So als hätten Mütter uns wieder in Kinder verwandelt, indem sie das Zauberwort, unsere Namen, aussprachen.

Wie es plötzlich dunkel wurde. In Israel geht die Sonne blitzschnell und senkrecht unter, stürzt hinab wie ein Raubvogel auf seine Beute. In Israel sind die Sommertage kurz und die Nächte schwarz. Ein fettes, eindringliches, sämiges Schwarz, nicht geizig grau, sondern wie geteert mit funkelnden Körnern drin. Nur darum, glaubte ich, zögerte das Kind, ließ großmütterliches Genörgel und schwesterliche Warnung über sich ergehen und blieb einen Blick lang mutterseelenallein auf der Straße stehen. Da steht es in dieser Stille, in innerem und äußerem Einklang, und sieht sich am Himmel fest.

Und wie die Fernseher angingen und aus den offenen Fenstern grölten: alle gleichzeitig dasselbe, weil das einzige Programm. Erstaunlich heute, wie selbstverständlich das damals schien, überall demselben Gebrabbel zu begegnen.

Einmal die Woche, um sechs, oder war es sieben, wurde »Bonanza«, eine amerikanische Serie, ausgestrahlt. Am nächsten Tag wurde auf den Hinterhöfen kreuz und quer besprochen, wer was gegen wen ausgeheckt hatte und warum. Wehe dem, der nicht mitmischen konnte, er war ein armes Schwein. Was man empfindet, wenn man Bonanza-Zusammenhänge nicht kennt, weil man keinen Fernseher hat, darüber machte sich das Bonanza-diskutierende Kind keine Gedanken. Später stellte es fest, ohne jenen Sachverhalt auf seine Ursachen zurückzuführen, besagte zwei Jungen konnten einfach alles: Steine werfen, Fußball spielen, klettern, springen ... einfach alles.

Die Untertitel der Serie nahmen ein Fünftel der Bildfläche ein. So habe ich also Prärie, Häuser, Weiden und Felder hebräisch und arabisch besetzt gesehen. Es ist wohl berechtigt, hier einzufügen: Das kündigte weitere historische Entwicklungen an. Nur der Himmel, so ein Himmel, wie ihn nur Hollywood schaffen kann, blieb von den Besitzansprüchen der verfeindeten Brüder frei. Aber damals hätte ich noch nicht über den Stand der Dinge palavern können, interessierte mich auch nicht dafür, schaute den Cowboys aufs englische Maul, verstand nichts, kümmerte mich nicht darum, genoss die große weite Welt, im Wohnzimmer der Großeltern in einen Sessel gepflanzt, knabberte Käsekuchen, pickte Rosinen heraus und gab Acht, ja nicht das senfgelbe Samtkissen zu beschmutzen: Dass du mir ja nicht ... wehe Dir ... weil es sich nur mit Mühe waschen ließ.

Und wie wir alle beschlossen: Morgen ist ein großer Tag. Morgen essen wir Eis. In Deutschland war Eis essen eine einfache Sache. In Deutschland brauchte man dazu keine großartigen Kenntnisse, einfach nur einen Mund. Mund hat jeder. Auch Israelis. Aber wir Kinder benötigten weiterhin einen flehenden Blick, bescheidenes Gehabe, die nötige Entschlusskraft, ein gutes Argument ... aber hoppla, wieso auch meine Schwester und ich? Kamen doch aus großbürgerlichem Stall,

Zuchtfohlen. Hätten mit Geld nur so um uns schmeißen können.

Hier haben wir ihn wieder, den Beweis, dass die doppelte Verneinung und Untertreibung ein ganz besonderes Stilmittel ist. Eins, das nicht nur die Darstellungsweise, sondern auch die Wahrnehmung prägt: Eis erschien uns das Allergrößte auf der Welt. Und dass wir unser Eisvernügen mit vielen treffsicheren Argumenten zu verdienen gezwungen waren, beweist, wie sehr sich Oma amüsiert haben muss.

Wenn wir das Geld erbettelt hatten, trugen wir es ein paar Stunden in der Hosentasche herum, dann gingen wir zum Lebensmittelladen. Er gehörte einem irakischen Juden und war hellgrün gestrichen, gegen den bösen Blick.

»Nebbich!«, sagte meine Großmutter, als meine Schwester sie einmal fragte, warum denn alle Läden im Viertel hellgrün oder hellblau getüncht waren, dann fügte sie, ganz aufgeklärte Jüdin aus Mitteleuropa, hinzu: »Jene glojben in narischkajten.«

Gemeint waren mit »jene« die Sefarden, die man, so Großmutter, nur deshalb in Israel willkommen hieß, weil europäische Juden Mangelware geworden waren.

Ihre eigenen kleinen Bräuche: dreimal ausspucken, »Gott behüte« ausrufen, hat sie nie als billigen Aberglauben abgetan. Ausspucken, anklopfen, »Gott behüte« ausrufen, das nannte sich bei uns schönste Tradition. Misstrauisch hat sie sie beäugt, misstrauisch wurde ihr der Blick zurückerstattet.

Und dann war das Eis gekauft. Zitroneneis, derart synthetisch gelb, schreiend gelb, dass sich das Zahnfleisch zusammenzog. Und dann fing der Kampf gegen die Sonne an. Und wir alle kampfbereit in gleicher Position: gespreizte Beine, vorgestreckter Oberkörper. Aber dennoch, trotz unserer Versuche, schneller als die Sonne zu schlecken, kleckerte und tropfte das Eis auf Hemden, Hände, rann an Armen hinunter und hinterließ kleine dunkle Flecken im Sand.

Und wie wir auf den Hinterhöfen Wichtiges besprachen. Ob nun der Sänger Mike Brand Jude war oder nicht, ob der Sportler Mark Spitz die Goldmedaille für Amerika oder für Israel gewonnen hatte.

»Aber er ist doch Jude«, sagten meine Freunde.

»Na und«, sagte ich, »er ist für Amerika geschwommen.«

»Aber er ist doch Jude.«

»Ja und?«, fragte ich.

»Dann hätte er auch für Israel schwimmen können.«

»Ist er aber nicht.«

Ist er aber nicht, sagte ich, aber dachte, ja, er hätte für Israel siegen sollen, wie Golda Meir, wie David Ben Gurion, wie Moshe Dayan.

Und wie wir wilden Katzen nachjagten. Geduckt, verschwitzt, Indianer, zum Angriff bereit, krochen wir vor, pirschten uns dem sich leckenden Vieh entgegen. Schaute das Vieh uns an, schauten wir weg. Und dennoch haben wir es nie täuschen können. Trotz unserer Versuche, unser Vorhaben zu verbergen, wurde uns die Katze nie zur Maus.

Auf den staubigen Hinterhöfen blieben wir stundenlang, ersannen Katzenstrategien und Strategien gegen Katzen, während Wäsche schlapp auf Leinen hing, während babylonische Radios hebräisch, arabisch, englisch schnulzten, während Sonne gnadenlos auf Dächer knallte und Sträucher, deren Namen ich vergessen habe, diese unbeachteten Sträucher mit den kleinen gelben Blüten ihren intensiven Duft verbreiteten, der auch heute noch für mich Freundschaft, Sommer und Kinderglück ist.

Geblieben ist dieser Duft und drei, vier undeutliche Bilder, und ganz dicht an diesen Sommermatsch gedrängt, der eher ein Gefühl als etwas anderes ist, verharrt auch Glattes, Kaltes: ein halbe Kugel aus Kristall – »Duscha, Seelchen«, würde ein Russe jetzt mit verzücktem Gesicht ausrufen, »hast die goldene Essenz deiner Kindheit erfasst. Tatsachen sind nur klägliche Ruinen, aber dir bleibt unversehrt der Palast Duft erhalten. Duscha, Seelchen, da spürt man es wieder, das Russische im Stammbaum. Kam dein Großvater nicht aus einem russisch-polnischen Kaff?« –, eine halbe Kugel aus Kristall, mit einer kleinen Blume drin. Ja, der Briefbeschwerer, der Briefbeschwerer. Neunzehnhundertvierundzwanzig von einem Mädchenzimmer in Polen per Zug, per Bus, per Schiff nach Palästina gebracht. Keiner weiß, warum dieses Ding mit Großmutter auf Reise ging. Vielleicht fand sie es ja hübsch. Vielleicht wurde es ihr von einer heimlichen Liebe geschenkt. Vielleicht war es gerade klein genug, um neben Nützlichem in den Koffer zu passen. Keiner weiß, warum gerade dieses Ding, und keiner hat sie je gefragt. Denn als ihr Elternhaus verschwand, wurde es Reliquie, aufbewahrt im Schrein mit den Spirituosen.

Ja, der Briefbeschwerer, der Briefbeschwerer, dieser lächerliche Überrest einer verlorenen Welt …

Könnte ich ihn mit den Augen meiner Großmutter sehen, würde er mir nun von Polen berichten, von der Ruhe im Schtetl, sobald der Sabbat beginnt, von Wasserträgern, Wunderrabbis, Schnorrern und Bundisten … Ja, könnte ich den Briefbeschwerer mit den Augen meiner Großmutter sehen, würde aus ihm die geniale Epoche funkeln, mais il n'y a rien à faire, der Briefbeschwerer bleibt stumm, mir fehlt die Erinnerung, die ihn gesprächig macht. Und dennoch soll hier weitererzählt werden, und zwar so:

Als Kind wusste ich nicht, was in dem Ding steckte. Wenn ich meine Großmutter den Briefbeschwerer anstarren sah, immer nur kurz, so von der Seite, ein Blick, der drüberfegte, dachte ich: Nicht schon wieder Kuchen. Wenn sie sich dann fing und fragte: *»Wilsst du essn a schtik apfelstrudel?«*, sagte ich: »Ja, gerne Apfelstrudel.«

Wenn ich dann mampfend in der Küche saß und meine Großmutter mich erwartungsvoll anstarrte: *»Nu? Is schmeken-dik?«*, zählte ich gegen ihre Traurigkeit auf: »Die Rosinen sind lecker. Die Apfelstückchen, hast du die in Butter gedünstet? Da ist doch Zimt drin, oder? Und Mandelblättchen, oder? Eine angeriebene Orange? Ist das Blätterteig?«

Meine Großmutter strich mir gedankenverloren über das Haar. Manchmal riss ich sie mit meinem Geplapper aus ihrer Erinnerung heraus. Oft auch nicht. Dann blieb sie stumm, in sich gekehrt und verrichtete alles mit einer mechanischen Genauigkeit, die mich erschrecken ließ. Dann wurde meine Großmutter ein Gewohnheitstier und fegte Krümel vom Tisch und spülte und trocknete Teller ab wie ein Ochse, der, vor den Pflug gespannt, blödsinnig seine Furchen zieht, weil er, gezüchtigt und kastriert, vergessen hat, was Freiheit ist. Wurde meine Großmutter dieses vor sich hinstarrende Tier, machte ich Szenen und nörgelte an allem herum, bis sie zu zittern begann und die unheimliche Leere mit ihrem Geschimpfe ausfüllte.

»Klafte«, sagte sie, *»Asa skandal! Asa chuzpe! Asa umglik! Nur zoress mit dem kind!«*

Ich wurde als schwieriger und kapriziöser Fall ins Bett geschickt. Oh, wie hasste ich sie dann und weinte mein Kissen feucht, aber gezeigt habe ich nichts.

Diese Befangenheit habe ich mit meiner Großmutter ge-

mein, und sie beruht auf einem unantastbaren, wenn auch nie
ausgesprochenen Gebot, das zu übertreten keiner von uns
gewagt hätte: Du sollst nicht über Gefühle sprechen, lautete
das Gesetz, und ganz bestimmt nicht über solche, die ein
glückliches, friedvolles Leben sabotieren. Denn ein glückliches, friedvolles Leben war und bleibt unser gemeinsames
Familienprojekt. Ein Ziel, das wir immer im Auge haben, auch
wenn es uns manchmal von Kindertränen, Pubertätsdepres-
sionen, finanziellen und amourösen Pleiten verschleiert wird.
Darum setzt sich bei uns jeder mit seinem Murks allein auseinander und verkriecht sich in seine Sorgen wie ein verwun-
detes Tier in seinen Bau. Bei uns verdeckt man sein Unglücks-
gesicht mit einem Lächeln und seine Schwermut mit einem
saftigen jüdischen Witz. Man könnte es auch so formulie-
ren: Dieses Arschloch von Hitler hat uns ausrotten wollen.
Aber seht nur, uns gibt es noch. Ja, uns gibt es noch, trotz
Massakern, Deportationen, Todesmärschen und Endlösungs-
Planung. Sie waren zwar militärisch überlegen, aber wir
sind Kinder von mutigen Partisanen. Von »Onkel Mischa«,
der mit zwei Revolvern und einem Messer den Widerstand in
der Ukraine organisierte. Von Angelos Evert, dem Chef der
Athener Polizei, der den Juden falsche Papiere ausstellte. Von
Elisabeth Abegg, die Juden in ihrer Berliner Wohnung versteckte. Von Witold Fomenko, Ferdinand Duckwitz, Liza Czap-
nik, Mordechai Tenenbaum, Oskar Schindler, Chaika Gros-
man, Hirshke Glik … Darum heult bei uns niemand, auch
wenn es uns zuzeiten dreckig geht. Ja, wir wissen, was wir
unseren Vätern und Müttern schuldig sind. Uns geht es gut,
denn wir sind die glückliche Rettung. Uns geht es prinzipiell
und unbarmherzig immer gut. Und wenn wir fallen, stehen
wir wieder auf. Und wenn wir Sorgen haben, werden sie

geschluckt. Und wenn wir tief in der Scheiße hocken, dann hilft singen: »*Zog nischt keynmol az du geyst dem letztn Weg.*«

Mir fällt zu dieser Hymne der jüdischen Partisanen eine Anekdote ein. Sie zerschmettert zwar meine genauestens ausgeklügelte Erzählstruktur, aber das Verlangen, sie zu erzählen, ist zu groß, sei's drum …

Vor ein paar Jahren hat mir ein großartiger israelischer Schriftsteller folgende wahre Begebenheit erzählt. Er hatte von Israel und israelischen Problemen so die Nase voll, dass er beschlossen hatte, sein Buch, das sich um Israel und israelische Probleme drehte, in Paris zu Ende zu schreiben. Schon bald wurde es ihm jedoch in Paris zu langweilig. Und als ihn auch der Frühling in seinem Lieblingsviertel anzuöden begann, kaufte er sich ein Radio mit guter Antenne und hörte sich israelische Nachrichten an. Nicht aus Heimweh, versicherte er mir, sondern um sich ins Gedächtnis zu rufen, wovor er geflüchtet war. Ganz besonders eifrig hörte er das jiddische Programm und dies nur aus einem Grund, weil er nichts so sehr hasste wie Jiddisch und jiddisches Programm. Einmal schnappte er die Werbung eines Reisebüros auf, die ihm den Atem verschlug:

»Abstecher nach Auschwitz. Hin und zurück in einem Tag.«

Mein Freund rief beim Radio an und wünschte den Programmleiter zu sprechen.

Als er ihn endlich an der Strippe hatte, fragte er: »Finden Sie nicht, dass das zu schwer ist, Auschwitz hin und zurück in einem Tag?«

Der Programmleiter erwiderte: »*Zog nischt keynmol az is schwer. Is nischt geweysen schwer zu sejn in Auschwitz?*«

Als mein Freund mir diese Anekdote erzählte, trottete mir der Satz wochenlang im Kopf herum: *»Is nischt geweysen schwer zu sein in Auschwitz?«*

Ich habe übrigens, als er sie mir erzählte, Tränen gelacht. Wir haben beide gelacht, bis wir fast von unseren Stühlen fielen. Zweifellos lachten wir auch, weil uns die Frage *»Is nischt geweysen schwer zu sejn in Auschwitz?«* und der Vorwurf, der dahintersteckte, das Leben versauerte. Einige, wenn auch nicht mich, hat diese Frage zur totalen Selbstverleugnung getrieben und zu einer Art lustvollen Verstümmelung des eigenen Ichs. Nach jahrelanger Übung haben sie es so weit gebracht, dass sie blind geworden sind, Automaten mit einer perfekten introspektiven Blindheit. Meistens sind sie dann, mit diesem Defekt ausgestattet, im Leben sehr erfolgreich.

Tatsache ist, dass wir, die Nachgeborenen, von der Angst verfolgt werden, wir könnten uns als unwürdig erweisen, ja als der letzte Jammerlappen, wenn wir unseren Sorgen und Wünschen Luft machen. Dass also jeder Nachgeborene glaubt, er müsste das Erbe der Geretteten und Ermordeten antreten, indem er selbst den dümmsten Alltag meistert.

Was sind, bitte schön, Alltagssorgen und ein paar Wünsche im Angesicht von Auschwitz? Alltagssorgen und -wünsche sind im Angesicht von Auschwitz eine unverschämte Geschmacklosigkeit. Lächerlich, nicht der Rede wert, unbedeutend wie das eigene Leben. Denkt man an den Tod in Auschwitz, ist Glück der Gipfel des Wahnsinns, die Liebe obszön, die Lebenslust eine Niedertracht. Hält man sich auf »Nummer sicher«, schmerz- und reizlos, und gibt sich nur mit dem Allernotwendigsten ab: Essen und Arbeiten, Arbeiten und Essen, und außerdem – Schlafen, Zeugen, Geborenwerden und Sterben. Das ist wie eine Kollektiverstarrung. Ewiger Frost. Eiszeit. Mit

Interglazialperioden dazwischen, wenn Körper und Geist an den oberen Schichten auftauen, um zu funktionieren.

6321 Juden haben in der Britischen Zone überlebt, 28011 Juden in der Amerikanischen, 681 Juden in der Französischen Zone, 2094 Juden in der Russischen, 7585 Juden in Berlin. Insgesamt lebten nach dem Krieg 44 692 Juden in Deutschland. Und während die Deutschen das Wirtschaftswunder feierten und das Fräuleinwunder und das Elektrotechnikwunder und das Fahrzeugbauwunder und das Weißderkuckuckwunder, war bei uns Eiszeit. Auch heute noch sind die Juden der erloschene Körper der Nation, erstarrt, Eiszeit. Nie hat es einer von uns geschafft, aus dieser Erstarrung auszubrechen und das eigne Leben in die Hand zu nehmen und frei zu gestalten. Höchstens bringen wir wie Schmuggler ein paar Pläne durch, richten uns schlaff daran auf, gehen schlaff unseren Weg, bis das alles abgewirtschaftet und sich am Alltag aufgerieben hat, dann lassen wir es einfach sausen. Immer bleiben wir vom Schicksal geschlagen, wenn auch mit erhobenem Haupt. Mit erhobenem Haupt ins Unglück gepflanzt. Mit erhobenem Haupt dem Unglück verschrieben. Mit erhobenem Haupt das auserwählte Volk.

Ganz deutlich sieht man es im Land der Überlebenden: Jeder Israeli ist sein eigner kleiner Held, und nichts widert ihn so an wie seine eigene Schwäche, die er zeitlebens vor sich zu verheimlichen sucht. Jeder Israeli hat das Bild der mutigen Partisanen so verinnerlicht, dass er alles, sogar das Schlimmste, aushalten wird, auch wenn er dabei zugrunde geht. Je schlimmer es wird, desto verbissener hält er an den Zuständen fest, auch wenn die Zustände unweigerlich alles zerstören, was ihm lieb und heilig ist. Nur so kann man sich erklären, dass Israelis weitermachen, als wäre nichts geschehen, trotz Bombenanschlägen, trotz Krieg, trotz Zersetzung des israelischen Staates durch jahrelange Okkupation. Israelis sind durch und durch aufs Aushalten getrimmt, ja, sie sind nur aufs Aushalten programmiert, aufs Weitermarschieren, ungeachtet physischer, geistiger und moralischer Erschöpfung, sie gehen, als gingen sie immer noch ihren letzten Todesmarsch.

Als der Golfkrieg 1991 seinen perversen Höhepunkt erreicht hatte und die Amerikaner Iraks Himmel in ein Feuerwerk verwandelten und Saddam Hussein Israel als Vergeltung mit Scuds beschoss und die Israelis, mit Gasmasken ausgestattet, ihren Niedergang erwarteten – sie wussten von der deutschen Firma, die Saddam Hussein mit Gas beliefert hatte, und glaubten an einen totalen Vernichtungskrieg –, bat ich meine Mutter, die nun seit einigen Jahren wieder in Tel Aviv lebte, zu mir nach Paris zu kommen. Ich war damals hochschwanger. Nächtelang hatte ich dem Krieg zugeschaut, live in CNN. Jedes Mal, wenn eine Rakete auf der Bildfläche erschien, ein kleiner, heller Lichtfleck, der die Nacht durchstreifte, dachte ich verängstigt, warum tut sie mir das an. Ich saß in meinem Wohnzimmer in Paris und fixierte den Lichtstreif, und während er einschlug, stellte ich mir meine Mutter vor, wie sie in das Zimmer eilte, dessen Fenster sie mit Tesafilm abgedichtet hatte, wie sie die Gasmaske aufsetzte und wartete, auf ein Wunder oder auf ihren Tod. Dann schaute ich auf die Uhr, bis die aus Sicherheitsgründen vorgeschriebenen dreißig Minuten vergangen waren, dann rief ich sie an. Oft kam ich nicht durch und wachte die ganze Nacht. Und während ich wählte, aufhing und wählte, dachte ich, warum tut sie mir das an. Ich habe ihr damals gesagt: »Ich kann das nicht mehr ertragen.

Ich verliere noch mein Kind. Du kannst nicht auf ein Wunder warten oder auf deinen Tod. Komm!«

Meine Mutter ließ sich nicht erweichen und blieb. Und jedes Mal, wenn ich bettelte, lachte sie nur und erzählte einen Witz.

Einmal, als sie wieder lachte und Scherze machte, über Saddams blöde Soldaten, über deren Kurzsichtigkeit, darüber, dass sie besoffen waren, wenn sie ihre Raketen abschossen, darüber, dass Saddam Ramat-Gan getroffen hatte, ein Viertel mit irakischen Juden … schrie ich: »Du bist nicht nur eine verdammte Israelin, sondern auch meine Mutter, und dass du meine Mutter bist, darf nicht zweitrangig sein. Warum ist alles an dir immer nur lachende und Witze reißende Israeli, durch und durch Israeli ein ganzes Leben lang?«

Vor einer halben Stunde rief meine Mutter an. Mein mittlerweile elfjähriger Sohn hob ab. Meine Mutter besprach mit ihm seine Karatekarriere, dann fragte sie, wann wir endlich nach Israel kommen. Mein Sohn reichte mir den Hörer. Er kannte schon das Spiel zwischen uns. »Wann kommt ihr endlich nach Israel?«, fragte meine Mutter. Und ich antwortete: »Vielleicht im Frühling.«

Im Winter sage ich, vielleicht im Frühling, im Frühling sage ich, vielleicht im Sommer, im Sommer, vielleicht im Herbst, im Herbst sage ich, vielleicht im Winter. Dann fängt die Aufzählung der Jahreszeiten von vorn an. Seit zwei Jahren fragt mich meine Mutter dreimal wöchentlich, wann wir nach Israel kommen. Seit zwei Jahren zähle ich dreimal wöchentlich Jahreszeiten auf. Alle Monate erschöpfen sich in meinem Mund. Zeit wird ein dicker Brei, wenn ich der Mutter meinen auswendig gelernten Refrain aufsage, um sie einzulullen.

Nie hat mich meine Mutter gefragt, warum ich nicht nach Israel komme. Dennoch habe ich es ihr einmal gesagt. Nicht, dass das etwas geändert hätte. Dennoch tat er mir gut, dieser kurze Augenblick der Aufrichtigkeit, den ich meiner Mutter anbot, wie ein Parvenü, der mit einem übertrieben hohen Trinkgeld protzt.

»Weißt du eigentlich, warum ich nicht nach Israel komme?«, fragte ich und fügte unbarmherzig hinzu: »Ich komme nicht, weil ich Angst habe.«

Das war eine Atempause. Ein Einschnitt in das alte Leierkastenlied. Ein anderes Bild: Das war ein Schlag! Er hatte es in sich. Leichte Gerade rechts in die Rippen. Dann flog die Linke blitzschnell ins Gesicht. Der Schlag hatte gesessen. Meine Mutter blieb einen Augenblick stumm. Dann parierte sie und ging zur Attacke über.

»Angst?!«, sagte sie und lachte. »Angst?!« Ihre Stimme klang ungläubig. »Das wäre ja noch schöner!«, sagte sie, ganz gerechte Empörung.

Angst, das ist bei uns schon immer eine Extravaganz gewesen. Das war wie der Einmarsch der konterrevolutionären Truppen. Dagegen half nur Reihe geschlossen. Marsch. Los.

»Gerade deshalb«, sagte meine Mutter, »musst du kommen.«

Ich wusste, ich war meiner Mutter nicht gewachsen, dennoch gab ich nicht nach.

»Gerade deshalb«, sagte ich, »komme ich nicht.«

Ich wurde augenblicklich, kaum dass ich den Satz ausgesprochen hatte, ein störrisches Kind. Und meine Bedenken – nicht ernst zu nehmendes Kindergeschwätz. Seit wann dürfen Kinder überhaupt mitreden, wenn Erwachsene über so wichtige Dinge debattieren wie Angst? Ich sah meine Mutter lächeln. Und wie sie meine Backe tätschelte. Na, na, na, ist ja schon gut, glaubte ich sie sagen zu hören. Hab nur deine klitzekleine Kinderangst, Höllenangst, Himmelangst. Hilft ja alles nichts. Am Ende musst du doch machen, was ich will.

Für meine Mutter hat es immer schon nur zwei Möglichkeiten gegeben. Entweder machte ich etwas, was sie wollte, oder aber ich machte etwas, was sie verdross, und dann nur zu diesem einen Zweck, um sie zu verdrießen. Meine Mutter denkt nach der bolschewistischen Parole: »Du bist entweder für uns oder gegen uns.« Eine dritte Möglichkeit gibt es nicht. Nie hat sich meine Mutter vorstellen können, dass ich etwas machte, weil ich es für richtig hielt. Diese Art Kausalität ist für sie auch heute von einer geradezu köstlichen Absurdität. Nun sah sie sich wieder einmal in ihrer Vermutung bestätigt. Meine Angst wurde kategorisch so interpretiert: Es war ein sicheres Zeichen dafür, dass meine französischen Umgebung mich schlecht beeinflusste. Da haben wir es. Wieder einmal hatte sie mich in flagranti ertappt, wie ich mich von meiner Umgebung, nun einer französischen Umgebung, hatte infizieren lassen. Ich war schon ganz von schlechtem Einfluss bedeckt, wie von einer schmutzigen Staubschicht. Es war wie früher, als ich mich von böswilligen Freundinnen hatte verleiten lassen: zum Zigaretten-, Alkohol-, Drogen- und Männerkonsum. Selbst als kleiner vollgekiffter Hippie: Sainte-Gila. Sainte-Gila, priez pour nous. Eine Heilige, wenn auch mit einem Knacks. Immer und überall klammerte sich das Kind an Personen, die einen fatal schlechten Einfluss ausübten. Nun klammerte ich mich an Frankreich. Frankreich, die große dekadente Hure Frankreich war dabei, alles Natürliche und Normale in mir, mein ganzes israelisches Erbe zu zerstören. Frankreich, das feige Frankreich, nagte an meinem israelischen Mutkapital.

»Du wirst noch ein Franzos«, sagte meine Mutter, und das Wort »Franzos« klang in ihrem Mund verachtungswürdig. »Franzos«, hörte ich, und es schwang die Kollaboration mit und Vichy und Drancy und die Geschichte meiner französischen Großtante, die von ihrer Haushälterin wegen ein paar Möbeln denunziert worden war. Langsam, aber sicher hat der französische Zerstörungs- und Entfremdungsprozess bei mir schon begonnen. Bald würde ich wie die französischen Omis und Opis Mehl, Wasser, Zucker und Konservendosen horten.

Jedes Mal, wenn ein Krieg von den Medien breitgeschlagen wird, sogar einer, der am anderen Ende der Welt geführt wird, horten französische Rentner tapfer Lebensmittel und wählen tapfer rechts. Als der Golfkrieg begann, hatten die französischen Rentner nichts anderes im Sinn, als ihre eigene unbedrohte Haut vor dem Verhungern zu retten, und schleppten kistenweise Futter an, um dann futternd und vor dem Fernseher verbarrikadiert den Gang der Welt zu bejammern. Nach den Attentaten in New York und Washington wählten sie den Rechtsradikalen Le Pen. Auch jetzt, kurz vor einem möglichen amerikanischen Angriff im Irak, habe ich von einem liebenswürdigen älteren Nachbarn schon folgendes Musterbeispiel von Gelehrsamkeit gehört: dass der Krieg zu unterbinden sei. Nicht etwa wegen der Opfer oder weil ein Krieg prinzipiell zu unterbinden sei, sondern weil irakische Flüchtlinge nach solch einem gewaltigen militärischen Angriff – einer, der sich gepfeffert hat, da können Sie Gift drauf nehmen – über Frankreich hereinbrechen würden wie eine irakische Plage. Und wer, bitte schön, müsste dann all die um politisches Asyl flehenden Mäuler stopfen? Die lebten in einem Entwicklungsland mit einem lächerlichen Pro-Kopf-Einkommen und hätten es seit eh und je auf Frankreich abgesehen. Und außer-

dem, nichts gegen Iraker, aber das wäre eine Sippengesell-
schaft, Ausbildungsstand gleich null. Die würden nicht allein,
sondern mit Kind und Kegel antanzen. Millionenscharen.
Millionen von hungrigen Irakern. Und wer, bitte schön, müsste
es dann ausbaden? Und wer, bitte schön, wäre dann der Last-
träger? Und wem, bitte schön, würde das nützen, wenn die
ganze französische Wirtschaft zusammenbrechen würde? Apo-
kalyptische Zustände. Jawohl. Katastrophen ohne Ende. Was,
keine Antwort? Nützen würde so was nur der amerikanischen
Ökonomie. Eo ipso! Da sieht man es wieder, welche machiavel-
listischen Wege die Amerikaner einschlagen, um Frankreich
zu ruinieren.

»Franzos«, hörte ich meine Mutter sagen und wusste, ich
würde ihr schon allein aus diesem Grund bis zum Überdruss
zuhören: um mit ihrem Kopf zu denken und mit ihren Augen
zu sehen. Ja doch, ihres unsentimentalen, geradezu eiskalten
Blickes wegen. So ein Blick, der vor Mord und Totschlag retten
kann, den man nötig hat, wenn einen ein Nachbar mit seiner
feigen Franzosenscheiße bedrängt.
    »Ich gehe sogar in den Supermarkt, der vor einem Monat
ausgebombt wurde«, fügte meine Mutter als Trumpf hinzu.
    »Nicht wahr!«, sagte ich.
    Meine Mutter zählte auf, wen sie alles im Supermarkt
getroffen hatte: die Sportlehrerin, eine Kassiererin aus der
Bank, den Elektriker, eine Nachbarin.
    »Du weißt doch, Frau Gottesfalk. Ihr Mann hat Alz-
heimer.«
    Ich konnte mich zwar nicht an Frau Gottesfalk erinnern,
dafür aber an ihren Mann. Bei schönem Wetter, das heißt
fast täglich, wird er von einem Filipino in den Park gerollt.

Der Park ist Treffpunkt der Filipinos. Darum und vielleicht auch, weil frische Luft gesund ist, stehen täglich mehrere Rollstühle und Kinderwagen nebeneinander auf der Rasenfläche im Schatten der Palmen aufgereiht. Wenn man vormittags den Park durchquert, sieht man zur Linken die philippinischen Dienstboten auf den Bänken reden, zur Rechten die israelischen Rentner und Kleinkinder unter Palmen dösen. Ein groteskes und harmonisches Bild!

Obwohl es so aussieht, als ob philippinische Dienstboten in Israel täglich nichts anderes tun, als Rollstühle und Kinderwagen unter Palmen abzustellen, tun sie doch mit ihrer eigentlich unverschämten Nichtstuerei weitaus mehr. Ohne es überhaupt zu ahnen, führen sie ihre Auftraggeber auf raffinierteste Weise hinters Licht. Nicht etwa, weil sie ihren Stundenlohn schwatzend verdienen, sondern weil sie Greise und Kleinkinder aus der israelischen Zeitrechnung herausreißen, die hastig, von einer neurotischen Hastigkeit ist.

In Israel geschieht alles immer schnell. In Israel haben es alle immer so eilig, dass es schon geradezu lächerlich ist, und wenn sie es nicht eilig haben, dann haben sie immer noch kurz ein paar Erledigungen zu machen. In Israel gehen alle immer so: Sie stürzen hinein und hinaus. Hinein und hinaus aus Geschäften, Ehen, Wohnungen, politischen Ansichten, Liebesaffären. Ein ganzes Land ist der schnellen Entledigung des Lebens verfallen. Im Laufschritt wird geheiratet und begraben. Gegessen wird so hastig, dass sich einem der Magen umdreht.

Auch bei uns wird ein Familienessen durchschnittlich in einer halben Stunde abgefertigt. Wenn wir sentimental werden und uns Geschichten erzählen, kann es etwas länger werden.

Einmal traf ich auf der Straße einen Bekannten. Er war die Sorte wohlwollender deutscher Tourist. Wie es sich gehört, hatte er sich die Klagemauer, den Sinai, die Negevwüste, das Diasporamuseum und einen Kibbuz angeschaut, aber trotz seiner zweiwöchigen Rundreise kannte er Israel noch lange nicht.

Dennoch gab er sein Wissen zum Besten. Israel ist so und so, sagte er. Israel ist das und das. Israel ist da und da. Vergangenheit und Gegenwart. Wunsch und Verwünschung. Not und Utopie. Verwirrung und Klarsicht. Westliche Welt und Orient. Krieg und Frieden ...

»Willst du wirklich wissen, was Israel ist?«, unterbrach ich ihn. »Gut«, sagte ich, bevor er antworten konnte, »dann nehme ich dich zu meinen Großeltern mit.«

Wir fuhren mit dem Bus. Kaum hatte ich geklingelt, wurde die Tür aufgerissen. Es war, als hätte meine Großmutter hinter der Türe gelauert. Ich stellte meinen Bekannten vor. Mein Großvater reichte ihm die Hand, dann deutete er auf den für drei gedeckten Tisch. Wir setzten uns. Die Großeltern verschwanden in der Küche. Nach ein paar Sekunden kamen sie vollbeladen zurück, stellten die Vorspeisen auf den Tisch, verschwanden wieder. Ich blickte meinen Freund von der Seite an. »Hier ist es aber nett«, sagte er.

Meine Großeltern schleppten das Hauptgericht und die Beilagen herbei. Dann Wein, Cola, Schnaps und Soda, ein zusätzliches Besteck, Salzgurken, Meerrettich, Kompott und Kuchen. Der Bekannte lächelte. So ein Lächeln – wo bin ich nur hingeraten?

Wir aßen. Mein Freund erzählte von seinen Ausflügen. Israel ist so und so, sagte er. Israel ist das und das. Israel ist da und da. Mein Großvater nickte. Meine Großmutter fragte:

»*Noch a bissn schnitzel?*« Etwas später: »*Noch a schale kompot?*«
Als Draufgabe fragte mein Großvater: »*A glesele schnaps?*«

Das gab meinem Bekannten den Rest. Den Kuchen aß
er wortlos. Als wir aufgegessen hatten, tranken wir Tee mit
Zitrone. Als wir ausgetrunken hatten, verabschiedeten wir uns.

»*Gilalebn*«, sagte meine Großmutter an der Türschwelle,
»*es senen mir iberiggeblibn drei schnitzel …*«

»Bis Samstag«, erwiderte ich und gab ihr einen Kuss.

Auf der Straße blickte ich auf die Uhr: fünfunddreißig
Minuten.

»Fünfunddreißig Minuten«, sagte ich stolz.

Mein Bekannter schüttelte traurig den Kopf. Dann fragte
er: »Glaubst du, die mögen mich nicht, weil ich Deutscher
bin?«

»Sogar Judy geht in den Supermarkt. Obwohl sie ihre Ein-
kaufsliste lieber telefonisch durchgeben würde. Ich habe ihr
aber gesagt: Judy, wenn jeder seine Einkaufslisten telefonisch
durchgeben würde, wo kämen wir dann hin.« Meine Mutter
zählte auf, wer seit dem letzten Bombenattentat seine Ein-
kaufsliste telefonisch durchgab. Und ich dachte, sogar im
Supermarkt ist sie im Dienst. Immer und überall tut sie ihre
Pflicht. Immer und überall steht sie knapp vor ihrem Tod und
tut dennoch ihre Pflicht. Nun hat sie sich wieder einmal zur
Heldin aufgeschwungen und bleibt hartnäckig an vorderster
Front und kauft hartnäckig Diätjogurt und kalorienreduzierte
Butter wie ein mutiger kalorienreduzierender Soldat. Und
komisch, während ich dies niederschreibe und versuche, sie
nach besten Kräften lächerlich zu machen, denke ich nicht
etwa: Diese arme Frau. Mit ihrer Kibbuzmentalität. Und ihrem
Solidaritätsgefasel. Und ihrem Optimismus. Und ihrem Hel-

dentum. Sondern dass ich ein Feigling bin. Obwohl man in Israel heute nicht einmal mehr gefahrlos ins Café, ins Kino oder in die Pizzeria gehen kann, ganz zu schweigen von den Straßen mit den Autobussen, die ein ganz besonders begehrtes Ziel fanatischer Palästinenser geworden sind, sie jagen sich im Bus in die Luft, eigentlich jagen sie sich ins Paradies, mit einem israelischen Bus nonstop in den Araberhimmel, sie töten dabei, das nur ganz nebenbei erwähnt, immer nur die Zukurzgekommenen und Ärmsten, der Mittelstand nimmt schon lange keinen Bus mehr, ja, obwohl man in Israel eigentlich nichts mehr machen kann, ohne sich und die Seinigen in Lebensgefahr zu bringen, erscheint mir der Vorsatz, meinen Kindern Israel nicht anzutun, nicht etwa vernünftig, sondern als Hochverrat an meiner Herkunft. Die Nebenprodukte dieses Verrats, zum Beispiel Schreiben, haben sogar jetzt, schreibend, einen geradezu widerlichen Nachgeschmack. Ekelerregend, dass ich meiner Herkunft nicht entspreche. Ekelerregend, dass ich mit dem großartigen Durchhalteprojekt nichts zu tun haben will. Ekelerregend auch, dass ich mich immer und überall hinter dem Wort verkrieche.

Lebenslang habe ich meine Mutter vor den Kopf gestoßen, indem ich lieber etwas las oder schrieb, statt mich ins Leben zu schmeißen, wie es sich für eine Tochter, die einem israelischen Leib entsprungen ist, gehört. Schon als Kind stand das deutsche Wort schützend neben mir, und meine israelische Mutter prallte daran ab. Verbissen klammerte ich mich an deutschen Wörtern fest und habe die ganze Stadtbibliothek kreuz und quer, rauf und runter gelesen, wahllos Schund und Klassiker, was mir gerade in die Hände fiel. Einmal habe ich in einem Lexikon, das 1932 im Ullstein Verlag herausgegeben wurde, gelesen:

»Das leidenschaftliche Lesen Heranwachsender und ihre Anhänglichkeit daran hat mehrere Ursachen: Fragesucht; Unvermögen, mit den Anforderungen des Lebens und der Umwelt seelisch fertig zu werden; Drang zum Sichausleben, der in der Wirklichkeit nicht befriedigt werden kann.«

Recht haben die Herren Herausgeber. Und hier haben wir den Beweis: Statt ins nächste Reisebüro zu eilen, lese ich mir noch einmal durch, was ich über meine Mutter und Israel geschrieben habe. Ich bin der lebende Beweis dafür, dass sich nichts vererbt, außer vielleicht Schuldgefühle. Von Tapferkeit halte ich nicht viel. Auch nichts von der Pflicht, ein ekelerregendes Wort. Ginge es nach mir, müsste man die ganze Menschheit dazu bringen, sich bei der kleinsten Gefahr in die Hosen zu scheißen. Was für ein schönes Bild! Und dennoch durch und durch verlogen. Ich weiß, nichts ist illoyaler, als sich hier über meine israelische Mutter und ihr israelisches Pflichtbewusstsein lustig zu machen. Wie einfach das heute ist! Und welches Sympathiekapital man damit zusammenrafft! Anstrengungslos und ohne seine eigene Haut zu gefährden, macht man sich so als Jude bei jedem beliebt. Ich weiß, meine Mutter versucht nur das Leben zu meistern, was in Israel keine einfache Sache ist. Indem ich ihre unbeholfenen Versuche in den Dreck ziehe, lehne ich mich nicht einmal gegen meine Herkunft auf. Es geht mir auch gar nicht darum, mich zu befreien. Ich will aufgenommen werden, sonst nichts, Eingang finden in den kleinen, erlesenen Kreis meiner Gesinnungsgenossen: der Spötter, Feigen und Phrasendrescher, derjenigen, denen in gutbürgerlichen Salons immer die passende ironische Bemerkung einfällt, die mit einer geradezu chirurgischen Gefühlskälte auf eine solidarische Menschheit hinunterblicken, und das alles zu einem Zweck: um sich überlegen zu fühlen. Ich weiß, obwohl ich es nicht lassen kann: Ironie ist die billigste Art, mit dem Leben abzurechnen. Ganz im Gegensatz zum Galgenhumor. Wer sich selbst in der Nähe des Todes mit einem Augenzwinkern zu belächeln vermag, dem gebührt Bewunderung.

Mir fallen zwei Witze ein, die man sich zurzeit in Israel erzählt. Sie sind nicht gerade feinsinnig und auch nicht ausgeklügelt, aber kein Bonmot, keine noch so geistreiche Wendung, die man in Frankreich alle Tage serviert bekommt, reicht an sie heran:

Erster Witz: Fragt ein Tourist einen Israeli: »Wo ist denn die Ben Jehuda Street?« Antwortet der Israeli: »Zuerst rechts am ausgebombten Restaurant vorbei, dann links bis zur ausgebombten Drogerie, dann geradeaus bis zur ausgebombten Haltestelle, und wenn sie an die Straßenecke mit der ausgebombten Disco kommen, wieder rechts.«

Zweiter Witz: Zwei blutende Männer werden in die Notaufnahme eines Krankenhauses eingeliefert. Die Krankenschwester erkennt einen. »Mein Gott«, sagt sie, »Sie sind doch Herr Levy aus Affula?« – »Nein«, sagt der Mann, »ich bin Attentat 11 Uhr 15, und der neben mir ist Attentat 11 Uhr 45.«

Damals, während des Golfkrieges, habe ich die Witze meiner Mutter nicht ertragen können. Und jedes Mal, wenn sie einen Witz riss, empfand ich es wie einen Schlag ins Gesicht. Ich habe damals gedacht, nur weil du Israeli bist, bin ich nichts. Nichts »ich« und nichts »mein Kind«, denn du bleibst mit jeder Faser deines Körpers diesem Land verbunden und wirst dort hocken bleiben und Witze reißen und auf ein Wunder warten oder auf deinen elenden israelischen Heldentod. Ich glaube, ich habe damals meine Mutter gehasst. Aufrichtig gehasst, weil sie mich und meine Angst ignorierte. Gehasst habe ich sie auch, weil sie stark war und ich schwach. Wie früher. Sogar mit einem Kind im Bauch blieb ich das um Zuneigung bettelnde Kind. Übergroß, unüberwindbar, größenwahnsinnig erschien sie mir. Taub für Kinderklagen. Reicht es ihr denn nicht, Mutter zu sein, habe ich gedacht, muss sie sich ein Leben lang in Szene setzen? Hauptdarstellerin im großen Durchhalteprojekt.

Und dann sah ich im Fernsehen die Übertragung eines Konzerts in Jerusalem. Isaac Stern stand auf der Bühne und spielte irgendwas, Mozart, glaube ich. Plötzlich heulten die Sirenen. Isaac Stern hielt ein, öffnete ein Täschchen und stülpte sich eine Gasmaske über, dann spielte er seelenruhig weiter. Die Kamera schwenkte, und man sah den Saal und das Publikum. Alle Reihen waren voll. Und auch da wieder Menschen, die Gasmasken aufstülpten oder auch nicht, auf jeden Fall sitzen blieben, so als ob es das Normalste auf der Welt wäre, bei Bombenalarm einem Violinisten zuzuhören. Und wahrhaftig, nach der Sirene kein Pieps außer Mozart. Ich konnte es nicht fassen. Ein Mann wippte den Kopf im Takt, und die runde Schnauze seiner Gasmaske schwankte rhythmisch mit. Links, rechts, links, rechts, links, rechts, schön zur Musik. Das Bild war so ungewöhnlich und komisch, dass ich lachen musste. Zweifellos war mir auch zum Heulen zumute. Aber wer wird schon heulen, wenn er lachen kann. Ich lachte Tränen. Und während ich lachte und auf diese Gespenstergesellschaft schaute, der als Waffe und Selbstschutz Mozart eingefallen war, dachte ich: Oh ja, das ist ein geniales Volk! Wer wagt das zu bestreiten? Hat einer je etwas Lächerlicheres und Genialeres gesehen? Davor kann man sich nur verneigen! Was für eine Geisteshaltung! Verkorkst. Das stimmt. Unheilbar verkorkst, verstockt, unangemessen und dennoch ... oder gerade darum genial. Dass sie es riskieren! Wer hätte ihnen das zugetraut? Dass sie es riskieren, allen Gefahren zum Trotz, eben nur das eine in den Augen zu behalten.

Und plötzlich hat es mich überkommen, einfach so, während ich auf der Couch saß und auf den Fernseher glotzte, mit meinem Kind und der Angst im Bauch, wurde ich von einer Liebe ergriffen – ich hätte gerne alle einzeln abgeküsst. Männer, Frauen, alt, jung, es spielte keine Rolle. Ich war in den ganzen Saal verliebt, regelrecht von ihnen besessen. Und dann sah ich sie so: ein Mond. Komisch, aber das sah ich: einen Mond. Und wie er kreist und kreist und sich dabei gleichzeitig um die eigene Achse dreht und deshalb immer nur das eine leidige Gesicht zur Ansicht präsentiert. Immer nur das gleiche Gesicht, habe ich gedacht, seit Jahrtausenden. Wo sie sich auch befinden mögen, sie zeigen immer nur ein Antlitz.

Ja, habe ich gedacht, sie sind wie der Mond. Ein erloschener Weltkörper. Und sie strahlen schon lange kein eigenes Licht mehr aus. Aber sie reflektieren es noch. Wer wagt das zu bestreiten? Sie reflektieren es noch. Dieses geniale, in seiner Trauer verkrustete Pack! Das klare Licht der Transzendenz.

4

Ist der Briefbeschwerer jetzt abgehakt? Nein, noch nicht. Dass der Gegenstand so unbedeutend ist, soll nicht täuschen. Auch wenn er nicht gerade bewundert werden kann (keine Ohs und Ahs aus verzücktem Erzählermund), schleppt er sich durchs Kapitel.

Liegt das Ding noch da? Es liegt da, hartnäckig wie der Mond auf dem blauen Blatt der Nacht. Man muss den Spirituosenschrank nur aufmachen, um sich zu überzeugen. Da steht er neben Whiskey und Schnaps, real und magisch zugleich: ein modernes Totem.

Das Ding kann Geschichten erzählen. Man muss sie ihm nur entlocken. Aber vorsichtig, mit Überlegung. Es geht nicht an, nur über Katastrophen zu berichten. Ich jedenfalls will es nicht. Ich überlege, wie man es anstellen soll. Der Briefbeschwerer kreist und kreist im Kopf. Und wenn man, allen Einwänden zum Trotz, über das Leid hinwegschielt ... Ja, wenn man wenigstens für ein paar Zeilen durch die Finger blickt ... Es wäre möglich. Es wäre gelogen. Nein, nicht einmal gelogen. Man könnte sich von der Hiobsgeschichte dieses Briefbeschwerers befreien. Lassen wir den Briefbeschwerer im Spirituosenschrank, man sollte ihn sogar regelrecht vergessen, ihn neben Likörgläsern sein faules Dasein fristen lassen. Und nun den Blick auf eine Reise lenken, starr und ohne sich durch irgendwelche Bedenken und Zwischenrufe ablenken zu lassen. Ein waghalsiger Sprung? Ach wo. Erzählt wird, wie der Briefbeschwerer von Polen nach Palästina gelangte. Ein kleiner Sprung, verbunden mit einer waghalsigen Reise, und schon trägt der Briefbeschwerer das Siegel der Hoffnung. Ja, von Großeltern soll nun berichtet werden und von Familie mütterlicherseits. Erlebtes wird mit Gehörtem verwoben, Familienlegende von armen Schluckern gratis hinzugefügt, Erdachtes wird ganz unauffällig eingeschoben, bis ein Knoten entsteht, ein Knoten, so ehrgeizig, brutal, armselig und großartig wie dieses Kapitel, das sich Palästina nennt.

Pa-läs-ti-na heißt das Kapitel, und es beginnt vor meiner Geburt, neunzehnhundertvierundzwanzig oder kurz davor, in jenen Jahren, in denen so mancher Jude der Nase nach einem Ziel entgegenfuhr. Es beginnt, um genau zu sein, mit einer vergilbten Romanze, eher vergilbten Fotos in einem Schuhkarton, die neben Wintermänteln und Mottenkugeln darauf warten, von mir hervorgeholt zu werden. Ja, Bildchen, ich komme, wollen wir Ordnung schaffen.

Der Schuhkarton mit den Fotos lag im Schrank meiner Großeltern. Ganz oben, wie alles bei uns, das der Vergangenheit angehörte. Er war ein absoluter Schatz und blieb daher unbeachtet. Von Zeit zu Zeit erinnerte sich meine Großmutter an den Karton, dann sagte sie, man müsse die Bilder endlich einmal aussortieren und in ein Album kleben. Das sagte sie mit einem Seufzer, wie jemand, der sich den Luxus, Bilder einzukleben, nicht gestatten konnte. Nach eigener Ansicht hatte meine Großmutter keine Zeit. Bestimmt nicht Zeit für Fotos aus der Vergangenheit. Sie schlug sich mit der Gegenwart herum. Das reichte ihr.

Wie viele Fotos waren im Karton? So ungefähr vierzig. Das Recht, über sie zu berichten, habe ich mir sauer verdient. Schaute ich mir die Fotos an, schaute mich meine Großmutter an, wurde ich mit zusammengekniffenen Augen von oben bis unten inspiziert. Der Musterung folgte das Urteil, und dem folgten Fragen:

»*Wilsst du essn a klejnikkajt? A spiegelei? A rihrei? Woss hejsst* ›keinen Hunger?‹ *Gilalebn, a spiegelei is asoj schlecht? Sog mir nor, wilsst du a rihrei ojf brojt? Du kannst ajch hobn a apfel? Wilsst du a apfel? Farwoss antwertest du mir nicht? Soll ich dir a apfel schäln? Wej mir, dos kind hot* ›keinen Hunger‹. ›Keinen Hunger, keinen Hunger.‹ *Woss fir eine gojischem narrischkajt. Bisst schojn a derwakssener mentsch. Woss ken schmekendiker sajn wi a saftike apfel? Doss is doch nicht essen. Sog, wilsst du a apfel?* ›Keinen Hunger.‹ *Ich hob nicht gewusst as men muss sein sejer hungerik for a saftike apfel? Du kennst ojch hobn a banane. Wilsst du a banane? Nejn? Un a schtik schmekendike kuchen? A klejne schtikele käskuchen? Nu, sog schojn. Du kennst ojch hobn a klejne schtikele apfelstrudel, a rihrei, a spiegelei? Farwoss antwertest du nicht? Wos mejnst du? A apfel? Masel-tow. Dos kind sezt sich aweg zum tisch.*«

Die Fotos wurden noch in Europa aufgenommen. Auf den meisten stand mein Großvater vor einem polnischen Wald: Fichtenwald, Espenwald, Waldgestrüpp, nicht rauschend und schwarz und grün und rot, sondern lautlos und grau. Oder aber er stand vor einem Hof. Ich weiß, was er dort machte, er erhielt eine landwirtschaftliche Ausbildung. Und dennoch sah mein Großvater nicht wie ein Bauer aus, sondern so: Hatte eine Lederjacke an. War klein, mit muskulösem, gedrungenem Körper. Hatte ein flaches, herausforderndes Gesicht. Zwei

Augen, die schwarz blitzten, und einen Mund, in den lässig eine Zigarette gepflanzt war. Ob neben Frauen oder Männern, mit dem Wald oder dem Hof als Hintergrund, immer und überall trug er die gleiche Maske: Augen zu zwei spöttischen Schlitzen zusammengezogen, Zigarette im Maul. Manchmal hatte er die Hände auch lässig in der Hosentasche verstaut. Manchmal war in seiner linken Faust der Stumpen, dann sah sein Gesicht nackt aus, und man wünschte sich den Tabak schnell wieder hinein.

Kann man in Lederjacke pflügen? Ich stelle es mir schwierig vor. Nun, er konnte es.

Mein Großvater war kein Bauer. Und auch mir fällt es schwer, über sein Bauernleben zu berichten. Man könnte jetzt freilich etwas zusammenfaseln und vier Seiten lang vom Geruch des Grases schwärmen oder sich poetisch an weidendem Vieh vergreifen. Man könnte den blühenden Apfelbaum besingen und das weiße, ganz von Schnee bedeckte Feld. Ja, man könnte einen ganzen Haufen Naturromantik anschleppen, um über die Landschaft seiner Jugend zu berichten, aber es wäre gelogen. Ich habe diese Landschaft nie gesehen. Weder mit eigenen Augen noch durch seinen Mund. Mein Großvater erzählte nichts. Wie üblich. Statt Kuhgeläut also Fakten: Er war der Sohn eines Metzgers. Er kam aus einem kleinen verschnarchten Nest in Polen. Er hatte mit Religion und Sitte nichts am Hut. Mit vierzehn machte er sich davon. Mit sechzehn wurde er Arbeiter und Kommunist. Mit achtzehn entdeckte er Sehnsucht: Pa-läs-ti-na. Von da an hatte es ihm die Wüste angetan. Mein Großvater lernte Hebräisch und Ackerbau, dann stand er mit seewindsteifem, schwarzem Haar auf dem Deck eines Schiffs und hatte sicherlich den vollen, salzigen Geschmack des Mittelmeers im Mund. Mein Großvater war kein polnischer Bauer, sondern der Genosse Pionier und Zionist, wie er im Buche steht. Eigentlich wie im Lied:

Was macht, macht der Chaluz
wenn er geht, geht in den Kibbuz.
Er geht in den Kibbuz
sagt: auf, ich will essen
dann sieht er ne Frau
und der Hunger vergessen.
Tumbalala tumbalala, tumbalalaika
Tumbalala, tumbalala, tumbalalaika.
Tumbalalaika, spiel Balalaika
Spiel Balalaika, fröhlich sollst sein.

Wie hieß die Frau, die meinen Großvater den Hunger vergessen ließ? Na, das ist doch klar. Sie hieß Großmutter.

Vier Fotos aus jener Zeit der ersten heimlichen Liebe, jener polnischen Zeit oder Vorgeschichte mit Küssen, Schmusen und Kosenamen, sind uns erhalten geblieben. Auf ihnen haben wir den Beweis, eine unverhoffte Entdeckung. Großmutter war nicht immer dick, sondern eine kleine, zierliche Person. Burschikos gekleidet, wie es die Zwanziger vorschrieben: langer Rock oder Männerhose, Hemdbluse, Armreifen und Brosche, Pagenkopf.

Auf einem Gruppenfoto (einem Foto der zionistischen Pionierbewegung) sind sie beide drauf. Sie verschämt in der Ecke. Er ganz vorn, stellt Trägheit und Kaltblütigkeit zur Schau. Ich weiß, obwohl sie beide geradeaus ins Objektiv starren, es war schon was zwischen ihnen im Gange. Falls große Worte erlaubt sind: Sie war unsterblich in ihn verliebt, und er war

komplett in sie verschossen. Dabei hätten sie unterschied-
licher nicht sein können. Sie kam aus großbürgerlichen Verhältnissen, er war ein proletarischer Lump. Sie hatte Geld, er
hatte politische Ansichten. Sie liebte klassische Musik, er Karl
Marx. Und trotzdem oder gerade drum ...

Wo sie sich getroffen haben mögen? Keine Ahnung. Vielleicht
hat sie ja der Zionismus zusammengebracht. Auf den Fotos
sind sie beide schon fest in der Bewegung verankert. Fester
geht's gar nicht mehr. Man hört sie regelrecht grölen: »Was
macht, macht der Chaluz / wenn er geht, geht in den Kibbuz.«
Ich glaube jedoch, den Zionismus hat meine Großmutter dem
Großvater zuliebe und so weiter. Und das ganze Gequatsche,
von wegen auswandern, das hat sie ihm nie so richtig abgenommen. Oder vielleicht doch? Meine Mutter ist der Ansicht:
Er hätte sie gar nicht erst überreden müssen. Nach Palästina
wäre sie freiwillig mitgegangen. Denn meine Großmutter wäre
damals zwar eine *kale-mejdl* (Mädchen, das als Braut in Frage
kommt), aber keine *kale* (Braut) gewesen und hätte *chassene
machen* (sich verheiraten) wollen, und außerdem hätte sie ihr
Elternhaus nicht mehr ertragen können. Sie wäre, so meine
Mutter, schon regelrecht am Ersticken gewesen. Und dann
hätte sie ihren Deus ex machina kennen gelernt und sich gedacht: jawohl, *mit chitrkajt kon men doss lebn ibergejn* (mit
Durchtriebenheit kann man das Leben durchstehen) und hätte
sich jenen Mann angelacht, der sie dann auch tatsächlich in
die Fremde entführt hätte. Meine Großmutter, so meine Mutter, hätte schon immer die Fäden gezogen, und mein Großvater wäre nie *baleboss* (Hausherr) im eigenen Haus gewesen,
sondern immer nur nichts anderes als eine Marionette, die
großmütterliche Pläne ausführte und sich dabei als Held

wähnte, nur weil er die Hände in den Hosentaschen vergrub und ein verwegenes Lächeln trug. *Mejle!* (Nun ja!) Er wäre halt zeitlebens nichts anderes gewesen als *nebbich* ein *kabzn* (armer Teufel).

Hat sie sich allein aus Polen herausgeboxt? Hat sie gedacht: Wollen ist Können? Ich möchte, obwohl ich nichts weiß, eine andere Hypothese aufstellen. Die Wahrheit ist wohl zwittrig, sie liegt in der Mitte. Mein Großvater hat meine Großmutter entehrt, ungefähr so: Hatte sie mit seiner Lumpenart um den Verstand gebracht. Hatte sie Klavierunterricht und Personal und schwerwiegende Bedenken und ihr Wissen um Was-sich-gehört vergessen lassen. Hatte sie überzeugt, auf Stelldicheins in Begleitung von korpulenten, bärtigen Tanten zu verzichten und auf den fatalen Spaziergang im Stadtpark, bei dem Röcke Waden streifen und Dialoge übers Wetter die Lächerlichkeit. Hatte sie stattdessen einfach überredet, mit ihm nach Palästina auszuwandern. Ja, und die Einzelheiten? Die Einzelheiten würde man später besprechen. Mein Großvater nahm es mit den Einzelheiten nie so genau. Was waren die schon angesichts seiner enthusiastischen Aufbruchsstimmung. Was waren Geld, Heirat, Transport, der ganze glanzlose Prosaismus angesichts eines einmaligen metaphysischen Augenblicks?

Ja, ich sehe sie händchenhaltend in der schummrigsten Ecke eines Cafés. Sehe meine Großmutter mit klopfendem Herzen und wie sie vor Aufregung an ihrem Kuchen würgt. Sehe auch, wie er eine Zigarette nach der anderen raucht und redet und redet und redet. Und wie sie ihn anstarrt, als müsse sie sich seine Gesichtszüge einprägen, als würde sie ihn nie wieder sehen, ihn fixiert mit dem Blick der verliebten Frau. Die etwas zu große Nase: ein Wunder! Hat man je etwas Schöneres gesehen? Die Haare: ach, die Haare! Wie unzähmbar sie ihm immer wieder in die Stirn fallen. Machtvolle Haare sind das. Die Mähne eines Löwen. Und die buschigen Brauen. Und der trotzig aufgeworfene Mund. Und seht euch nur die Stirn an. Wie ernst und gedankenvoll er aussieht, wenn er sie in Falten legt.»Was meinst du? Palästina? Aber ja, mein Teurer. Natürlich, natürlich Palästina.«

Hochstaplerisch und unsolide redete mein Großvater vom neuen Land: Palästina. Was sagte er außerdem noch? Sehr wahrscheinlich, dass der Kapitalismus stinkt. So ein Gestank, den nur die Ausbeutung der Arbeiterklasse hervorbringen kann. Jahrzehntelanger Schweiß, der dem Volk aus allen Poren rinnt. Wofür? Damit Großgrundbesitzer und Kolonialmächte von der fremden Arbeit profitieren, die man im Kapitalismus als Ware zu verkaufen gezwungen sei.

Mein Großvater hatte seinen heiligen Glauben. Er hieß Kommunismus. Mit dem Beilhieb seiner Ideologie spaltete er die Gesellschaft wie ein Stück morsches Holz auf: in Ausbeuter und Ausgebeutete, in Herrschende und Unterdrückte. Schwarz oder Weiß! Grautöne waren ihm zu kompliziert, vielleicht sah er sie auch nicht.

Was er ersehnte? Die Aufhebung aller Klassen, mit einem kleinen Haken in der Ideologie. Mein Großvater hätte dem Manifest gerne eine persönliche Randbemerkung hinzugefügt: Ich, Abraham Jeger, Sohn eines Metzgers, geboren neunzehnhundert…, seit meiner Jugend rot, ersehne die Aufhebung aller Klassen, auch der Klasse Jude.

Helden, Mitkämpfer, Bolschewisten zogen wie Cäsar in die Städte und Ämter ein. Aber mein Großvater marschierte wie ein Neger, den man aus dem erfolgreichen kommunistischen Feldzug mitgebracht hatte und der nun neben anderen Sklaven die Via Appia entlangziehen musste.

Neunzehnhundertvierundzwanzig hat er es begriffen, sehr wahrscheinlich auch am eigenen Leib gespürt: der Universalismus der russischen Revolution würde nicht nur an Habgier und Korruption scheitern, sondern auch am Juden. Eigentlich am Judenhass Stalins. Darum verschwand er. Durch den Notausgang. Oder durch die Haupttür. Je nachdem, wie man es sieht. Auf jeden Fall verließ er kurz vor dem Hauptakt Europa.

Nie hat er das Bewusstsein verloren, als Jude der Neger Europas zu sein, und dieses Bewusstsein, den Letzten unter den Menschen darzustellen, erweckte in ihm nicht Wut oder Scham, sondern Ehrgefühl. Mein Großvater ließ sich von der Verachtung, die seine Mitmenschen ihm entgegenbrachten, weil er Jude war, beflügeln. Sie erhob ihn in unbekannte Sphären. Sie erhob ihn zum Zionismus.

Erst gestern, als mich ein Bettler um Feuer für seine Zigarette bat, meine Groschen wies er mit einem Achselzucken zurück, streifte mich wieder, wie ein unverhoffter Sonnenstrahl, die Ehre der für niedrig geltenden Menschen. Nur die Neger der Menschheit halten diese Ehre hoch. Sie sind bereit, zu hungern und zu rauben, aber Almosen nehmen sie nicht. Sie sind bereit, Missbilligung und Hass zu ertragen, aber Mitleid wollen sie nicht. Mein Großvater ging nach Palästina wie ein Räuber. Den Staat hat er sich nicht schenken lassen, sondern hat ihn sich erkämpft. Und dass die britische Mandatsregierung ihn und seinesgleichen für unzivilisierten Dreck hielt, darum hat er sich nie geschert. Nicht um Rehabilitierung der Juden ging es ihm, auch nicht darum, in den kleinen, erlesenen Kreis der naserümpfenden Europäer aufgenommen zu werden, sondern um Autonomie. Die Juden, die sich durch Bildung oder Besitz einen Platz in der europäischen Gesellschaft errungen hatten, hat er als Hofjuden verspottet. So auch meinen Vater und mich. »Galutnik«, sagt er, wenn er über mich und mein Leben in Europa spricht. »Galutnik«, würde er jetzt denken, wenn er wüsste, dass ich auf Deutsch über ihn schreibe.

»Galutnik«, das ist ein Schimpfwort sondergleichen, in ihm schwingt die Verachtung des Freien für den Unterworfenen mit. Mein Großvater hätte es sich verboten, mit mir in einen Sack gesteckt zu werden, denn ich habe den wohlwollenden fremden Blick nötig, er nicht. Zeitlebens hat er sich zum Außenseitertum bekannt. Auch heute noch lacht er, wenn ich ihm mit dem schlechten Bild komme, das Israel in der Weltpresse hat. Er lacht wie ein Israeli. Dann sagt er »Galutnik« und schaut mich traurig an. Und ich kleiner, verängstigter, assimilierter europäischer Jude denke: Jawohl, ob es dir passt oder nicht – das ist das Privileg der Neger.

Sehr wahrscheinlich wäre meine Großmutter ihm auch nach Timbuktu gefolgt. Aber er hatte es nicht auf Afrika abgesehen, sondern auf den Nahen Osten, auch wenn ihm und seinesgleichen nichts Besseres einfiel, als dieses Stück Land in ihr geliebtes Mitteleuropa zu verwandeln. Es wurden gesät: Caféhäuser, Schneidergeschäfte, politische Debatten, Schnitzel, Tannen, Tageszeitungen, Friseurläden, Handkuss, Gewerkschaften, Fabriken, Kabaretts, Confiserien, Theaterabende, Gulasch, Promenaden ... Es wurden gesät: mitteleuropäische Kultur, Fauna und Flora in ihrem ganzen breiten, lachhaften Spektrum. Das alles wuchs und wucherte unter verstörten Araberaugen, die gar nicht begriffen, was ihnen geschah.

Manchmal denke ich, hätten sie damals Europa überwunden, hätten sie europäischem Gedankengut wirklich den

Rücken gekehrt, dann hätten sie die Araber wahrgenommen und deren Kultur. Aber sie sahen nichts, und das war der Anfang allen Leids. Kann man denn ein anderes Volk fünfzig Jahre lang nicht sehen? Ja, man kann es, wenn man statt in der Realität im Glauben verankert ist. Oft frage ich mich: Wie sind nur diese jüdischen Köpfe konstruiert, was geht in ihnen vor, dass sie, statt zu sehen, glauben. Zionisten, Bundisten, Trotzkisten, Kommunisten, Feministen, Pazifisten, Maoisten ... wo man hinschaut, Juden, die glauben. Meistens glauben sie, dass der Fortschritt des Menschen möglich sei. Immer halten sie an dieser Hoffnung fest, auch wenn sich durch diese Hoffnung und ihre Auswirkungen der Zustand der Menschheit verschlechtert. Ich habe mich wirklich oft gefragt, warum tragen Juden immer das Kostüm der Weltverbesserer? Ist das jüdische Selbst- oder jüdische Menschheitsüberschätzung? Pausenlos gehen gute Ideen an den Menschen zugrunde, aber die Juden geben das Hoffen nicht auf. Das verdammte Prinzip Hoffnung! Manchmal denke ich, es schützt die Juden wie die Muschel das Weichtier.

Vielleicht war zwischen meinen Großeltern auch ein bisschen Erotik nach jüdisch-sittlicher Manier mit im Spiel: Meine Großmutter stürzte und enthüllte dabei einen Schenkel oder andere, sonst verborgene Körperteile eines Mädchens aus gutem Haus. So ein Sturz, comme il faut, bei dem man von einem netten Mannsbild aufgefangen wird. Danach tränenreiche Empfindsamkeit und Heirat. Ein hübsches Bild! Man sollte auch die Ausstattung nicht vergessen: ganze Koffer voller Leinen, Silber, Tüchern, Decken, alles fein säuberlich sortiert. Aber sehr wahrscheinlich war es eher so: stürzte, enthüllte, was es zu enthüllen gab, und wurde nicht aufgefangen.

Musste sich mit zerknittertem Kleid und zusammengepressten Lippen ganz eigenständig erheben, während der Lump
zuschaute. Nicht auf den Strumpf schaute er, auch nicht auf
den Strumpfhalter und andere Lappalien, sondern schaute ihr
tief in die Augen, die Pfoten in der Hosentasche, die Zigarette
windschief im Maul. Sie hätte ihn wohl gerne in diesem Moment erwürgt, aber was half dieser scheinheilige Wunsch, da
er doch schon entschieden hatte: sie und keine andere. Meine
Großmutter floh mit dem Lumpen nach Palästina, wurde ent-
erbt und lebte zuerst in einem Zelt. Und als Ausstattung nahm
sie jenen schon erwähnten Briefbeschwerer mit. Aber gab es
denn keine Häuser? Ja, die gab es in einigen Städten, aber
mein Opa war ein Chaluz und wollte in den Kibbuz. Warum?

Zwei Drittel der Menschheit wühlt in der Erde und hängt
von den elementaren Naturgewalten ab, nur der Jude hockt
im Caféhaus und diskutiert. Zwei Drittel der Menschheit
will in die Stadt, um sich von den Naturgewalten zu befreien,
doch mein Großvater sehnte sich nach Schinderei: Sümpfe
trockenlegen, Kanäle graben, Land bebauen. Denn was ist
eine jüdische Revolution?

Das ist: mit der äußerst stumpfsinnigen Arbeit des Pflü-
gens die rein intellektuelle Lebensform des Juden überwinden. Was ist jüdische Revolution? Aus einem im Denken verwurzelten Juden einen Bauern machen. Pflügen und träumen
von einem neuen Juden. Pflügen und graben und träumen von
der jüdischen Revolution.

»Zurück zur Natur« war der Schlachtruf meines Großvaters,
und er hat sich sicherlich schön angehört, als er ihn meiner
Großmutter in jenem polnischen Caféhaus ins Ohr geflüstert
hat. »Zurück zur Natur«, das hatte sich meine Großmutter als

nettes Picknick ausgemalt und nicht so: Dreck schaufeln, Hühnerstall ausmisten, Töpfe schrubben. Meine Großmutter hatte schnell begriffen, was es für sie bedeutete, ein neuer Jude zu sein. Und auch die jüdische Revolution hat sie in ihrer ganzen Größe und Erbärmlichkeit kennen gelernt. Die jüdische Revolution, das war der Hühnermist, der ihr unter den Fingernägeln klebte. Hühnermist, Kreuzschmerzen und Mückenstiche. Es ist wohl anzunehmen, dass meine Großmutter in jener Zeit so manchen polnischen Fluch ausgestoßen hat. Die Polenflüche bleiben in ihrem Hals, während wir sie so sehen sollten: gebeugt, in kurzen Hosen, mit Tuch auf dem Kopf. Vielleicht sollte man sie auch singen lassen, während sie mit dem Traktor des Kollektivs aufs Feld gefahren wird. Der Stimmung halber und um dem schönen Mythos zu entsprechen, der uns, den Nachgeborenen, übermittelt worden ist. Also Großmutter fröhlich und im Takt des Motors: »Was macht, macht der Chaluz / wenn er geht, geht in den Kibbuz.«

Meine Großmutter schuftete proletarisch im ersten Kibbuz, Beit Alfa. Ich bin mir heute sicher: Nicht aus Überzeugung schuftete sie, sondern weil sie sich verliebt hatte. Sie wurde daher von mancher wohlwollenden Jugendfreundin für verrückt erklärt. Aber verrückt war nicht sie, sondern die Zeit. Und die Liebe hat ihr das Leben gerettet. Das wäre ein schöner Abschluss für diese verblichene Romanze. Schön kitschig, wie es sich gehört. Aber man muss noch ein paar Tatsachen hinzufügen, auch wenn es nun das Ende zerstört. Aus dem polnischen Dorf meines Großvaters hat kein Jude überlebt. Sie wurden alle in den Wald gebracht und erschossen. Auch die Familie meiner Großmutter wurde umgebracht. Geblieben sind ihr zwei Brüder und eine entfernte Cousine. Nun werde ich von ihnen und der Staatsgründung berichten. Welcher Staatsgründung? Der halsbrecherischen: Israel. Ja, nörgelnder Leser, ich ahne, was du jetzt denkst. Du hältst diesen Übergang für demagogisch. Wie Recht du hast! Und auch deine Einwände höre ich schon: Man muss auch an die Palästinenser denken. Das Land war nicht unbewohnt. Wer berichtet von palästinensischen Wanderungen, von palästinensischem Leid? Ich stimme dir aufrichtig zu, und trotzdem ... Was? Kein Trotzdem? Aber ja doch, ein fettes, ungerechtes Trotzdem, zweimal rot unterstrichen, denn ob du willst oder nicht, hier bestimme ich. Und die andere Seite? Kann sich ein Palästinenser mit abmühen. Ich erzähle jetzt, was ich von meiner Familie und der Staatsgründung weiß.

Die Staatsgründung war für mich eine verwandelte Stimme, rau vor Erregung und knisternd wie Stanniol. Die Stimme kam abends aus dem Muttermund, während wir sauber und müde in unseren Betten lagen: in deutschen Betten, in einer deutschen Wirklichkeit. Die Staatsgründung kam auf Hebräisch daher und war ein fremd klingender süßer Brei, mit dem meine Mutter uns voll stopfte. Wir Kinder lauschten und fraßen Wörter. Schnappten nach ihnen mit der Gier von Kindern nach Geschichten. Die Staatsgründung war kein einheitlicher Text, sondern ein verworrener Haufen, unordentlich, immer neu kombiniert, vermischt mit Liedern, Anekdoten, Einfällen und Lücken; den Takt gab die Hand der Mutter an.

Ja, das ist ungerecht, aber so war's: Nicht am Bett meiner kleinen Schwester, sondern an meinem Bett saß die Mutter, streichelte mir den Rücken rauf und runter und erzählte dabei. Die Staatsgründung habe ich daher als angenehmen Schauer und als gleichmäßige Bewegung der Hand und als süßes Parfüm und als stockenden Bericht im Kopf. Und es wird mir nur schwer gelingen, dieser Masse von Eindrücken, die mich in der Geborgenheit unseres Zimmers überfluteten, gerecht zu werden.

Glücklich habe ich meine Mutter nur gesehen, wenn sie von ihrer Kindheit erzählte. Wenn sie, in die Dunkelheit unseres Zimmers getaucht, den konservativen deutschen Alltag vergessen konnte und den konservativen deutschen Komfort, den sie schlechten Gewissens genoss. Am meisten genoss sie ihn, wenn sie in Israel vor ihren Jugendfreundinnen damit aufschneiden konnte, wenn sie mit ihren Klamotten, ihrem Schmuck, ihren Schuhen und ihren Taschen vor den neidischen Augen der Jugendfreundinnen herumwedelte, sie, die große Genießerin, selbst ernannte Dame unter israelischem Plebs. Mit Tasche, Schmuck und Tüchern behängt ... immer korrekt ... keine knallende Protzerei ... vielmehr standesgemäß ... mit zwei feschen Miniaturen im Gespann ... mir und meiner kleinen Schwester, gekleidet wie anno dazumal ... Röckchen, Kniestrümpfe, Lackschuhe ... Arbeitsdrillich zweier Kinder aus gutem Haus, die nicht rauften, rotzten, spielten, sondern dasaßen, wie es sich gehört ... malerisch saßen wir da ... hingepflanzt, stumm, brav ... hat sie es all denen gezeigt, die sie dafür verachteten, ausgewandert zu sein. Ausgewandert war sie und noch dazu in ein Land, dessen Namen man nicht einmal auszusprechen wagte, es sei denn, es kam als Schimpfwort daher.

Meine Großmutter hatte sich verliebt und war in die Wüste gezogen. Sie war ein dummer Witz. Meine Mutter hatte sich verliebt und lebte in Schweineland. Sie hatte sich mit ihrer Liebe aus der Menschheit ausgestoßen, sie lebte unter einem Volk, das auf dem Index stand. Dass sie dem Touristen, meinem Vater, gefolgt war, begriff keiner, und obwohl sie nun auf der sozialen Leiter ganz oben stand, war sie für ihre Jugendfreunde der letzte Dreck. Ich nehme an, sie fühlte sich selbst wie der letzte Dreck und hat das meinem Vater nie verziehen. Die Spiegel, Staffeleien, Sofas, Aufsatzschalen, das Porzellan, die mit Blütenranken und Voluten verzierten Vasen, die Serviettenringe aus Elfenbein, die Mokkatassen, Karaffen, Likörgläser, Zigarettenetuis, Lampen, Lämpchen, Kerzenständer und Porzellaneier, die Jardinieren, Bronzeplastiken, Ruhesessel, Stühle, das furnierte, geschnitzte Holz der Beitische, die Tücher, das Leinen und Silber, die Parfumflakons, Cremetiegel, Puderdosen ... all die bis zum Überdruss schönen und teuren Dinge, mit denen sie sich umgab und die meinen Vater zur Verzweiflung brachten – er behauptete einmal wöchentlich, sie wolle seinen Ruin –, waren ihre Rache und ihr Schutz. Die Dinge standen bei uns stramm und waren mütterliches Regiment, das dann im Stechschritt ins Feld zog, wenn sich meine Mutter gefährdet, verletzt oder beschimpft wähnte. Meine Mutter war eine elegante Frau und immer dann am elegantesten, wenn sie sich am dreckigsten fühlte.

Auch meiner Schwester und mir hat meine Mutter verübelt, deutsche Kinder geworden zu sein, also mit ihrer Hilfe und Zustimmung und unter Aufsicht des deutschen Kindermädchens das geworden zu sein, was für sie nicht mehr und nicht weniger war als der letzte Dreck. Als Kind habe ich gedacht, dass meine Mutter uns hasste, weil wir sie an ein Land banden, mit dem sie nichts zu tun haben wollte. Heute weiß ich: Die Mutter hasste uns nicht. Die Mutter ist nur an uns verzweifelt, weil wir deutsche Kinder waren. Die Mutter hasste uns nicht, sondern hasste alles Deutsche an uns. Ein Leben lang hat meine Mutter versucht, uns Kindern das Deutschtum auszutreiben, das man uns in der Schule und auf der Straße eingetrieben hatte. Ein Leben lang war die Mutter auf der Suche nach deutschen Krankheitssymptomen im Kind. Und abends, wenn wir sauber und müde in unseren Betten lagen, in deutschen Betten, in einer deutschen Wirklichkeit, da träufelte sie uns ihr Antiserum ein. Die Staatsgründung war ein gestrichener Esslöffel Medizin. Ein fremd klingender, süßer Brei, mit dem meine Mutter uns voll stopfte. Was braucht ein krankes Kind, um wieder gesund zu sein? Licht, Luft, Sonne, Bewegung und Wortkräuter, die die Abwehrkräfte stärken. In einem zur Abwehr fähig gemachten Organismus, dachte meine Mutter, haben deutsche Krankheitserreger nicht die geringste Chance, deshalb erzählte sie

... vom Aquarium, das die Hagana spendierte. Was ist Hagana? frage ich meine Mutter. Die Hagana, das ist dein Opa. Wieso mein Opa? frage ich. Weil dein Opa in der Hagana war. Er ganz allein? Nein, sagt meine Mutter, nicht ganz allein. Wieso ist er dann Hagana? Er ist nicht die Hagana, das sag ich nur, weil ich stolz auf ihn bin. Worauf bist du stolz? frage ich meine Mutter. Dass er in der Hagana war. Aber was ist Hagana? frage ich meine Mutter. Hagana sind die Helden von links, und Irgun sind die Schweine von rechts. Dann war mein Opa ein Held? Ja, sagt meine Mutter, dein Opa war ein linker Held, und unser Nachbar war ein rechtes Schwein, und sein Sohn und ich hatten ein Aquarium, das bei uns im Wohnzimmer stand. Wenn's bei euch im Wohnzimmer stand, wieso war es dann auch vom Sohn deines Nachbarn? Nicht von seinem Sohn, sondern auch von unserem Nachbarn, er durfte das Aquarium benutzen. Nun gut, denke ich, warum soll ein rechtes Schwein nicht auch Fische mögen dürfen. Liebt die Irgun Fische? frage

117

ich. Wieso Fische? sagt meine Mutter. Na, weil das rechte Schwein das Aquarium benutzen durfte. Das Aquarium hatte einen doppelten Boden, und da waren Waffen drin. Waren auch Fische drin? frage ich meine Mutter. Ja, sagt meine Mutter, oben waren Fische, und unten waren Waffen drin. Warum tut man Waffen ins Aquarium? Weil ein Jude sich verteidigen muss. Mit Waffen im Aquarium? Wenn man keine Waffen haben darf, muss man sie eben verstecken. Das ist logisch, denke ich und frage: Muss ich mich auch verteidigen? und sehe schon ein Aquarium mit doppeltem Boden und Waffen drin, das meinen Wellensittichkäfig ersetzt, in dem unser Vogel Johnny sowieso nichts anderes tut als scheißen. Nein, sagt meine Mutter, du nicht, du hast ja Israel. Schade, denke ich, und dann fällt mir ein: Opa hat auch Israel. Nein, sagt meine Mutter, Opa hat Israel gemacht. Und wie, frage ich, hat er Israel gemacht? Hat dafür gekämpft, in der Hagana. Und wo war Israel davor? Israel war immer schon da, wo es auch heute ist. Na, siehst du, denke ich, dann hat er Israel nicht gemacht. Hätte er Israel gemacht, sage ich, dann wäre es nicht da, wo es ist. Doch, sagt meine Mutter, da, wo es ist, und in seinem Kopf. Ein Land kann nicht in einem Kopf sein. Doch, sagt meine Mutter, ein Land kann in einem Kopf sein. Dann war Israel nicht da, wo es ist. Doch, sagt meine Mutter, da, wo es ist, und in seinem Kopf. Das, denke ich, sagt die alte Spielverderberin nur, weil sie mir kein Aquarium gönnt. Davor war Israel da, wo es ist, aber hieß nicht Israel. Und wie hieß Israel davor? frage ich. Palästina, sagt meine Mutter, aber nur für die Araber, für uns hieß es immer schon Israel. Das geht nicht, denke ich und setze mich auf. Siehst du den Stuhl da? frage ich. Welchen Stuhl? sagt meine Mutter. Den Stuhl da neben dem Tisch. Ja, sagt meine Mutter. Na also, sage ich, das ist ein

Stuhl, sowohl für dich als auch für mich. Ja, sagt meine Mutter, aber man kann auch »Chair« dazu sagen. »Chair« ist in einer anderen Sprache, sage ich. Na und, sagt meine Mutter, ich nenn das Ding da »Chair«, und wer, bitte schön, hat jetzt Recht? Dann war »Palästina« das Wort für Israel in einer Fremdsprache? Nein, sagt meine Mutter, nicht ganz so oder vielleicht doch. Was nun? frage ich und schlafe langsam ein, während meine Mutter von Palästina erzählt, das Israel war, bevor es Palästina wurde. Und von Israel erzählt, das Palästina war, bevor es Israel wurde. Und von Israel erzählt im Kopf meines Großvaters. Und von Palästina erzählt im Kopf der Araber. Israel, Palästina, Köpfe, höre ich. Köpfe, Köpfe, Köpfe, denke ich, nichts als Köpfe mit Ländern drin, und dann hör ich mir die Geschichte eines Aquariums an, das einen doppelten Boden besitzt: wie mein Großvater seinen Nachbarn ein rechtes Schwein nennt, aber das Aquarium mit ihm teilt. Und wie das rechte Schwein meinen Großvater einen Verräter nennt, weil er nichts gegen Araber hat, und das Aquarium mit ihm teilt. Aber wenn er nichts gegen Araber hat, wozu braucht er dann das Aquarium? Und wie meine Mutter mit dem Nachbarssohn auf der Straße spielt, aber nicht wirklich spielt, sondern Wache hält, damit mein Großvater, falls sie kommen, die Gewehre im Aquarium verstecken kann. Falls wer kommt, denke ich. Die Araber? Das Schwein von der Irgun? Vier verbotene Gewehre, höre ich und vier Goldfische und vier Soldaten der britischen Mandatsregierung. Wieso vier Briten, denke ich, wie sind die in die Geschichte gelangt. Noch mehr Köpfe, denke ich verzweifelt und sehe, wie meine Mutter nach Hause rennt, um meinen Großvater zu warnen. Sie kommen, sie kommen, höre ich und sehe meinen Großvater die Gewehre im Aquarium verstecken, und dann holt meine Großmutter Karten aus der Schublade, und mein Großvater spielt Karten mit zwei Helden der Hagana und einem Schwein der Irgun, aber spielt nicht wirklich Karten, sondern schaut den Soldaten der britischen Mandatsregierung zu, wie sie das Haus nach Waffen durchsuchen. Und haben sie die Waffen gefunden? lalle ich. Nein, sagt meine Mutter, nie haben sie die Waffen gefunden, denn die lagen im Aquarium.

Israel, Palästina, Araber, höre ich, und Goldfische und Karten und Briten, höre ich und verbotene Gewehre und Großvater und Hagana und Irgun. Und sehe Britenköpfe, Araberköpfe, Judenköpfe, nichts als Köpfe, Köpfe, Köpfe mit Ländern drin und schlafe erschöpft ein.

... vom jüngeren Bruder meiner Großmutter. Der Legende nach stand er eines Abends vor ihrer Tür. Meine Großeltern lebten damals schon in der Stadt. (Da haben wir es. Hat sie ihn doch glatt so lange bearbeitet, bis er dem Idealismus und dem Kibbuz den Rücken gekehrt hat und nach Tel Aviv gezogen ist, um dort als Hafenarbeiter soundso viel Agurot zu verdienen, grad genug für das täglich Brot. Und was machte sie währenddessen? Hütete Heim und Kind, spießbürgerlicher geht es gar nicht mehr. Siehst du, höre ich meine Mutter sagen. Kein *baleboss*, nebbich ein *kabzn*.) Der Legende nach stand er da und klingelte. (Aber wer hatte ihn aus dem Lager befreit? Und wie kam er nach Tel Aviv? Ja, und überhaupt! Konnte ein Jude neunzehnhundertfünfundvierzig ohne Pass und ohne Geld und ohne britische Einwanderungspapiere einfach so an einer Tür in Palästina klingeln?)

Der Legende nach stand er einfach da, klingelte, und meine Großmutter ging zur Tür und machte auf.

»Ja, bitte?«, sagte sie, eigentlich: Ken, vakascha?

»Ken, vakascha?«

Ihr Bruder lächelte. So ein Lächeln aus wässrigen Augen. Bekannte Mischung: Wachsamkeit und Schelmenstreich. Meine Großmutter stolperte über dieses Lächeln wie über eine Wurzel.

»*Sie senen mir bekant?*«, fragte sie und überlegte, wo sie ihm wohl begegnet war, diesem *ganew*, diesem *chuzpendik*, diesem dürren *schnorrer* mit seinem Lächeln, das sich dehnt und streckt mitten im Gesicht, so ein Lächeln ...

Meine Großmutter fing an zu zittern. Ich glaube, es war in dem Moment, als sie ihn erkannte und auch sah, was das Lager aus ihm gemacht hatte, einen frühzeitig Gealterten, frühzeitig Erloschenen, ja, ich glaube, es war in dem Moment, als sie betäubt und aus der Zeit herausgerissen an der Türangel stand und ihr Herz randvoll ... ach, ich weiß nicht, was sie gefühlt haben mag, als sich unvorbereitet dieses Türchen öffnete und sie wieder Zugang fand zu einer verschwundenen Welt und ihr Kindheitserinnerungen die Pupillen weiteten, aber ich glaube, es war genau dann, bevor sie ihren Schrei ausstieß, genau dann oder gleich danach reifte in ihr ein Entschluss. Denn so war sie, und so habe ich sie im Gedächtnis: In den unmöglichsten Situationen fasste sie unmögliche Entschlüsse.

Meine Großmutter schrie, dann bekam sie ihr Entschlussgesicht und zerrte ihn in die Wohnung, an Schrank, Stuhl, Bett vorbei, direkt in die Küche. Gesagt hatte sie immer noch nichts, nur dieser Schrei. Sie setzte ihn an den Tisch und machte sich ans Werk.

Hätte sie einer gesehen, wie sie da mit zusammengekniffenen Lippen Schubladen und Schränke öffnete, er hätte sicherlich gedacht, die arme Frau hat den Verstand eingebüßt. Oder aber er hätte sie bewundert. Kann ja nicht jeder: Braten aufwärmen, während es aus den Augen rinnt.

Und was tat ihr kleiner Bruder, während sie heulte und mit Küchenutensilien hantierte? Er saß am Tisch und wartete, bis sie alles hervorgeholt hatte. Und als es auf dem Tisch stand, fing er an zu essen.

Eigentlich kenne ich die Geschichte so:

Ich hob geefnet di tir un hob ihn gesejn, is mejne hofnung farwirklicht gewordn. Fun alle sajtn hob ich ihn ongekukt wi dos erstn mal, as er ward gebojrn. Wus macht majn harz? Es pocht. Pik, pik, pik, so laut wi a wilder, brumendiker Löwe, aber zwischn majne lipn kommt nicht a wort hervor. Un er? Stelt er a frage? Oj, Gilalebn, er stejt nur do un kukt aher un ahin. Dacht sich mir, dos schwajgen is asoj voll, is nicht netig werter arajnzustekn. A schwajgen war dos, so gros wi di ganze welt. Di welt wi si lebt und di welt as si is gestorbn. Du narisches kind! Woss is do nischt zu farschtejn? Bei jidn, as gott wil, is nischt im schwajgen di welt?

Auch später noch habe ich sie so gesehen, wie sie vor der spitzen Nase ihres Bruders auftischte. Bis zu ihrem Tod hat sie vor ihm aufgetischt wie keine andere: gehackte Eier, Hühnerbrühe, Zimes, Schmalzhering, Apfelstrudel, gefillte Fisch, Braten, Lokschen, Kreplach, Salzgurken, Borscht, Pflaumenkompott, Kischke, Käsekuchen ...

Dann sagte sie kurz un bindik: »Nu?!«, und er fing an zu essen. Was weiß ich noch über die Geschichte? Nur das: An jenem denkwürdigen Abend bekam er zwar nicht sein wahres, pausbäckiges Gesicht, dafür aber seine nach Zimt und Zwiebeln und Nelken und Mohn duftende Jugend wiedergeschenkt. Happen für Happen musste er sie vor ihren Augen zerkauen. Und erst als er sie geschluckt hatte, fing sie an zu reden.

Meine neunjährige Mutter bekam einen Onkel. Resultat: Der Onkel bekam ihr Bett, und sie schlief in der Badewanne.

Ach, wie wunderbar, hab ich als Kind gedacht, wie wunderbar, wunderbar das sein muss, in der Badewanne zu schlafen. Hätte ich einen Onkel bekommen, hätte man mich, wie gewohnt, um halb acht in mein Bett geschickt.

... von Tante Balla, die mit dem Schiff »Exodus« nach Palästina wollte.

Woher kam sie? Keine Ahnung. Kam aus Europa, dem alten Wrack. Kam siebenundvierzig, zwei Jahre nach der Befreiung, und reiste auf dem legendären Flüchtlingsschiff. Meine Großmutter war eine entfernte Cousine, und das war auch schon alles, was sie an Familie besaß: Adresse und Name einer Frau, die auf und davon war, ohne Adieu und Abschiedsbrief. Adresse: Palästina. Name: Lea Jeger.

Balla, eigentlich weder Tante noch sonst was, eher Mischpoche über tausend Ecken ... und über tausend Ecken hatte sie von jener Frau und ihrer Missheirat gehört. Damals, in Polen, wanderte die ihren Eltern Herzleid Verursachende als Schauermärchen durch die Münder und war genau das, was man brauchte: ein abschreckendes Beispiel für Mütter, ein Traum für junge Kälber. Auch Balla hat davon geträumt, aus der Herde auszureißen ... mit einem Kommunisten, auf Gedeih und Verderb ... der Krieg kam dazwischen. So sah sie Palästina am 18. Juli 1947.

Meine Großmutter bekam ihr zweites Kind ohne Wehen. Als Balla sechzehn oder siebzehn war, klaubte sie sie auf und zog sie gesund. Doch erst als sie Balla weggab, an einen Mann, hat ihr Kind sie Mutter genannt.

Bis zu ihrer Heirat hatte meine Großmutter sie voll gestopft mit Leckerbissen, Sorge und ihrer ganz persönlichen Ansicht über das Mysterium Mann, diese Gattung Mensch mit schiefem Blick. Sagen wir es nach großmütterlicher Art. Kurz un bindik: In der Liebe sind sie Nullen. Und nach dem vierzigsten Lebensjahr kriegen sie Bäuche wie runde Nullen. Und darunter, seht nur, as ir kukt arunter – a klejnikkajt. Un as ir kukt ariber – di finztere nacht, a blutbesudelte Hand. Weil, was machen die Herren der Schöpfung? Schoklen mitn köpfchen, krazn sich den bart, dann hat es sich ausphilosophiert. Un di Konsequenz von di Erleuchtung? Lieben und hassen. Nichts anderes fällt ihnen ein, als Menschennachwuchs zu zeugen und zu töten, ein ganzes Leben lang. Frauen, wajber, Balla! Woss is do nicht zu farschtejn? Geht nur aweg und verbreitet di Doktrin: Sie lieben und sie hassen mit jenem schiefen Blick.

»Exodus« ... so ein Wort ... einzigartig ... so ein Wort, bei dem auch heute noch die Augen meiner Mutter glänzen ... Exodus, das ist in seiner psychologischen Sezierung Wut und messianische Hoffnung ... nach all den Jahren durch nichts bedroht, auch nicht durch den nervenaufreibenden Alltag in Spießbürgerisrael ... Exodus, wenn meine Mutter das Wort ausspricht, senkt sich die Stimme, sogar der Körper veränderte sich.

»Exodus«, das war ein Schiff mit 4515 Überlebenden ... das war ein verwegenes Ding, von der Hagana geplant: so viel Überlebende wie möglich in ein Schiff zu stopfen und nach Palästina zu bringen. Illegal freilich, denn die Judenquoten waren von der britischen Mandatsregierung festgesetzt. Die

Quotenjuden kamen durch die Tür »Für Herrschaften«, die anderen kamen ... na, Sie ahnen es schon.

»Exodus«, das war Heimführung der Überlebenden ins Gelobte Land. Hören wir da richtig? Ins Gelobte Land? Aber Gott wurde doch in Palästina abgeschafft. Gott und dem Glauben wurde auf den Feldern und den Siedlungen und im Kibbuz der Garaus gemacht ... und dennoch schleppte er sich dahin, schleppte sich durch die Köpfe. Gott, der alte Leierkastenmann, wanderte durch die Siedlungen, und plötzlich summten die Bauern ganz heimlich und verschämt sein Lied. Kaum wurde das Ding geplant, ein Schiff gekauft, die Reiseroute festgelegt, nannte man den Kahn auch schon »Exodus«. Kaum hatte man das Schiff »Exodus« getauft, schlich sich Gott wieder ein. Nicht durch die Tür »Für Herrschaften« kam Gott nach Palästina, sondern auf »Exodus«, illegal, mit den Überlebenden.

Das ist Dialektik allerjüdischster Machart. These: Gott ist tot. Antithese: Na, vielleicht lebt er doch. Synthese: Selbst wenn er tot ist, kann Hoffnung nicht schaden.

Aber die Sache ging nicht auf. Im Juni 1947 verließen die Schiffsinsassen Europa, im Juli 1947 wurden sie von britischen Kriegsschiffen kurz vor der Küste Haifas abgefangen und gezwungen zurückzukehren. War damit die ganze Exodus-Geschichte abgeschlossen? Noch lange nicht! Was führten die Schiffsinsassen im Schilde? Doch nicht etwa ... doch nicht etwa ... Wer annimmt, es hätte anders kommen können, der kennt die Juden nicht und ihre Hassliebe zum Buch. So war das also: Ein rascher Blick, ein kurzes Abwägen der aussichtslosen Situation, und dann kam auch schon die Bibel zu Hilfe. So war das also, so ist es immer: Selbst der allerpragmatischste Judenkopf wird in kritischer Lebenslage ein biblischer Kopf. Ein Prophetenkopf par excellence. Also was? Die Schiffsinsassen spielten Exodus. Was machten sie? Sie wurden wütend. Und das ist alles? Ja, das ist alles, doch es beschleunigte, mutatis mutandis, nämlich ohne göttliche Intervention, ihren Befreiungsprozess. Vierzig Jahre mussten die Israeliten durch die Wüste wandern, vierzig Jahre haben sie gebraucht. Wozu? Um ihre Sklavenvergangenheit abzuschütteln. Aber dieses Grüppchen Überlebender brauchte nur einen Tag. Wurde geschnappt und wehrte sich und ging als grandioses Remake einer alten, ausgeleierten Geschichte in die Mythologie ein.

Glaubten sie an die Vorstellung? Sie glaubten daran, wie eben nur ein Jude daran glaubt. Nicht an Wunder glaubten sie, sondern daran, dass es selbst Moses nicht gelungen war, die Israeliten ins Gelobte Land zu führen. Und warum kommt Moses nicht nach Kanaan? »Nicht weil sein Leben zu kurz war, kommt Moses nicht nach Kanaan, sondern weil es ein menschliches Leben ist.« Denn Moses ist kein Messias, sondern bloß ein Mensch. Und wenn Gott selbst Moses geraten hat: »Das Geschäft ist dir zu schwer; du kannst's allein nicht ausrichten«, ja, wenn selbst Moses nichts ist ohne sein Volk, wie hätte es dann die Hagana ohne die Überlebenden geschafft?

Meine Tante Balla und die 4514 anderen Schiffsinsassen beschlossen, Gott und der Hagana im Heimführgeschäft zu helfen und stürzten sich in einen lächerlichen und ausweglosen Kampf. Und das hab ich in meiner Kindheit gehört: drei und achtundzwanzig.

Oder achtundzwanzig und drei – wie Sie wollen. Oh ja, drei und achtundzwanzig kann ich auch heute noch im Schlaf aufsagen. Nicht einmal die Geburtsdaten meiner Familie kann ich mir merken, aber drei und achtundzwanzig bleiben im Kopf und auch der verächtlich verzogene Mund meiner Mutter und Schimpfworte ... viele Schimpfworte.

Drei Überlebende sind beim Versuch, in Haifa an Land zu gehen, gestorben, und achtundzwanzig wurden verletzt. Dann wurde das Schiff »Exodus« zurück nach Europa eskortiert. Um genau zu sein, über Frankreich nach Deutschland. In Hamburg wurden die Schiffsinsassen in einem britischen Lager interniert. Dort blieben sie zwar nicht vierzig Jahre, aber Wüste war es doch.

Was für eine Ironie des Schicksals! Von den Amerikanern aus einem deutschen Lager in Polen befreit zu werden, um in einem britischen Lager in Deutschland zu enden. Und was beweist es uns, dieses Schicksal? Selbst die Briten mit ihrer Vorliebe für Männerclubs, Shetlandwollpullunder, den Kolonialstil, Heraldik and the good old days, selbst diese traditionsversessenen Briten sind gedächtnislos, wenn es sich nicht um eine glorreich gewonnene Schlacht handelt, die man in einen Bahnhof oder einen Square mit Denkmal verwandeln kann.

Meine Tante Balla kam nicht mit dem messianischen Schiff nach Palästina, sondern etwas später. Nichtsdestoweniger war es ein kanonisches Geschehen, und Exodus wurde in ihrer Biographie der erste Akt einer biblischen Komödie. Die Tochter meiner Tante, die die gleichen hohen slawischen Wangenknochen hat und einen kleinen energischen Mund und grüne Augen, die zubeißen können, wenn sie einen nicht anbellen ... kurz, sie trägt im Gesicht jenen mütterlichen und großmütterlichen Stempel von Sturheit und Rebellion ... hat sich vor einigen Jahren scheiden lassen. Hat ihre Wohnung in einem spießbürgerlichen Vorort bei Tel Aviv und ihren Mann verlassen ... ein Gewohnheitstier, das außer Gewohnheitstier zu sein auch noch Vertreter für industriell hergestellte Salate ist. Hat also Tafelfreuden mit industriell hergestelltem Kartoffel- und Krautsalat den Rücken gekehrt, um, zur Überraschung ihres Mannes und ihrer drei halbwüchsigen Kinder, nicht etwa mit einem Schnulzensänger durchzubrennen, sondern um Rabbiner einer Reformgemeinde zu werden.

Wollen wir einen verstohlen Blick auf eine Anekdote werfen: Vor drei Jahren hat Frau Rabbiner mit einer kleinen Gruppe amerikanischer Kolleginnen versucht, sich einen Weg bis zur Klagemauer zu bahnen. Nicht in dem für die Frauen bestimmten Abschnitt, sondern neben bärtigen Männern wollte sie beten, was, nebenbei erwähnt, ein recht sonderbares Bedürfnis ist. Frau Rabbiner wurde der Weg von wütenden orthodoxen Juden versperrt. Fauchend trat sie ihren Rückzug an. Es ist wohl anzunehmen, so fauchend wie ihre Mutter einst. Es ist auch anzunehmen, dass sie es aufs Neue, da capo probiert. Die ganze Geschichte ging die israelische Presse rauf und runter. Aber was sie auch alle gesagt haben, und wie sie sie auch alle genannt haben, keiner erwähnte die »Exodus«.

Und noch einmal »Exodus«, sozusagen als Finale. Dann geht es weiter und so weiter und so weiter. Zuerst jedoch ein paar historische Fakten. Denn die Irrungen und Wirrungen der Meinigen sind Marginalien im großen Buch der Geschichte.

250 000 Juden sind von 1945 bis zur Staatsgründung nach Israel eingewandert. Alle waren Überlebende. Keiner von ihnen hatte Einwanderungspapiere, Geld oder einen Pass.

Staatenlos schlichen sie durch Europa. Durchquerten Polen, die Tschechoslowakei, Rumänien, Ungarn, Österreich und Deutschland. Ihr Ziel die Küste Italiens. Dort wurden sie auf Frachter verladen und unentdeckt nach Palästina gebracht.

Diese größte illegale Wanderung des zwanzigsten Jahrhunderts nennt sich Alija Bet. Sie wurde von einer Hand voll Männer in Palästina koordiniert. Die meisten gehörten der jüdischen Verteidigungsorganisation Hagana an. Dennoch wäre es vermessen zu behaupten, dass die Hagana absolut und allmächtig alle Entscheidungen traf. Die Hagana war nicht Moses. Und aus Ägypten ist das Volk aus eigenem Antrieb geflüchtet. Nicht etwa, weil sie an den Bund zwischen Gott und den Menschen glaubten, auch nicht, weil sie hofften, das Land der Verheißung zu erreichen, emigrierten die Überlebenden nach Palästina, sondern weil es der letzte Zufluchtsort für ein Volk war, das man fast vollständig ausgerottet hatte.

Diese Tatsache, dass Israel von Überlebenden und nicht nur von Zionisten und Ideologen und ihrem politischen Determinismus geschaffen worden ist, wird in Israel gerne vergessen. So wie in Israel auch gerne vergessen wird, dass die meisten Israelis Kinder und Enkelkinder von Überlebenden sind. Die gesellschaftliche und politische Konsequenz dieses Vergessens ist fatal. Sie macht aus jedem Israeli einen, der sich seiner Väter und Mütter schämt. Sie macht aus jedem Israeli einen, der es sich und den anderen dauernd beweisen muss.

Tagtäglich beweisen sich Israelis, dass sie keine Opfer sind. Israelis sind in dieser Hinsicht mit den Deutschen verwandt. Was sie verbindet, ist Vergessen und Scham und der Wunsch, eine Vergangenheit abzuschütteln, die auf der Haut kleben bleibt.

Auch ich habe mich meiner Familie geschämt. Heute kann ich es mir nicht mehr erklären. Nichtsdestoweniger muss ich gestehen, als Jugendliche dachte ich ungefähr so: Das geht mich nichts an. Ich bin neunzehnhundertdreiundsechzig geboren, warum soll mich etwas, das vor neunzehnhundertdreiundsechzig geschehen ist, etwas angehen. Keiner kann mich zwingen, mich damit abzugeben. Das sind alles Verlierer, und die machen mir nichts anderes als einen fetten, widerlichen Strich durch die Biographie.

Als Jugendliche wollte ich so sein wie meine deutschen Klassenkameradinnen, denn ich glaubte felsenfest, sie hätten das, was ich mir am allerliebsten wünschte: eine fröhlichfad dahinplätschernde Jugend. Vor allen Dingen hatten sie eins nicht, einen Vater, der das, was in meiner Jugend kein Thema war, überlebt hatte. Erst viel später, schon erwachsen, begriff ich, dass auch meine deutschen Freundinnen von einer fröhlichfad dahinplätschernden Jugend geträumt hatten, eigentlich von einer üppigen Jugend, üppig und wuchernd und ausgelassen und ohne Schrecken. Oh ja, auf eine geheimnisvolle Weise waren wir damals verschwistert. Die Sehnsucht nach Normalität hatten wir gemein. Diese Sehnsucht, irgendjemand zu sein, nur nicht man selbst.

Als Jugendliche wollte ich einen schönen Namen besitzen, wie Bärbel, Bettina oder Susi. Aber ich hatte einen Namen, der aufhorchen ließ. Gila? Nein, das ist keine Abkürzung von Gisela, das ist biblisch. Leider, leider. Heute haben jüdische Namen Inflation, heißen deutsche Kinder David, Sarah oder Samuel. Verstehe einer die Deutschen, die Juden sein wollen. Wie soll man so etwas verstehen, wenn man als Kind Bärbel, Bettina oder Susi als Namen ersehnt.

Ja, das ist die Wahrheit, auch wenn sie unaussprechbar ist:

Nicht auf die Umbringer war ich wütend, auf die Mitläufer, Feiglinge, Zuseher, Diebe, Quäler, Verräter, sondern auf meine im Krieg und durch die Deutschen kaputtgemachte Familie. Gerade das musst du sein, habe ich gedacht, gerade das, was dich anödet: Sprössling einer kaputtgemachten Familie.

Zweiter Teil

5

Ich kam von meiner Wand nicht los. Ich hatte meine ersten
Hemmungen, nicht wirklich Angst, aber eine gewisse Scheu,
die mich zögern ließ, einen Raum voller Menschen zu betreten, ich hatte jenen entscheidenden Moment verpasst,
gleich am Anfang, wenn man noch im Mantel im Eingang
steht, wenn die Hausdame oder das Dienstmädchen einem die
Tür öffnet und mit einem Lächeln in die Zimmer weist, wenn
man sein Geschenk, die Weinflasche, den Champagner, den
Blumenstrauß hergibt und den Mantel abstreift, genau dann
muss man auch die Schüchternheit abstreifen und durch das
Lachen, die Augenpaare, die Geräusche und Musik schnurstracks aufs Büfett zugehen oder auf ein bekanntes Gesicht,
wie durch einen Tunnel. Aber ich hatte gezögert, ich war in
Gedanken versunken gewesen, hatte an einer Frage herum-
gekaut wie an einem zähen Stück Fleisch, und nun war der
Augenblick verstrichen und die Gelegenheit verpasst. Ich ließ
den Blick durch den Raum schweifen. Überall standen Menschen zu einem Kreis oder Halbkreis gruppiert und sprachen
angeregt aufeinander ein. Ich war wieder einmal zu spät gekommen. Die Aschenbecher waren längst übervoll. Der Wein
ausgeschenkt. Das Büfett ein kläglicher Überrest. Ein Mann
um die fünfzig spielte Klavier. Stimmen überdeckten seichten
Jazz. Und das Gemurmel und das Lachen und die schale Luft

und die dreiste Aufdringlichkeit der Formen und Farben: das strotzende Rot eines Kleides und das rauchige Grau eines Anzugs und Grün und Indigo und Ultramarin in einer Ecke und Saphir voller Geflüster neben Silber mit gesenkten Augen und all die Männer und Frauen, die sich mit blassrosa Fingern an Armen, Schultern, Rücken berührten ... Es war zu viel für mich. Ich wollte gehen und hörte meinen Namen.

»Gila, Gila!«

Ich wandte mich der Stimme zu und sah Dominique. Mitten im Trubel, wie sie sich ostentativ auf dem Sofa lümmelte, so als ginge sie diese ganze Abendgesellschaft nichts an. Sie schien auf mich gewartet zu haben. Ungeduldig winkte sie mich heran, dann grapschte sie sich ein Glas Wein, und die rubinrote Flüssigkeit verschwand in ihrem Mund.

Dominique stellte etwas dar, das schien ihre Haltung auszusagen. Sie hatte es nicht nötig, Konversation zu machen, sich gut anzuziehen, zu lächeln oder nach allen Seiten hin zu grüßen. Sie gehörte zu den Mächtigen, jener begehrenswerten Schicht, die auf alles scheißen können, der man nichts übel nimmt und deren Scheiße angeblich auch noch nach Rosen duftet. Ich wusste, sie hatte sich die Ungeniertheit anerziehen müssen. Sie kam aus armen Verhältnissen. Sie hatte nicht immer Zugang zu den Salons gehabt. Und es muss wohl eine Zeit gegeben haben, vorstellen konnte ich sie mir nicht, aber es muss sie gegeben haben, jene mittellose Zeit, in der solch eine große Altbauwohnung mit all ihren Vorführzimmern, Leuchtern und der teuren Einrichtung sie eingeschüchtert hatte, in der sie mit heimlich taxierendem Blick den Kaufpreis der Wohnung und der beweglichen Habe ausgerechnet hatte, um die Kluft zu ermessen, die zwischen ihr und den Gastgebern bestand. Eine soziale Kluft freilich, keine moralische. Die Armen und die Reichen, hatte mir Dominique eines Abends erklärt und mich über den Rand ihres Whiskeyglases anvisiert, unterscheiden sich durch nichts anderes als durch ihre Hosen. Aber jetzt kommt der Haken, bitte hinhören: Ein Pferd lobt man wegen seiner Stärke, nicht wegen seines Sattelzeugs, einen Windhund wegen seiner Schnelligkeit, nicht wegen seines Halsbandes, aber beim Menschen, da haben wir es: sieht man nicht, was in ihm, sondern was um ihn liegt. Dominique hatte einen großen Schluck Whiskey hinuntergespült und hinzugefügt, dass der Mensch das dümmste aller Tiere sei, das dümmste? Jawohl das dümmste, dass aber dieser Umstand ihrer Begeisterung für Knete und Pomp in keiner Weise Abbruch tun würde. Come on baby, are you crazy?

»Dominique«, seufzte ich, »ich hab schon gefürchtet, du kommst nicht.«

Sie klopfte auffordernd auf das Sofa, schob ihr wuchtiges Hinterteil nach rechts, gefährlich in Richtung Teller, auf den sie allerlei Partyhäppchen gestapelt hatte.

Ich setzte mich, und Dominique legte los. Mehr aus Langeweile als aus wirklichem Interesse kommentierte sie jede Person, die an uns vorbeiging. Ich richtete mich aufs Zuhören ein. Ich lehnte mich zurück und überließ mich meinen Träumereien.

»Mann, ist der Giftzwerg alt geworden.« – »Hat ein paar Kilo zu viel auf der Hüfte, die fette Tunte.« – »Hm, seine neue Freundin würde ich glatt vernaschen.« – »Alle Achtung«, sagte sie, und es huschte plötzlich ein wahrer Ausdruck von Bewunderung über ihr Gesicht. Dominique deutete auf eine Frau, die geschäftig schwatzend an der Wohnungstür stand. »Ich hätte nicht gedacht, dass eine wie die es wagen würde, in voller Montur anzutreten.«

Ich schaute sie fragend an, dann auf die Frau, die sich mit ihrem tief ausgeschnittenen Kleid sehr effektvoll ausnahm. Zugegeben, auch die Schuhe waren nicht schlecht, aber …

»Was heißt hier: volle Montur. So aufgetakelt find ich sie gar nicht, verglichen mit …«

»Red keinen Unsinn«, fiel mir Dominique ins Wort. »Sie ist mit Mann und Liebhaber gekommen – das meine ich.«

Sie musterte mich kurz und gelangweilt, dann wandte sie sich ihren Petits fours zu. Sie knabberte probeweise an Röllchen und Hörnchen, Käsegebäck und Brötchen, Schnittchen und Plätzchen. Bei einem Kanapee mit Lachscremefüllung verzog sie das Gesicht und legte es auf den Teller zurück.

»Wir in Frankreich«, sagte sie und wählte ein klitzekleines Toastbrotdreieck, unterwarf es einer langen und ausführlichen Inspektion, roch daran, wobei ihre große Hakennase die Ecken des Dreiecks abwanderte, gründlich, pedantisch, misstrauisch …

»Wir in Frankreich …« Endlich, wenn auch nicht ganz überzeugt, biss sie hinein, kaute, schluckte, sie schloss dabei die Augen und klimperte mit fast durchsichtigen, farblosen Wimpern, dann öffnete sich der hellblonde Vorhang und gab einen unverkennbar spöttischen Blick frei. »Wir in Frankreich«, sagte sie zum dritten Mal.

»Ja, was denn nun?«, fragte ich, denn ich hatte die Verzögerung und die dramatische Einleitung satt.

»Ihr Deutschen wartet darauf, dass es mit der Liebe und der Sinnlichkeit in der Ehe hin ist, erst dann geht ihr fremd. Gerade wenn eine Ehe gerettet werden müsste, wenn sie rücksichtsvolle Behandlung, Achtung, Freundschaft verdient, macht ihr ihr den Garaus. Und warum? Um euch moralisch überlegen zu fühlen. Was für ein Volk! «, sie machte eine unbestimmte Handbewegung. »Ihr mögt euch für anständige, brave Menschen halten, für mich bleibt ihr ... von guten Umgangsformen habt ihr nicht den geringsten Schimmer!«

»Du meinst also, dass man gleich nach der Hochzeit anfangen sollte zu betrüg...« Ich hielt mitten im Wort inne. Ich hatte keine Lust, mich wieder als puritanischen Sittenwächter beschimpfen zu lassen, und das Wort »betrügen« in Verbindung mit Sexualität hätte nichts anderes als eine lange, ausführliche und langweilige Litanei verursacht, in der sie mir erklärt hätte – et cetera pp.

»Evidemment! Es geht gar nicht anders. Beim Lieben schätzt man oft die Jagd weitaus mehr als die Beute. Und selbst wenn man die Beute schätzt, wie soll sie nur der Zeit standhalten? Nach drei, fünf Jahren sieht man sich nicht mehr, oder man sieht sich zu genau, bis ins kleinste, alltäglichste Detail ... zum Verzweifeln!«

»Aber wenn man nun einmal seinen eigenen Mann liebt.«

»Mein armer argloser Engel«, hauchte sie, warf den Kopf zurück und hatte nun plötzlich etwas von weltzugewandter Dame, wie man sie aus den Filmen kennt. Wie die Parodie einer Marlene oder einer Garbo. Zu hässlich, zu breithüftig, zu alt. Aber der Blick stimmte, die Haltung stimmte und die Intonation. Sie sprach langsam, und in der Stimme lag jene genau dosierte Mischung aus Ernsthaftigkeit und Spott: »Mein armer argloser Engel, lieben sollte man den Herrn Gatten schon, aber doch nicht begehren. Wenn du das tust, unterschreibst du das Todesurteil deiner Ehe.«

Und dann, nachdem sie ein paar Sekunden zugeschaut hatte, wie die Frau, von der die Rede gewesen war, mit ihrem Liebhaber herumalberte, sagte sie: »Da die Sünde unvermeidlich ist, begeht man sie am besten in der Liebe.«

Damit war die Audienz beendet. Sie wischte sich den Mund mit einer Papierserviette ab, lehnte sich zurück, zündete sich eine Zigarette an, zog, starrte versonnen auf die Kippe, inspizierte die Asche, schnippte sie auf einen Teller, zog erneut … Ich stand auf und holte mir etwas zu trinken.

Wie immer fiel mir im Nachhinein ein, was ich hätte erwidern können. Nicht, dass ich etwas hätte erwidern wollen, mir gefiel die Rolle der Verklemmten. Sie passte zu mir. Sie war mir auf den Leib geschrieben. War ich denn je etwas anderes gewesen als eine, die, wenn auch nicht ängstlich, so doch aus wohlbehüteter Entfernung auf das Leben blickte? Ich gestehe es gerne ein, für frivole Zerstreuungen bin ich nicht gesellig genug. (Oder zu träge. Oder zu sehr mit mir selber beschäftigt.) Auf jeden Fall interessieren sie mich nur mäßig. Und dennoch zerbrach ich mir nun, während ich mir Rotwein einschenken ließ, den Kopf über Dominiques Theorien. Dass sie sich gerade dann, wenn sie Frivolität predigte, als Katholikin zu erkennen gab, schien mir geradezu amüsant. Und typisch französisch. Ich trank einen Schluck. Plötzlich, ich weiß nicht warum, wollte ich ihr etwas beweisen. Oh ja, ich würde Tacheles reden. Was ich ihr zu sagen gedachte? Zum Beispiel, dass ich nicht nur Deutsche und verklemmt sei (für Dominique ein und das gleiche), sondern auch Jüdin. Dass ich als solche weder an den Sündenfall noch an die Erbsünde glaubte. (Ein ganz und gar christlicher Leckerbissen.) Dass ich von der Notwendigkeit der Sünde so wenig überzeugt sei wie davon, dass der Mensch nach Gottes Antlitz geschaffen worden sei. (Sie solle sich doch einmal kurz umschauen.) Dass der Sündenfall als Argument für den Ehebruch eine Spitzfindigkeit, eine Subtilität darstelle (eine französische Klugscheißerei und Haarspalterei sondergleichen), die ich intellektuell würdigen, aber nicht nachvollziehen könne. Aber, würde ich sagen, alle Achtung, ja, wirklich, alle Achtung, so einen eingefleischten katholischen Glauben könne man nur bewundern. (Vor allen Dingen, wenn man solch einen phänomenalen Nutzen daraus ziehen könne.)

Und tatsächlich bewunderte ich ihn. Ich meine, ihren katholischen Glauben. Wie schaffte sie es nur, durch und durch katholisch zu sein, es konnte doch selbst für sie kein Zweifel darüber bestehen, dass sie für die Fürsten der Kirche einer verrotteten Welt angehörte. Diese hirnverbrannte Lesbe, dachte ich, die sich im katholischen Dogma genauso pudelwohl zu fühlen schien wie in einer ihrer Frauen-Discos. Und das Schönste daran: Sie war sich gar nicht bewusst, eine wahre christliche Pirouette zu vollbringen, nämlich gerade diejenigen zu lieben, die sie wegen ihrer so genannten abwegigen Sexualität verachteten. Wie schaffte sie das nur? Hatte sie sich ihren Glauben einfach zurechtgeschnitten? Mit unerschütterlichem Gleichmut kam sie einem mit der Nächstenliebe. Ohne Ekel, ohne Schaudern servierte sie einem die Sünde, die Buße und den ganzen restlichen heiligen Plunder, und als Zugabe verabreichte sie einem dann auch noch jene unerreichbare, bittere Liebe und das Märchen von der wahren uneigennützigen Zuneigung wie aus Kindertagen herübergerettet, trotz all der ausgedienten Träume, Kompromisse und Entäuschungen unberührt. Jawohl! Man hätte Dominique kanonisieren sollen. Sainte Dominique, dachte ich, während ich auf sie zuging, und hätte fast laut aufgelacht. Sainte Dominique, Zierde ihres Glaubens, Schutzpatronin aller hart gesottenen Romantiker.

Die Worte Sünde, Dogma, Nächstenliebe flogen mir noch durch den Kopf. So hörte ich gar nicht, was sie von mir wollte.

Sie musste ihre Frage wiederholen und tat es geduldig und routiniert.

»Bist du endlich bei der Staatsgründung angelangt?«

Oh, wie ich diese Anhäufung von Dingen, die man sich sagte, um nicht miteinander reden zu müssen, hasste. Diese Fragen, auf die keine Antworten erwartet wurden, diese »Wie geht's? Schmeckt's? Gut geschlafen?«, diese »Na, bist du endlich bei der Staatsgründung angelangt?« ... Ich lächelte mein gewinnendstes Lächeln und schüttelte den Kopf. Dominique verschränkte die Arme vor ihrer Brust und streckte die Beine aus.

»Und was ist es diesmal?«

Ich blickte sie verdutzt an. Seit wann interessierte sie, was ich schrieb: »Ein Foto, ein Foto meines Vaters mit einem amerikanischen Soldaten.«

Ich wollte noch hinzufügen, dass der Soldat und mein Vater auf einem Sockel standen und sich die Hand gaben, wie ein Denkmal, war es mir damals, als ich das Foto das erste Mal gesehen hatte, durch den Kopf gefahren, als wollten sie mit dieser Geste in die Geschichte eingehen, das Wort Denkmal hatte sich mir damals regelrecht aufgezwungen und das Wort Freundschaft, das hier auf einem Sockel stehend zur Schau gestellt wurde, aber bevor ich dies sagen konnte, fing sie auch schon an. Ob ich verrückt sei, wollte sie wissen, ob mir nicht bewusst sei, dass alle irgendwann einmal über die Erinnerung geschrieben hätten. (»Das wurde alles schon einmal von einem mehr oder minder begabten Dichter durchgenudelt.«) Ob mir entgangen sei, dass Erinnerung überhaupt das Thema sei, soweit das zurückverfolgt werden könne, sei das Thema der Literatur Erinnerung und Vergessen. Es sei doch wohl nicht zu viel verlangt, auf Eingriffe, Randmarkierungen, Verschachtelungen, auf den ganzen Hokuspokus zu verzichten.

»Nur keine modischen Mätzchen«, sagte Dominique, schließlich wolle doch niemand abgründige Charaktere, schließlich gehe es ja auch ohne seelische Vorgänge, historische Hintergründe und das ganze Trallala, schließlich verlange man doch nur eines von mir: großartige Szenen, ein paar Gedanken und Gefühle, Ort und Zeit.

Vielleicht lag es daran, dass mich ihre grimmig verzogenen Augenbrauen zum Lachen reizten, vielleicht auch daran, dass sie mir mit ihren Tipps und Erkenntnissen auf die Nerven ging, oder vielleicht lag es einfach an dem Abendrot, in dem ich, als ich aus der Metro gekommen war, unvermittelt gestanden hatte – purpurn war über den Dächern die Dämmerung hereingebrochen, und ich stand und schaute zu, wie die Sonne über die Stadt zog, immer wieder herrlich, immer wieder neu, und wie sie plötzlich, noch vor Schluss des letzten Aktes, hinter den Kulissen verschwand –, ja, vielleicht lag es an jener sich heimlich davonmachenden Sonne: Wie dem auch sei, ohne meinen Blick von ihrem Teller zu wenden, der mich plötzlich interessierte, weihte ich sie in meine Megalomanie ein: »Ich äffe die Erinnerung nicht nach, und ganz bestimmt habe ich auch kein Bedürfnis, vor ihr auf den Knien zu liegen. Erinnerungen sind mir scheißegal, und Fakten sind leer. Mir geht es nur ums Gefühl. Der Rest ist Schwindel.«

Der springende Punkt, sagte ich, mit jedem Wort mutiger werdend, der springende Punkt sei doch, dass heute alle Zeugnis ablegen wollen: Aussteiger, Einsteiger, Geächtete, Publikumslieblinge, Eigenbrötler, Essgestörte, Sexgeile, Frigide, von unheilbaren Krankheiten Befallene, Genesende und Gerettete. Der springende Punkt sei doch, dass sich in irrigen

Köpfen die irrige Ansicht festgesetzt habe, ein mehr oder minder aufregendes Leben und eine gehörige Portion Leid, Erfahrung und Probleme können ausreichen, um Schriftsteller zu werden. Dabei könne ein Leben ohnegleichen nur Gewähr für eins geben: ohnegleichen gelebt zu haben. Heute, habe ich gesagt, würden alle gegen die eigene Vernichtung anschreiben, triebe einen die kleinste Erfahrung an den Rand des Suizids, seien die Buchhandlungen voll von dieser ekelerregenden Betroffenheitsliteratur, die mich ausspeien ließe.

»Zuwider«, sagte ich, »einfach zuwider.«

Nichts, habe ich gesagt, wolle ich mit dieser Literatur gemein haben, denn sie würde aus Schriftstellern Freaks und Ungeheuer machen, die ihre Abnormitäten auf dem Bücherjahrmarkt ausstellten. Es gebe, so habe ich hinzugefügt, nichts Erschreckenderes, ja, ich würde bei dem Gedanken regelrecht erzittern, als den Wunsch, sein verkorkstes Innenleben nach außen zu kehren, in Worte zu fassen und bildlich darzustellen, und dies allein, um eine Gesellschaft zu unterhalten, die so gefühllos geworden sei, dass sie die schlimmsten und ungewöhnlichsten Lebenskatastrophen benötigte, um überhaupt noch etwas zu fühlen. So abgestumpft, habe ich gesagt, dürfe kein Schriftsteller sein, dass er sich und seine Vergangenheit einfach so anderen zum Fraße vorlegen würde. Wofür? Für eine relative Berühmtheit, die sich doch nur in Grenzen halten könne. Wenn man wenigstens richtig reich dabei würde…

»Das in eine mehr oder minder poetische Form gepackte Seelenleid«, habe ich Dominique auf dem Kanapé auseinander gesetzt, »ist vollkommen nutzlos. Es ist ein elitäres Luxusgut. Etwas für eine handverlesene Oberschicht. Die Happy-Fews. Für Buchhandlungsbesucher, also nichts für Krethi und Plethi.

So ist das«, habe ich gesagt, »so einfach ist das«, und hinzugefügt: »Alles für die Katz, mein Schatz.« Und wen, bitte schön, würde das jucken? Mich jedenfalls nicht.

Schriftsteller, habe ich gesagt, seien ... ja, was? ... na, vielleicht Exhibitionisten, aber nicht wirklich und tatsächlich Exhibitionisten, nicht im wahrsten Sinne des Wortes Exhibitionisten. Sie seien, so habe ich gesagt, einfach geborene Heuchler, die vorgeben würden, ihre Innenwelt nach außen zu kehren, um eine gelangweilte und immer stumpfsinniger werdende Gesellschaft zu unterhalten, aber in Wirklichkeit schrieben sie doch immer nur für sich selbst. Immer nur für sich selbst, habe ich gesagt. Denn Schriftsteller seien ihre einzigen und liebsten Leser. Nur, wer könne davon leben?

»So ist das«, habe ich gesagt, »so einfach ist das«, und hinzugefügt, dass ich nichts, aber auch gar nichts gegen den Elfenbeinturm hätte, dass einige meiner besten Freunde dort ihre Tage verbringen würden, gratis und franko, in der Selbstbeschauung, in der Totenbeschwörung, in religiöser Erweckung. Und warum auch nicht?

Für mich aber, habe ich gesagt, sei es dort zu kalt.

Zu kalt und zu einsam. Ja, sicherlich könne man von dort oben aus eine schöne Sicht genießen. Aber was nützt einem die schöne Sicht, wenn es einem vor der Leere und der Ruhe graust.

Zu exquisit, zu blaublütig, zu edel für einen kleinen Juden wie mich. Traurig? Ach wo, habe ich gesagt und dass ich weder für die Einsamkeit noch für die Philosophie, dass ich weder für den Rückblick noch für die Erbaulichkeit, dass ich weder für die Weisheit noch für die Wahrheit und ganz besonders nicht für die süße Weltflucht geschaffen sei.

Dominique berührte mich kurz an der Schulter, und ich

spürte die Wärme ihrer Hand. »Und was«, fragte sie, »und was zum Teufel machst du dann täglich in deiner Stinkbude, die keiner betreten darf?«

»Schreiben.«

»Ha!«, sagte sie mit einer Stimme, die wie ein Triumphschrei klang.

Ich blickte auf ihre vom Tabak gelb verfärbten Mittel- und Ringfinger und auf ihren Ring mit dem hellblauen Stein und auf all die kleinen Details, die, so unwichtig sie auch erscheinen mochten, den Charakter Dominiques auszudrücken imstande waren: Die Risse und Schwielen, die sie sich bei der Gartenarbeit eingehandelt hatte, zeugten von ihrer Ungeduld, und die kurz geschnittenen Fingernägel von jener Verachtung, die sich auf alles erstreckte, was mit weiblicher Koketterie und Gefallsucht in Verbindung gebracht werden konnte. Dominique fasste mich erneut an der Schulter.

»Und wie oft bist du in deinem Kabuff?«

Es war nicht zu ändern: Sie erwartete eine Antwort.

»So ungefähr … sagen wir vormittags« (ich schnippte einen nicht vorhandenen Krümel von meinem Ärmel) »und natürlich auch nachmittags …«

»Täglich?«

»Ich bin von meinen Protagonisten besessen«, entgegnete ich und bedauerte es augenblicklich.

»Besessen?«

»Na, vielleicht nicht gerade besessen, auf jeden Fall halten sie mich gefangen.«

So vertraut sie mir auch waren, gelang es mir einfach nicht … es blieb eine erbärmliche Imitation … wie sehr ich mich auch anstrengen mochte, es blieb falsch, und doch wollte ich den Leser … entgegen seinem besseren Wissen … und doch wünschte ich mir, dass er in diese Welt tauchte, die nur auf dem Papier bestand, dass sie ihn verzauberte und mitriss.

»Nimm meinen Großvater. Tagtäglich schlägt er sich mit seinem Körper und seiner unausweichlichen Vergreisung herum. Alles ist ihm schwer. Aufstehen, Pissen, Gehen, Essen, die Verdauung. Und nichtsdestotrotz ...«

Ich sah ihn, wie er mit weit gespreizten Beinen auf seinem Bett saß, wie er sich mühevoll hochraffte, wie er ins Klo schlurfte, wie er die Brille aufsetzte, um zu lesen: ein alter Mann, und dennoch lag dicht unter der Oberfläche des Alltags seine Jugend, unversehrt, makellos, wie in Alkohol konserviert und durch die Jahre gebracht.

»Heute«, sagte ich, »ist er ein Greis, und oft ertappe ich ihn dabei, wie er seines Alters überdrüssig wird, wie er voller Ungeduld und Verdrossenheit auf seinen eigenen Körper schaut, der ihm zum Hindernis geworden ist. Weißt du, was ich dann sehe, wenn sich sein Blick verschleiert, wenn ihn plötzlich Schwermut befällt? Vorbei, dass die Reise vorbei ist und dass es an ihm vorbeigeflitzt ist, jenes Leben, das jeder von uns zur Verfügung hat. Und dann gibt es Augenblicke, und plötzlich ist er mit Wenigem zufrieden, und seine Verdrossenheit und Resignation wandeln sich in eine sanfte, ironische Distanz, sein Gesicht hellt sich auf, er setzt sich ans offene Fenster und wirft einen Blick hinaus, trinkt ein Gläschen Cognac, das ist wie ein kleines Ritual ... ein Fest, einfach nur da zu sein.«

Plötzlich wusste ich nicht mehr, was ich hatte sagen wollen und wurde verlegen. Eine Sekunde dachte ich daran aufzustehen, aber dann lehnte ich mich wieder zurück, griff nach einer Zigarette und zündete sie an.

»Also los«, sagte Dominique, nahm eine meiner Haarsträhnen, die mir immerzu in die Augen fallen, und strich sie mir hinters Ohr: »Erzähl sie mir doch, die Geschichte mit dem Foto.«

Ja, die Geschichte, dachte ich. Die Geschichte des vergilbten Schwarzweißfotos, zufällig bei einer Haushaltsauflösung in der Schreibtischschublade meines Vaters entdeckt … eine kleine, prächtige Beute, nicht größer als zehn Zentimeter … ein Foto, das mir und meiner Schwester mehr Freude bereitet hatte, als tatsächlich angebracht war, weil wir spürten, dass hier etwas festgehalten worden war, etwas, was wir noch nicht in Worte fassen konnten, was sich uns entzog, aber es war da, es war zugegen, ein Fluidum ging von dem Foto aus, und es hatte eine Bewegung in Gang gesetzt, ein unentwegtes Antasten. Was hatte der Fotograf gebannt, als er die zwei Männer fixierte, die sich auf einem Sockel stehend die Hand gaben, vor einem Straßenzug, der in Schutt lag, vor Trümmern und Schutt? Es war ein langsames, unentwegtes Antasten …

Ich trank einen Schluck, dann kam ich zur Sache oder eher zur Einleitung, aber ohne die Einleitung hätte sie nichts verstanden, und außerdem gehörte auch die Einleitung zur Geschichte:

»Ganz am Anfang, ich meine, nach der deutschen Besetzung der Heimatstadt meines Vaters in Polen, mussten sich die Juden zur Zwangsarbeit registrieren lassen.« Ich erzählte, wie mein Vater, der damals noch Gymnasiast war, in eine Holzwarenfabrik kam, die man mit den aus jüdischen Unternehmen konfiszierten Maschinen und Werkzeugen neu errichtet hatte. Er wurde Tischler, was ihn davor bewahrte, sofort deportiert zu werden. Und wie die Juden im Frühjahr dreiundvierzig in ein Ghetto in Kamionka, einem Vorort von Będzin, eingewiesen wurden und mein Urgroßvater, das Familienoberhaupt, beschloss, sich mit seiner gesamten Mischpoke zu verstecken.

»Man muss sich das einmal vorstellen«, sagte ich, »die Gegend wimmelte von SS-Männern, Gestapo, Feldgendarmen und der Wehrmacht, und dieser Mann beschließt, mit seiner gesamten Familie unterzutauchen. Kinder, Frauen, Männer, insgesamt waren das vierzig Personen, die sich auf einem Grundstück in der Nähe des Bahnhofs versteckten.« Ich erzählte ihr, wie alles eintraf, was mein Urgroßvater befürchtet hatte, wie am ersten August dreiundvierzig die Auflösung des Ghettos begann, die zwei Wochen dauerte, und wie am Ende alle Überlebenden nach Auschwitz deportiert worden waren.

»Aber doch nicht deine Familie. Sie waren doch nicht im Ghetto. Sie haben sich doch versteckt.«

»Ja«, entgegnete ich, »aber nicht bis zuletzt. Irgendein Familienmitglied, ein Onkel, hat sie alle überzeugt ...«

»Doch nicht etwa, ins Ghetto zu gehen?«

Wofür hältst du dich eigentlich, du aufgeblasene Gans, dachte ich, als ob du noch nie Angst gehabt hättest. Als ob die Furcht zu sterben etwas Beschämendes und Unmoralisches wäre.

»Mein Gott, Dominique, wenn sie erwischt, denunziert oder entdeckt worden wären, so hätte man sie alle erschossen. Verstehst du das denn nicht? Dass man sie alle sofort erschossen hätte. Was glaubst du wohl, was mein Urgroßvater empfunden haben muss, als er sich und seine Familie auslieferte. Das habe ich mich oft gefragt, was er empfunden haben muss.« Dominique wollte wissen, wie alt mein Vater damals gewesen war, und ich sagte, dass er, wenn meine Berechnungen stimmen, fünfzehn ... »Ja«, sagte ich, »mein Vater war damals fünfzehn und kam ins Lager Annaberg. Und dann ins Lager

Otmuth und dann ins Lager Blechhammer, das ein Nebenlager von Auschwitz war. Und dann nach Groß-Rosen, Buchenwald, Langenstein.«

»Halt«, Dominique verzog missbilligend den Mund. »Nicht so schnell.«

»Warum nicht?«

Meine Frage war ziemlich schroff ausgefallen. Ich hatte ihre Zudringlichkeit satt und ihre Wissbegierde und ihre Überheblichkeit und ganz besonders ihren Kommentar, den sie gar nicht aussprach, den ich aber ihrer Haltung entnehmen konnte. Wie sie sich mit dem Finger an die Lippen tippte. Ich, meine Herrschaften, ich hätte das aber besser gemacht. Schon allein wie sie die Stirn in Falten legte, war ein stillschweigender Vorwurf.

Plötzlich verstand sie sich aufs Listigsein, aufs Verstecken, auf die Flucht, auf die dumpfe Angst, auf hastig gepackte Koffer ... Du arroganter, großmäuliger Goi mit deinen eleganten pariserischen Sitten, ob du auch nur eine Minute am Leben geblieben wärst, wenn man dich fortgejagt ... Verdammt noch mal. Warum denn nicht ins Ghetto? Wohin hätten sie denn gehen sollen? Vierzig Menschen. Hätte mein Urgroßvater sie einfach alle wegzaubern sollen wie ein Taschenspieler?

Ich werde mich hüten, dir noch etwas zu sagen, dachte ich. Keinen Mucks werde ich mehr machen. Ich sah sie herausfordernd und misstrauisch an, und sie gab mir einen eigentümlichen Blick zurück. Er war ganz besonders ernst, fast streng. Ich weiß, was du mir unterstellst, sagten ihre Augen, und ich nehme es dir nicht übel. Ich beruhigte mich.

»Siehst du«, sagte ich, »ich kenne nur die gröbsten Fakten. Das ist ein Ort, an den ich mich nicht heranwage. Ich schaffe es einfach nicht. Manchmal denke ich, es sei meine Pflicht, mich damit zu beschäftigen, und dann denke ich wieder, dass es unziemlich sei. Aber was, sage ich mir, soll daran unziemlich sein? Und dann rüttele ich energisch, ja sogar mit einer gewissen Verbissenheit, an dieser Türklinke, aber statt einzutreten, denn die Tür ist doch eigentlich für keinen verschlossen, warte und warte und warte ich, dass man sie mir öffnet. Am Ende fühle ich mich wie ein betrogenes Geschöpf und ziehe beleidigt ab. So steht die Sache.«

Ich merkte, wie ich errötete, ärgerte mich und fuhr fort:

»Über Annaberg weiß ich nichts. Auch nicht über das Lager Otmuth. Über Blechhammer weiß ich nur, dass mein Vater dort in einem Hydrierwerk arbeitete, das aus Kohle Benzin herstellte. Wer nicht arbeiten konnte, kam ins Krankenrevier und von dort in den Tod. Im Dezember vierundvierzig wurden die technischen Installationen der Gaskammern abgebaut und ins Lager Groß-Rosen überführt. Und Mitte Januar fünfundvierzig wurde das Lager evakuiert, weil die Russen kamen.« (Und dein Vater? Was machte dein Vater? Los, sei nicht so zaghaft, dachte ich, erzähl über deinen Vater!) »Weil er noch arbeitsfähig war, durfte mein Vater nach Groß-Rosen. Todesmarsch. Weißt du, wie die Parole der SS lautete?«

Ich sah ihr gerade in die Augen und wurde wieder wütend. Inmitten fröhlichster Betriebsamkeit hatte ich plötzlich Lust ... Sie war, versteht sich, an nichts schuld, und dennoch hatte ich Lust, diese fette Wuchtel, diese Petits fours fressende Vertreterin des europäischen Geistes und der cartesianischen Vernunft auf den Mond zu schießen.

»Weißt du, wie die Parole der SS lautete?«, fragte ich, und dann sagte ich es ihr: »›Vernichtung durch Arbeit‹«, ich wiederholte den Satz, »›Vernichtung durch Arbeit‹. Kannst du dir das Ausmaß des Zynismus vorstellen? ›Vernichtung durch Arbeit‹, und oben auf dem Tor stand ›Arbeit macht frei‹.«

Eine Weile sagten wir nichts. Und ich dachte auch an nichts. Manchmal huschten Gäste vorbei wie schwarze Schatten.

»Ich habe einmal gelesen, dass einige GIs, als die Amis in Neapel einzogen, in die Ecken des Thronsaals uriniert haben. Die anderen Palazzi der neapolitanischen Aristokratie haben sie ausgeplündert, wie sich das für Sieger gehört. Aber als sie zum Palast des Königs Soundso kamen, haben sie einfach alle Ecken voll gepisst. Wie Hunde, die ihr Terrain markieren. Weißt du, was ich gehofft habe? Ich habe mir gewünscht, dass unter den GIs wenigstens einer dabei gewesen ist, der beim Pissen den Gedanken hatte, unsere blutbesudelte Kultur mit seinem sauberen Urin zu reinigen. Das habe ich mir wirklich gewünscht.«

Dominique schaute mich kurz und durchdringend an. »Du kannst so einen miesen, ordinären Vandalismus doch nicht gutheißen?«

»Warum denn nicht? Ja, warum denn nicht?«

»Dass sie in einen Palazzo pissen, das findest du gut?«

»Wenigstens sind sie ehrlich. Was hätten sie denn, deines Erachtens, tun sollen? Europa mit Samtpfötchen in die Knie zwingen? Angenommen, sie hätten ihren Kaugummi ausgespuckt, sich gepudert und parfümiert, angenommen, sie hätten, bevor sie Europa befreiten, höflich angeklopft, würdest du sie dann für ernst zu nehmende Befreier halten? Was stört dich denn so? Ihr primitives Machtgehabe? Oder erträgst du nicht, dass man auf deine heilige europäische Kultur pisst?«

Ich trank einen Schluck. Dann machte ich mich fluchtbereit. In Wirklichkeit hatte ich gar keine Lust, mich mit ihr über die europäische Zivilisation und weiß der Kuckuck was zu streiten. In Wirklichkeit hatte ich überhaupt keine Krallen, Zähne, Hörner, Schalen, Borsten ... Ein ganz und gar harmloses Tier ... In Wirklichkeit wollte ich weg.

»Dieser Wein auf leeren Magen, das hat's in sich«, ich blickte ostentativ auf ihre halb abgesabberten, halb angeknabberten Sandwichs.

Und Dominique – die Herzensgute, die liebe, verständnisvolle Dominique – sagte, wie es sich gehört, wie ich es von ihr erwartete, dass ich mich nun aber sputen müsse, wenn ich noch etwas zu essen erwischen wolle.

»Bring mir was Süßes mit. Kuchen oder so.«

Ich nickte und weg war ich.

Ich ließ mir mit dem Kuchen Zeit. Und ging, nachdem ich mich wieder gesetzt hatte, sofort und ohne Umschweife zum allgemeinen Gesprächsthema über. Bei meiner kleinen Runde hatte ich hier und da ein paar Bemerkungen aufgeschnappt. Und wusste, worüber alle sprachen. Über Intrigen. Damit keine Missverständnisse aufkommen: Nicht über Sex und Intrigen wurde debattiert, sondern über Macht.

Zwei Chefredakteure, beide Leiter literarischer Zeitschriften, waren gefeuert worden. Und nun wollten alle hier im Raum ihren Senf hinzufügen und erklären, warum diese zwei Männer einen ordentlichen Tritt in den Arsch versetzt bekommen hatten. Aus politischen, aus Gesinnungs-, aus pfennigfuchserischen, aus kurzfristigen, aus Vernunft-, Abneigungs-, Gerechtigkeits- und Ungerechtigkeitsgründen. In Wahrheit wusste keiner, warum die Männer in die unangenehme und strafbare Lage geraten waren, entlassen worden zu sein.

»Vier Dinge stehen fest«, sagte ich, wobei ich ihr ein Stück Torte unter die Nase hielt, das Dominique mit einem Grunzen in Empfang nahm: »Vier Dinge stehen fest. Erstens« (ich streckte mein Daumen in die Luft), »die Männer haben ihre Stellung verloren. Zweitens« (Zeigefinger), »kein Schwein weiß warum. Drittens« (Ringfinger), »trotzdem sind alle davon überzeugt, dass sie nun an einem Übel leiden, das durch nichts behoben werden kann.«

»Was haben sie denn?« wollte Dominique wissen, »doch nicht etwa die Pest?«

»Schlimmer noch.«

»Was kann schlimmer als die Pest sein?«

»Sie werden durchsichtig werden.«

Dominique grinste und entblößte dabei ihr Zahnfleisch. »Donnerwetter«, sagte sie und hob ihr Glas hoch, »was für ein Land von Menschenfressern! Darauf trinken wir!«

Sie nahm einen kräftigen Schluck. Einen Augenblick vergaß sie mich. Oder vergaß ich sie? Wie dem auch sei, nach einer kurzen, wohlverdienten Pause kehrten wir wieder zu unserem Gespräch zurück. (Es muss hier vermerkt werden, ich hatte gar nicht versucht, das Thema zu wechseln. Ich hatte meine Familie regelrecht aus meinem Denken gewischt. Genau so: Schwamm drüber! Tabula rasa. Absturz des Programms. Was jeder Schriftsteller am meisten befürchtet – irgendjemand, vielleicht auch ich, hatte versehentlich auf die Löschtaste gedrückt.)

Dominique sagte – nicht mit jenem ihr eigenen ironischen Unterton, der etwas Bedrohendes hatte, weil man sich augenblicklich dumm vorkam und sofort versucht war, ihr Verständnis für die eigene Dummheit zu erbetteln –, sondern vielmehr mit einem Hauch von Melancholie: »Du bist also der Ansicht, dass man durchsichtig wird, wenn man seine Arbeit verliert?«

Ich nickte. »Das klingt übertrieben, aber es ist so. Du wirst durchsichtig. Zuerst sind es die, die dich gebraucht haben, dann kommen die anderen. Am Ende sieht dich keiner mehr. Es handelt sich dabei gar nicht einmal um Verrat, eher um Nachlässigkeit und Gleichgültigkeit. Es gehört gar keine Kühnheit dazu, einen armen Hund zu ignorieren. Und die meisten tun es nicht einmal aus Notwendigkeit, sie folgen dabei nur festgesetzten Regeln.«

»Wenn aber kein freundschaftliches Verhältnis vorhanden war, soll man es dann erzwingen?«

»Wer redet denn von Freundschaft?«, rief ich aus, »Achtung! Es geht um Achtung.«

Dominique machte eine wegwerfende Handbewegung. »Dir sind sie doch nur sympathisch, weil sie Verlierer sind.«

»Und wennschon ...«

»Das ist keine Achtung. Das ist nichts anderes als eine Gepflogenheit, eine sonderbare, bürgerliche ...«

»Nenn es gute Umgangsform. Verdammt«, sagte ich, ich wurde wieder wütend, »nenn es ganz gewöhnliche Menschenfreundlichkeit.«

»Vor jemandem den Hut zu ziehen, weil keine Freundschaft vorhanden ist?«

»Nicht weil – obwohl keine Freundschaft ...«

»Sind sie dir auch sympathisch genug, sie zu verteidigen? Würdest du jetzt aufstehen und auf die zwei kleinen Hunde einen Nachruf halten? Nein, noch besser ... du musst dieser feinen Rasse von Männern und Frauen sagen, dass sie nichts anderes als Feiglinge sind ... sag ihnen, dass sie Feiglinge sind, weil sie zwei Männer begraben haben, mit denen sie seit über zehn Jahren zusammengearbeitet ... denen sie seit über zehn Jahren in den Arsch gekrochen sind. Na los, worauf wartest du?« Dominique machte eine ausschweifende Handbewegung und zeigte in den Raum. »Sag ihnen, dass man wenigstens einen Kranz kaufen geht, wenn man zwei Bekannte beerdigt.«

Jemand hatte Musik aufgetrieben, und einige Leute tanzten. Ich schaute einem Paar zu. Die Frau war sichtlich betrunken. Sie lachte zu laut und zu viel, bewegte sich kaum und hielt ihren Partner umschlungen, hielt sich eher an ihm fest, den Kopf nach hinten gebeugt, mit weit geöffnetem Mund und geschlossenen Augen. Lauschte sie der Musik? Nichts ließ darauf schließen.

»Du willst also nicht?«

»Nein.«

»Warum nicht? Weil du keine Unannehmlichkeiten bekommen möchtest?«

»Die sind mir schnurz«, entgegnete ich.

»Ich kann dir sagen, warum du nicht aufstehen möchtest.« Dominique beugte sich ganz nah zu mir herüber. Weshalb willst du mich heute Abend festnageln, alte Hexe? dachte ich und fragte: »Also warum, na, sag schon, warum tue ich es nicht?«

»Weil du dir nicht sicher bist, dass sie es verdienen. Das ist es doch, nicht wahr?« Ich zuckte mit den Schultern. Der Mann flüsterte der Frau etwas ins Ohr. Allem Anschein nach versuchte er sie von der Tanzfläche wegzulotsen.

Er deutete auf eine Tür. Die Frau schaute schläfrig auf und vergrub ihre Hände in seinem Haar.

»Du weißt nicht, ob sie deine Sympathie verdienen. Das ist es doch? Vielleicht sind sie widerwärtig. Was meinst du? Vielleicht sind sie ganz und gar widerwärtige Menschen.«

»Ja«, sagte ich »vielleicht sind sie verlogen, gemein, hinterhältig …«

»Vielleicht sind sie auch gar nicht einmal hassenswert, sondern einfach nur nicht so hübsch, reich und wohlerzogen wie du. Vielleicht kamen sie aus einem kleinen dreckigen Vorort und hatten davon geträumt, aus ihrem verstunkenen Loch auszuziehen.«

»Ja, vielleicht«, sagte ich.

Plötzlich war alles vorbei. Die Frau ordnete ihr Haar, strich sich übers Kleid und ging, wenn auch torkelnd, zu einer Bekannten und bat um eine Zigarette.

»Vielleicht haben sie sich bis zu deinen kultivierten und wohlerzogenen Sphären hocharbeiten müssen. He«, sagte Dominique und zog mich am Ärmel, weil ich ihr nicht wirklich zugehört hatte. Mich interessierte der Mann. Noch sah man ihm seine sexuelle Anspannung an. Das hatte nichts Obszönes. Aber dann, als sie sich in einen Sessel fallen ließ … ein Gesicht wie ein Fragezeichen … dieser Blick in den weit auseinander stehenden Augen … wie ein Schwarm aufgescheuchter Tauben flatterte da etwas auf … was war es? War es Enttäuschung? … Nein, nicht Enttäuschung … Hass, dachte ich … das nahm mich sofort gefangen … Hass, der Atemnot verursachte … der Mann holte tief Luft, dann sank die wohlerzogene, gleichgültige Maske auf sein Gesicht zurück.

»He«, sagte Dominique, »weißt du überhaupt, wie sich das anfühlt?«

»Was?«, fragte ich.

»Weißt du, wie sich das anfühlt, wenn man in seinem Vorort davon träumt, eines Tages so einen netten, sauberen Hintern wie deinen tätscheln zu dürfen?«

»Nein«, sagte ich, »nein, das weiß ich nicht. Ich hatte noch nie das Bedürfnis, einen netten, sauberen Hintern zu tätscheln. Ich bin, wie es sich gehört: gediegene Mittelklasse, hausbacken, so eine, die aus politischer Verpflichtung von kleinen verschwitzten Proletarierhintern träumt.«

Dominique grinste. Die angespannte Stimmung war verflogen.

»Deshalb mag ich dich ja«, sagte sie und kniff mir in die Backe. »Wegen deiner Prinzipienfestigkeit.« Dann, nachdem sie ihren Wein in einem Schluck ausgetrunken und das leere Glas behutsam, ganz behutsam auf den Tisch zurückgestellt hatte, fügte sie hinzu: »Ich will dir etwas sagen, sie verdienen es nicht. Aber es spielt keine Rolle. Verstehst du, es spielt absolut keine Rolle … du glaubst, dass das ungerecht ist … du glaubst, dass man sich hätte um sie kümmern müssen … du machst dir vielleicht sogar Vorwürfe … ja, ganz bestimmt denkst du jetzt, wenn ich Mumm in den Knochen hätte, dann würde ich aufstehen und dieser Bande sagen, dass sie Feiglinge sind … aber Tatsache ist, du kannst sie gar nicht sehen … Auch wenn du dich noch so anstrengst.«

»Und warum kann ich sie nicht sehen?«, fragte ich.

Dominique setzte sich auf und bohrte mir ihren Zeigefinger in den Bauch. »Weil sie nicht erst durchsichtig geworden sind – sie waren es schon. Karriere machen nur die Durchsichtigen. Und durchsichtig wird man, wenn man fleißig, hart und gerissen ist.«

Sie setzte sich zurück, damit ich sie besser in Augenschein nehmen konnte: ihre siebzig Kilo Muskeln und Speck, die sie mir darbot wie ein großartiges Opfermahl. »Du glaubst mir nicht? Ich will dir sagen, warum du mir nicht glaubst, weil du dir nicht vorstellen kannst, dass die Durchsichtigen an der Macht sind. Aber sie sind es. Und sie sind mir lieber als all die pompösen und gefährlichen Weltverbesserer, die sich nicht damit abfinden können, dass man sich seinen Platz in der bürgerlichen Gesellschaft mit Kompromissen und Speichelleckerei erobern muss und dass man dabei wenn auch nicht seine Haut, so doch eine erhebliche Portion seiner Begeisterung, seines Einfallsreichtums, seiner Prinzipien und Ideen verhökert.«

Dominique befeuchtete ihren Daumen und rieb an einem Flecken auf ihrer Jacke.

»Was ich diesen zwei Durchsichtigen jedoch nicht verzeihe, ist, dass sie unwichtig geworden sind, derart unwichtig, dass man sie nur noch in den Mülleimer werfen möchte. Wer sich bis zur letzten Instanz der Selbstentäußerung … wer sich und seine Träume verschleudert und am Ende doch nichts anderes ist als ein dummer, machtloser Zyniker … was soll ich dir sagen, so jemand verdient mein christliches Mitleid nicht.«

Ihre Worte hatten einen bitteren Geschmack. Und sie ließen sie altern, uralt erscheinen. Jedenfalls stellte ich es mir so vor, wie die Worte in ihrem Mund schlaff, grau und fad wurden und fossilisierten. Die Worte wurden Steine. Bevor sie sie aus der Kehle gestoßen hatte, waren sie so unbeweglich und plump wie Steine geworden.

»Was hast du heute? Du bist so schlecht gelaunt.«

»Ich habe gar nichts.«

»Ich kenn dich doch. Normalerweise amüsiert dich das.«

»Was?«, fragte Dominique.

»Alles«, sagte ich, »normalerweise amüsiert dich alles.«

Dominique erwiderte nichts. Um uns herum und weiter weg wurde gelacht. Die Luft war voll von guter Laune. Das Gelächter war nicht unterzukriegen. Es verdichtete sich, geriet in unseren Umlauf, wurde mehr oder weniger von der Stille geschluckt, pulsierte dumpf und erreichte, nach einem kleinen, unerheblichen Kampf, seine laute Helligkeit zurück.

»Und dann?«, fragte sie und ich wusste augenblicklich, worauf sie hinauswollte, spürte es in der Magengegend, »was kam dann, nach Groß-Rosen?«

Ich schaute sie an. »Und dann wurde er nach Buchenwald gebracht, und dann kam er nach Langenstein im Südharz, wo er im Stollen arbeiten musste. Anfang April näherte sich die amerikanische Armee dem Gebiet, und das Lager wurde evakuiert, und mein Vater begab sich auf seinen zweiten Todesmarsch. Eines Nachts beschloss er zu flüchten. Weißt du, warum er wegwollte? Weil er körperlich am Ende war. Das hat mich immer umgehauen. Dass man weitermacht und sich erst dann widersetzt, wenn keine andere Möglichkeit mehr vorhanden ist. Dass man ausharrt, dass man einfach ausharrt …«

Ich fügte schroff hinzu: »Und das hat gar nichts, aber auch gar nichts mit der katholischen Gepflogenheit gemein, sich so lange geißeln zu lassen, bis man Blut pisst, dabei auch noch fromme Liedchen zu singen und sich wie der Heiland zu fühlen.«

Dominique wollte etwas sagen, verkniff sich die Antwort und machte sich stattdessen an ihrem Weinglas zu schaffen.

»Warum er beschloss zu flüchten? Weil er wusste, dass er den Todesmarsch nicht überleben würde. Er war am Verhungern und wollte sich noch einmal, bevor er starb, satt essen. Das war es, was er wollte, sich noch einmal satt essen. Er flüchtete eines Nachts, und gegen Morgengrauen wurde er geschnappt. Hunde hatten ihn in seinem Versteck, einer Gartenlaube, aufgespürt. Er wurde abgeführt, und als er und seine Wächter an einem Wald vorbeikamen, lief er einfach hinein.

Rannte vor dem Erschießungskommando davon, vor das er, als abschreckendes Beispiel, hätte kommen sollen. Lief einfach in Richtung Bäume. In die wilde Vegetation. Einfach hinein. Eine Zeit lang irrte er herum, stieß auf einen deutschen Deserteur, heftete sich an dessen Fersen, doch der wimmelte ihn ab. Hätte ihn auch umbringen können, tat es aber nicht, so lief er weiter. Irgendwann einmal verlor er die Orientierung, und kurz danach brach er ohnmächtig zusammen.«

Ich hatte mir vorgenommen, so kurz wie möglich zu berichten. Mit einer gewissen Enthaltsamkeit, die schon an Brutalität grenzte. Ich hätte sowieso nicht ausführlicher erzählen können, denn ich hatte nicht die geringste Ahnung. Bei aller Selbstüberschätzung konnte ich doch nicht ernsthaft annehmen, dass ein bisschen glückliche und unglückliche Erfahrung und meine Einbildungskraft ausreichen würden ... was er erlebt hatte, überstieg ganz einfach mein Fassungsvermögen.

Und selbst wenn ich in der Lage gewesen wäre, die Gefühle meines Vaters Schicht für Schicht aufzudecken, sie auszugraben, abzustauben und im hellen Schein des Tageslichtes zu präsentieren, diese Steinzeit mit ihren Steinmenschen und Steinängsten, so blieb doch gewiss, dass ich mir die Geschichte nicht würde aneignen können. Die Geschichte gehörte mir nicht. Ich kannte ja kaum die einfachsten Fakten. Ich wusste nur das, was ich in zwei Büchern nachgelesen hatte, und was dort stand, war derart gebündelt, zensiert und gestrafft ... solch eine Leere, solch eine unnachgiebige Leere.

»Weißt du, dass ich das alles nachgelesen habe? Ich meine, dass mein Vater mir nie etwas erzählt hat und dass sein Bericht in den zwei Büchern, in denen er gewillt war, diese Lebensperiode anzuschneiden, so kurz ist, dass sie in einem Buch zwei, im anderen sechs Seiten ausmacht?«

»Zwei und sechs Seiten?«, wiederholte Dominique ungläubig, und ich nickte.

»Das ist wie eine chiffrierte Botschaft. Meine ganze Kindheit über habe ich das gedacht, dass das, was mich umgibt, eine Botschaft ist, die es zu entziffern gilt. Ich bin in einem ganz besonderen Klima aufgewachsen, Dominique, in einem Klima, in dem es keine Leichtigkeit gibt. Keine Freizügigkeit, keine offensichtliche und oberflächliche Einfachheit. Bei uns musste alles immer hinterfragt werden. Bei uns war selbst die trivialste Geste verdächtig. Wir sind umweltgeschädigt, Dominique, und unsere Wirklichkeit ist verseucht, unsere Liebe kontaminiert, unsere Traurigkeit verschmutzt. Und unser Alltag ist immer doppeldeutig, Feenland, Babylon, ein Märchenwald voll Dornen und Gestrüpp.« In dieser kranken Atmosphäre, hätte ich hinzufügen können, werden sogar das Rindvieh zum Poeten, der Esel zum skeptischen Beobachter, das Schaf zum Interpreten und der Hammel zum Melancholiker. Unsere Zweifel sind demokratisch. Sie verschonen nichts. Und wir fragen und fragen und fragen und wissen, dass es ein Irrtum ist, ein Wirbel, mehr nicht. Und dennoch kann man es nicht lassen, geht ein Stückchen vor, taumelt und gerät in den Sog der Bedenken. Fallwind, möchte man sagen, trotz meiner endlosen Odysseen bin ich mit beiden Beinen in der Wirklichkeit verankert. Skrupel, möchte man sagen, leckt mich am Arsch. Aber stattdessen sagt man auf gut Jüdisch: Weh mir, wo nehm ich, wenn es Winter ist, wem willst du klagen, Herz, was ist die Welt und ihr berühmtes Glänzen, wo sind die Stunden, überschnell verflüchtigt, was sind das für Zeiten, wohin aber gehen wir ohne Sorge, sei ohne Sorge.

Das, was man den jüdischen Hang zur Haarspalterei nennt, diese unsere vertrackte Logik, Kabbala, Massora, Halacha, trallala, nichts anderes als eine über Jahrhunderte am Schweigen und Verschweigen geübte Hinterfragung der Wirklichkeit. Urgroßvater, Großmutter, Vater, Töchter, Enkel, Ur-

enkelinnen – seit Generationen geben wir uns damit ab …
und unsere Wirklichkeit ist ein abgewetztes Kopfsteinpflaster,
mit den Jahren verschlissen und blank gerieben. Wir haben so
ein Gehör … musikalisch kann man es nicht gerade nennen,
es ist eher, als hätten wir eine Stimmgabel für die Lüge im
Ohr, als würden wir genau vernehmen, was falsch klingt, was
richtig klingt, was nachklingt.

»Weißt du, was komisch ist? Richtig zum Totlachen? Obwohl ich von Kindheit an nichts anderes gewesen bin als ein
Spion und Spitzel, eine Schnüfflerin, die ihre immerzu rotzfeuchte Kleinmädchennase in die Angelegenheiten der Erwachsenen hat stecken müssen, bin ich doch erst vor kurzem
draufgekommen. Erst jetzt, weil ich das Buch schreibe, diese
Fußnoten zur Familie, habe ich erfasst, was in seinem Lebensbericht ganz einfach abhanden gekommen ist. Vierzig
Jahre, Dominique, habe ich gebraucht, um zu sehen, was er
ausgelassen hat. Vierzig Jahre, bis die Wahrheit zu dämmern
begann und ich begriff, ja, das ist es, es ist sonnenklar, der
Abfall fehlt.«

Welcher Abfall?, wollte Dominique wissen, und ich klärte
sie über unsere degoutanten Familienangelegenheiten auf.
»Abfall ist bei meinem Vater immer nur eins gewesen, nämlich das, was er mit einer ungeheuren Willenskraft und quasi
unermüdlich aus seinem Lebensbericht geworfen hat: Fühlen.« Und weil er dies immerzu ausgewischt hat, mit seinem
feuchten Schwamm aus Fakten, enzyklopädischem Wissen,
grundlegenden Prinzipien, mit unerschütterlichen Richtlinien, bürgerlicher Funktionalität, ironischer Gutmütigkeit,
mit pragmatischem Achselzucken, ehrlichen Behauptungen,
geräuschvollem Schweigen, mit spritzigen Schlagfertigkeiten
und seiner gesunden männlichen Abscheu vor femininer Ge-

fühlsduselei – ja, weil er immerzu gesagt hat: Also wirklich, Mädels, wirklich, was soll das, also wirklich, macht euch nicht lächerlich, lä-cher-lich, bin ich es nun, da gibt es keinen Ausweg. »Aufgrund und infolge dieser Tilgung«, sagte ich zu Dominique, »hat er mich elenden Kopfmenschen zur Gefühlschronistin unserer Familie gemacht.«

Ich schaute zu den anderen Gästen hinüber. Eigentlich schaute ich nur auf Gläser und auf Hände in seidigen, satten Farben, auf die Spiegelung der Lichter in den Gläsern und auf Wein, der gekräuselte Lippen benetzte und bischöflich, zeremoniell und rubinrot in den Kelchen schaukelte. Ich beschrieb einen großen Bogen; von einem Glas zum anderen, von Mund zu Hand folgte ich meinem imaginären Fahrplan, und diese meine Gewohnheit, mich treiben zu lassen und zum willenlosen Spielzeug meiner Wahrnehmung zu werden, dieser losgelöste und gespannte Blick erinnerten mich …

Manchmal, wenn ich meinen Vater beobachte, ohne dass er es merkt, ich schaue ihm zu, wie er auf dem Sofa liegend liest, wie er sich räuspert, wie er die Brauen zusammenzieht, er versinkt regelrecht, er sinkt und verschwindet in der Lektüre, und ringsherum wird alles regungslos, keine Bewegung, kein Laut, keine Spur von Menschen, nichts … In solchen Momenten, wenn alles um ihn herum still wird und wir Schatten werden, unscharf gezeichnete Gestalten und Gesichter am Rande seines Blickfelds, ja, wenn wir kaum noch zu erkennen sind und von uns nichts anderes mehr bleibt als unsere schwarzen Augen, dann kommt der Moment, wo man, aus seinem eigenen Alltag und aus seinem Körper herausgerissen, wo man, um die Leere abzuwehren, um sie nicht hereinströmen zu lassen, als Fluchtweg quasi, in seine Augen schleicht. Vaters Augen.

Die Welt mit Vaters Augen sehen? Um Gottes willen. Das ist der erste Gedanke. Um Gottes willen, seine Augen brauch ich nicht. Du gibst keinen Pfifferling für Vaters Augen. Und dennoch starrst du, bis es Zeit wird, in deinen eigenen Murks zurückzukehren.

Was ich sehe? Was noch auf der Netzhaut liegt. Ihn, Vater. Natürlich nicht diesen Brummbärn mit seinem Hm, hm, hm und seinem ausgerissenen und zusammengefalteten Artikelgeschmier. Sehe ihn jünger, wie er daliegt und ins Licht blickt, das durch Äste dringt. Ausgestreckt in einem Streifen Sonne, starrt er hinauf auf ein Stückchen Blau. Ringsherum ist alles regungslos und die Ruhe so glänzend wie ein blank geriebener Pfennig. Keine Bewegung, kein Laut, keine Spur von Menschen, nichts. Nur plötzlich leise Blätter. Von weit, weit her hört er ein Rauschen, von weit, von sehr weit her. Nun hat er die Lider geschlossen und sieht ein rot pulsierendes Meer. Was zeigt sich darin? Nichts. Nichts zeigt sich darin vom wahren Sachverhalt. Mein Vater öffnet die Augen. Zuvor ist er quer durch den Wald gerannt, so flink wie eine Ziege, aber nun kann er nicht mehr.

Einfach so? Unversehens nicht mehr weiterkönnen? Ja, einfach so und peng! ist die Erschöpfung über ihn hereingebrochen wie die Nacht. Mein Vater liegt und spürt unterm Kopf den herben, feuchten Humus und im Schlepp Jahre, Stunden, Monate, alles vermischt, und er sinkt und versinkt. Hat sich abgemüht, hat sich zugrunde geängstigt, hat sich treugehungert, und nun kann er nicht mehr leiden. Mein Vater, die Kälte durchdringt ihn. Mein Vater starrt auf ein Stückchen Blau. Mein Vater. Da liegt er regungslos, und sein Körper erlischt. Los, steh auf! Was macht er jetzt? Los, steh auf! Versucht er zu gehorchen? Mein Vater, ich spüre es deutlich, liegt ausgestreckt auf dem feuchten Boden und schaut in den Himmel, und in ihm ist nichts. Keine Todesangst, kein Erschrecken, keine Bewegung, kein Himmel, kein Fünkchen Hoffnung, kein Mitleid, keine Bäume, keine Liebe, kein Laut. Das ist die Wahrheit, die zu dämmern beginnt. Mein Vater auf ruhiger, glatter See entfernt sich von Freunden und Feinden, von Enttäuschungen und Begehren, vom Gewesenen und auch vom Kommenden. Mein Vater und der immer größer werdende Abstand zum Gestern, Heute und Morgen. Und die Erinnerungen? Spärlich funkelnde Lichter am Horizont. Mein Vater, ausgesöhnt mit der Idee seines eigenen Todes, nur noch ein kleiner Punkt im Ozean der Unendlichkeit. Hätte ebenso gut nicht existieren können. Ausgesöhnt, verdammt noch mal, und nichts versperrt ihm mehr den Weg …

6

»Und dann?«, fragte Dominique, »er verlor die Orientierung und brach ohnmächtig zusammen, und dann, was geschah dann?«

Und ich dachte im Stillen, ah, wie clever, wie perfekt dieses »Und dann?« Und wie es schon daherkam! Ganz scheinheilig, mit einem Fragezeichen im Tonfall. Aber wenn man genau hinschaute, dann sah man, dass sich das Fragezeichen reckte und streckte, zu einem Ausrufezeichen wurde und stramm stand. Und wenn man die Ohren spitzte, hörte man es die Hacken zusammenschlagen wie ein preußischer Rittmeister. Ich will Fakten, jetzt, gleich, sofort. Nur keine Mätzchen, metaphysische Extratour, Bewegtheit, Scherereien. Habt acht, Rechtswendung, Stillstand, Fakten!

Was? Du willst nicht? Was, du hast es immer noch nicht kapiert? Glaubst du wirklich, dass du für die Abteilung Gründe und Zusammenhänge des Seins zuständig bist? Nein? Na also. Und für die Abteilung Unsterblichkeit der Seele? Ebenfalls nicht? Ah! Siehst du! Was gibt es da noch zu zögern? Auslassen. Und was da unverhofft aufflackert als Verheißung, ich weiß nicht, welcher albernen Ewigkeit – verzichten, hörst du? Auf den ganzen Klimbim kann ruhig verzichtet werden. Um es mit den Worten deines kommunistischen Großvaters auszudrücken: »Alles nur a grojßer Beschiss.«

Du kannst ihn doch nicht einfach so im Gras liegen lassen. Auf offenem Feld. In einem Wald. Den Kopf an einen Baumstamm gelehnt. Böse zugerichtet. Um es gelinde auszudrücken. Also los, gib uns schleunigst Meldung. Er liegt da, und dann?

Zu Befehl, Herr Major.»Und dann ...«

Einen kurzen Augenblick sah ich auf meine Schuhspitzen, so als gebe es da etwas zu sehen. Dann blickte ich zu Dominique auf:»Man könnte es so zusammenfassen: der Zufall.«

»Du meinst, er blieb aus Zufall am Leben?«

»Ja, so ungefähr. Aber wenn man es sich recht überlegt, wer ist denn nicht aus Zufall am Leben?«

Dominique winkte ungeduldig ab.»Also was nun, hat er sich wieder aufgerafft?«

»Nein, er wurde gefunden. Von einer amerikanischen Panzerpatrouille. Hätte ebenfalls eine deutsche sein können, aber es waren GIs, die von der Normandie aus den ganzen Feldzug durch Frankreich und Deutschland mitgemacht hatten. Mein Vater kam in den Armen eines amerikanischen Soldaten zu Bewusstsein. Ich glaube, er war Unteroffizier frankokanadischer Abstammung. Er brachte meinen Vater in ein Feldlazarett. Vielmehr banden sie meinen Vater mit Seilen an den Panzer fest und beförderten ihn so. Die Einheit war in einem kleinen Städtchen im Harzgebirge stationiert. Mein Vater blieb dort sechs Wochen.«

Und auch dort, auch im Lazarett versah der Zufall treu seinen Dienst. Scheute keine Mühe, verwendete sein gesamtes Können und schenkte meinem Vater einen Arzt, der wusste, wie man einen Lagerhäftling ernähren muss, der jahrelang kein Fleisch, kein Fett, kein Obst und keine Milch zu sich genommen hatte. Der Organismus meines Vaters war auf ganz normale Nahrung gar nicht eingestellt, und hätte man ihm die Lebensmittel bewilligt, die der Grund seiner Flucht und der sich hieraus ergebenden Rettung gewesen waren, ja, hätte man ihm erlaubt, sich endlich, nach jahrelangen Entbehrungen, Hunger und Leiden, satt zu essen, so wäre mein Vater gestorben. Aber sein Retter widerstand, und diese Standfestigkeit … und wieder sehe ich ihn, den Zufall der Geprellten. Derjenigen, die für die Fehler büßen, die andere für sie begangen haben. Derjenigen, die sich auf der Schattenseite halten, weil ihnen eine gehörige Portion Durchtriebenheit fehlt, weil sie die Kniffe und Tricks nicht erlernt haben, weil sie zu gutmütig, zögernd oder resigniert sind und in Träumen Zuflucht suchen. Und so träumen sie halt nur von Geld, Ruhm, Glück und samtweichen jungen Geschöpfen, schmieden Pläne und warten auf ein Wunder, auf eine gute Gelegenheit, auf das wirkliche, das aufregende, das neue Leben anderswo.

Ich sehe den Zufall der vom Leben Betrogenen, er ist ein ganz besonderer Gott. Er lehnt sich zurück und umfasst mit beiden Händen seine Wampe, die so stramm in der Hose steckt wie der mittlerweile rund gewordene Bauch meines Vaters. Er gluckst vor Lachen. Und auf sein Gesicht legt sich ein Ausdruck, sanft und friedlich … Selbstzufriedenheit könnte man es nennen. Der Zufall der Mittellosen erlaubt sich gerne mal einen kleinen Spaß, und nun hat er sich für einen seiner Schützlinge eine doppelte Pirouette ausgedacht: ihn am Leben zu lassen, weil er sich etwas wünscht. Und dann, nada, niente, Pustekuchen, kann zwar, aber muss drauf verzichten.

Es ist Ende April, mein Vater wird mit Zwieback hochgepäppelt. Bald, in ein paar Tagen, wird der kommandierende Offizier einen Appell anordnen. Kinder, wird er sagen, the

Krauts are kaputt. Dann wird er die Kapitulationsurkunde Nazi-Deutschlands vorlesen, und dann werden sie alle einen drauf trinken.

Erwähnen wir noch kurz, dass sich die Dinge in sechs Wochen wie folgt entwickeln werden: Die US-Armee tritt die zuvor eroberten Gebiete um Leipzig, Halle und Halberstadt an die Rote Armee ab. Die GIs ziehen gen Westen. Die Sowjets gewinnen, wie zuvor in Jalta vereinbart, ihren *Großen Vaterländischen Krieg* und befreien den Ostblock mit mathematischer Präzision von Eigengeld und Freiheit. Aber was geht das uns an? Berührt es uns, dass Geprellte wieder einmal auf dem Altar der Weltpolitik und des strategischen Gleichgewichts geopfert werden? Können wir es nachempfinden? Spüren wir es auf der Haut? Lassen wir ihnen und uns doch jenes Bild, auf dem Kinder rote Papierfähnchen schwenken, auf dem junge Frauen Generälen mit Blumensträußen danken, auf dem das werktätige Volk beim militärischen Vorbeizug begeistert Beifall klatscht. Ja, was geht uns das Abkommen von Jalta an und was die hosenscheißerische Furcht von Menschen, die in der Folge dieses fatalen Irrtums ihr Gesicht und ihre Stimme verlieren? Jalta, das Abkommen von Potsdam – sie sind nicht mehr als Fußnoten in der Geschichte meines Vaters. Unsere Berufung ist es nur, ihm zu folgen. Und so schauen wir halt auf den jungen Mann, der in einem Jeep hockt und sich ordentlich durchrütteln lässt. Sein Körper steckt in einer amerikanischen Uniform – aber das hat keine Bedeutung.

Sein Gesicht ist verschlossen und grau wie ein verhangener Septembermorgen. Was er hat? Hoffnung. Sie rinnt ihm regelrecht aus allen Poren. Als metaphysischer Schweiß, als bange Vorahnung, als Angst, die seine Kleidung und sein Wesen imprägniert wie ein ekelerregender, ranziger Gestank. Wohin er fährt? Nach Bergen-Belsen. Was er sucht? Na, was wohl, na, was wohl. Familie.

Dominique, wollte ich sagen, weißt du, wie das ist, wenn man in einer Enklave im verkniffenen Nachkriegsdeutschland aufwächst? Weißt du, wie sich das anfühlt? Wenn man Mut hätte, dann würde man sofort Leine ziehen, dann würde man vor dieser Öde, Tristesse und Familie flüchten, aber stattdessen veranlasst die verteufelte Neugierde einen, genauere Nachforschungen anzustellen. Fitzelchen um Fitzelchen werden aufgestöbert und zusammengetragen, und dann – schau mal an! – kommt man dahinter. Dominique, wollte ich sagen, irgendwann einmal hat es geklickt. Das ist kein Klischee, es hat im Hirn regelrecht klick! gemacht, ein Gefühl wie das Einschnappen eines Federschlosses bei Puderdosen. Und plötzlich, eine Art wollüstiger Rausch, es verursacht regelrecht Atemnot und schmeißt einem alle kleinen und großen Freuden über den Haufen: Behaglichkeit, Wein, Literatur, Musik, Hingabe, Sex – alles futsch. Nicht für immer und ewig, aber geraume Zeit frisst sich dieser Satz (eine fixe Idee) in die Wirklichkeit wie eine Made in den Apfel: Einzig und allein für dich, Kind, hat man sie unsichtbar gemacht. Damit du groß und gesund wirst, damit du dich friedvoll entfaltest, damit aus dir eine gefestigte Persönlichkeit wird, damit du vor Lebensfreude johlst, zu deinem Besten, Kind, hat man dir die Existenz deiner ermordeten Familienmitglieder verheimlicht.

Ich zündete mir eine Zigarette an: »Weißt du, was ich in der deutschen Presse über meinen Vater gelesen habe? Ich habe gelesen, dass er traurige Augen hat. Todtraurige jüdische Augen stehen in Deutschland hoch im Kurs. Die Deutschen sind regelrecht in todtraurige jüdische Augen vernarrt. Auch ich wurde schon mit dem Attribut trauriger Blick beehrt. Faute de mieux nehmen sie halt die Tochter. Die Augen hat mir mein Vater praktisch zu Lebzeiten überlassen, eine zu versteuernde Schenkung.« (Ich schnippte die Asche auf einen Unterteller.) »Weißt du, was er wirklich besitzt? Er besitzt diesen in seiner Ehrlichkeit fast anstößigen Blick. Er hat sich immer gesehen, wie er ist. Kein tragischer Held, kein gefallener Fürst, keine große dramatische Gestalt, auch kein williges Opferlamm, sondern ein sein Leid ertragender Mensch. Nenn diese Fügung in das Schicksal Schwäche oder nenn es Kraft. Es spielt, in der Tat, gar keine Rolle, wie du es nennst. Es bleibt sich gleich. Eigentlich hängt es nur davon ab, wo du stehst und von welchem Standpunkt aus du auf solch einen Menschen blickst und ob du die Idee verdauen kannst, dass es Momente gibt, in denen ein Mensch einem anderen auf Gnade oder Ungnade ausgeliefert ist. Ja, es gibt diese Momente, in denen Tatkraft, Unternehmungslust, Fleiß, Betriebsamkeit, Enthusiasmus, Wille, Mut, in denen all diese wunderbaren Eigenschaften des dynamischen Kleinunternehmers einen Dreck wert sind, weil sie nichts ändern können an dem Umstand, dass man ein Sklave wird, ein Paria. Und trotzdem bleibt man every inch a King. Verstehst du das? Wenn du das verstehst, dass Erniedrigung der Würde eines Menschen keinen Abbruch tut, dass man ein halb toter, erschöpfter Lagerhäftling sein kann, der Verachtung aller ausgesetzt und trotzdem … wenn du das verstehst, ich meine nicht nur intellektuell, sondern mit jeder Faser deines Herzens, dann bist du mir um einiges voraus. Ich habe, um dies begreifen zu können, das Foto gebraucht.«

»Welches Foto und was begreifen?«, fragte jemand, und ich drehte mich um und sah einem Bekannten ins Gesicht.

»Das Foto des amerikanischen Soldaten, der kurz vor Kriegsende ihren Vater gerettet hat. Das ist es doch, nicht wahr?« fragte Dominique, und ich nickte.

»Sie stehen beide auf einem Sockel. Ich meine, mein Vater und der Soldat stehen auf dem Sockel eines umgekippten Nazi-Denkmals. Sie gleichen zwei Statuen aus Stein. Sie sind wie ein in Stein gemeißelter Traum.«

Unser Bekannter verzog das Gesicht zu einem interessierten Lächeln, das nicht anders als leidend genannt werden konnte. Man sah es ihm an. Er bereute, sich zu uns gestellt zu haben. Er wäre gerne geflüchtet, aber der Anstand verbot es ihm. Er verlagerte sein Gewicht auf das andere Bein wie einer, der vorhat, monatelang, jahrelang so dazustehen. Aber die Hand, die nervös an den Knöpfen seines Hemdes herumzupfte, verriet etwas anderes: Das ist mein Glück, sagte sie. Typisch! Ich hätte jede x-Beliebige anreden können, aber nein, ich musste es just bei einer probieren, die über den Krieg erzählt, noch dazu auf einer Party! Nichts für ungut, sagten die Augen, die den Raum abwanderten, du bist süß, ehrlich, aber so toll siehst du nun doch nicht aus, dass ich jetzt über deinen Vater, einen Soldaten … dass ich mir jetzt von diesem Murks den Abend versauen lassen werde. Eine kleine Trauerminute? Na, vielleicht. Aber mehr nicht. Der Krieg ist vorbei. Man wird doch nicht immer und ewig darauf herumreiten müssen? Und wenn ich's recht bedenke, dann bist du ein egozentrisches Arschloch. Du tust nur so, als wärest du ein zartes, aufgeschlossenes, nettes, höfliches Wesen, aber im Grunde interessierst du dich nur für dich. Für dich und den Krieg. Der Rest ist dir doch scheißegal. Stimmt doch, was ich sage, oder?

Nein. Stimmt nicht. Stimmt absolut nicht. Es ist nur, wie soll ich es erklären, ich stecke mittendrin. Mit einem Bein stecke ich mittendrin, mit dem anderen stehe ich in meiner schönen, ordentlichen, aufgeräumten Wirklichkeit. Und wie einer schon vor mir paraphrasiert hat: Das Feuer foltert eben, oder es schafft Gemütlichkeit, je nachdem, ob man drinsitzt oder davor. Und ich, die ich drinsitze wie auch davor, nach Belieben rein und raus, ich ... aber ich schweife ab. Zurück zum Thema: Hätte ich das Foto nicht gesehen.

Ganz zufällig. Vierzig Jahre blieb es verborgen. Ich frage mich, hat er sich dessen geschämt, oder war es sein Schatz? Mir kommt eine andere, ganz pragmatische Vermutung. Er hat das Foto einfach verlegt, und dann hat er es, wie üblich, vergessen. So ist mein Vater, ganz nebenbei erwähnt: in Gedanken immer woanders. Bei jemand anderem, einer Empfindung von früher, die er abgeworfen hatte und jetzt, Jahre, Wochen, Stunden danach wieder hervorholt. Freunde, Frauen, Krisen, Zeitungsausschnitte, Liebeslaunen – alles wird immerzu verlegt, vergessen oder erst einmal zum Erkalten auf die Fensterbank gestellt. Und wenn er dann zurückkommt, nach Jahren, Wochen, Stunden, hat's genau die gewünschte Temperatur. Mein Vater erträgt kein Fieber. Auch keinen Angriff auf seine prinzipiell strapazierten Nerven. 37° Celsius, eine Tasse Kaffee und ein gutes Wort, mehr wünscht sich sein Körper zum Überleben nicht.

Wie dem auch sei, es war, wie üblich, meine Schwester, die das Foto an einem verregneten Herbsttag fand. Damals, als wir die Familienwohnung auflösen mussten, weil mein Vater zu einer neuen Frau zog. Schau mal, sagte sie, das ist er, und hielt mir die kleine Schwarzweißaufnahme hin. Unsere Blicke trafen sich, und dann nahm ich ihr, wenn auch zögernd, das Foto ab.

»Er ist jung.«

Ich wusste sofort, was sie meinte: Man sah es ihm nicht an. Man konnte es nicht in seinem Gesicht lesen. Es war ausgemergelt, das schon. Aber je mehr ich mich in sein Gesicht versenkte, desto klarer wurde mir, dass sich nichts in dem Gesicht spiegelte, nichts dunkel leuchtete, ein Gesicht, so außergewöhnlich das scheinen mag, aus dem man keinen Pieps herausbekommen würde. Aus diesem Gesicht ließen sich nicht einmal die kleinsten geologischen Schichten von Schmerz abtragen. Regungslos, mysteriös, unergründlich wie das Gesicht einer Sphinx.

»Glaubst du, Papa hat ihn wieder gesehen?«

»Nein«, sagte ich, »ganz bestimmt nicht.«

»Und wir, sollten wir ihn nicht treffen?«

»Wozu?«, fragte ich, »damit er uns herumzeigt? Damit er uns seinen Kindern vorstellt? Hey Kids, this are the daughters of the chap, you know, that Jewish chap who's live I've saved.«

Meine Schwester zuckte zusammen. Und nichts war trauriger als ihre sich verdunkelnden Augen. Und auch in ihren ein ganz klein wenig hängenden Mundwinkeln lag Sanftmut, Empörung und Trauer.

»Ich habe keine Lust, als Jahrmarktattraktion herumgereicht zu werden. Nein«, sagte ich und nahm meine Schwester in die Arme, »nein, das ist es nicht. Es ist nur eine üble Gewohnheit von mir. Ich ziehe mich in meinen Sarkasmus zurück. Du hast Recht, wir sollten ihn besuchen.«

Ich wusste, meine Schwester würde, wie alle Menschen, die sich allein vom Gefühl leiten lassen, nie die nötige Kraft aufbringen, seinen Namen in Erfahrung zu bringen. Es fehlte ihr nicht an Mut oder an Enthusiasmus, sie ließ sich nur von ihren Gefühlen ablenken und betäuben. Und überhaupt. Seit wann war meiner Schwester daran gelegen, ihre Wünsche zu realisieren? So unwissend war sie nicht. Sie ahnte, dass man der Wirklichkeit nie den Zauber würde abgewinnen können, den uns die Phantasie gewährt.

Meine Schwester lehnte ihren Kopf an meine Schulter, und ich sah plötzlich, während ich ihren Atem an meinem Hals spürte, wie der Nebel sich verflüchtigte; er zerriss und stieg auf. Und die Dinge wurden wieder deutlich und greifbar und traten in ihrer Gewöhnlichkeit hervor. Das alte ausgediente Sofa war wieder Sofa und nicht Erinnerung. Das Geschirr, das in Zeitungspapier eingewickelt in Kartons lag, war wieder Geschirr. Der Tisch, die Stühle, Vasen, Schalen, Drucke, Bilder – weder Kummer noch Wünsche hafteten an ihnen. Hatte die Trennung unserer Eltern sie in ein neues, grelles Licht getaucht, so verblassten sie jetzt. Die Dinge waren wieder durchsichtig geworden, sie verwiesen auf nichts, sie waren von keiner schmerzlichen Substanz erfüllt.

Kann noch etwas anderes heraufbeschworen werden?

Ich schließe die Augen und finde im entlegensten Teil meines Gedächtnisses das zunehmende, regelmäßige, dann rhythmische, endlich plätschernde, klangvolle, musikalische, unübersehbare, allumfassende Rauschen: Es regnete. Meine Schwester sagte: Das ist er, und hielt mir das Foto hin. Unsere Blicke trafen sich, und ich erkannte an ihrer Aufregung, an ihrem flackernden, fahrigen Gesichtsausdruck, dass sie einen Schatz entdeckt hatte, der uns unsere kleine persönliche Katastrophe erträglicher machen würde und den sie, in ihrer Gutmütigkeit, mit mir zu teilen gedachte. Und dass diese Geste für kurze Zeit den ungetrübten Frieden unserer Kindheit würde wiederherstellen können. Jenen Zustand von Ruhe und Sicherheit, der doch längst verloren gegangen war. Zweifellos hatten wir schon als Kinder geahnt, dass die Liebe unserer Eltern zerbröckelte. Ja, wir hätten sie sehen können, die Risse und Spalten, die die großen und kleinen Krisen, die Missverständnisse, Enttäuschungen und Beleidigungen verursacht hatten. Aber wir sahen nichts. Denn wir hingen noch der Idee nach, dass unsere Eltern unauflöslich miteinander verknüpft waren und dass nichts Vater und Mutter, diese Grundpfeiler unserer Welt, je würde auseinander bringen können. Sie bildeten in unserer Einbildungskraft eine einzige Masse, so fest, hart, luft- und wasserbeständig wie Stein.

Dabei hatten beide nie vom Unmöglichen geträumt. Ganz im Gegenteil. Alles deutet darauf hin, dass diese Ehe mit Bedacht geschlossen worden war. Unter Berücksichtigung aller Konventionen. Eine Eheschließung mit dem Geruch einer anderen Zeit, mit dem Duft vergangener Tage. Kurz, gemäß guter, uralter jüdischer Tradition war ein Kuppler mit im Spiel.

Die Rolle der rechten Hand, denn was ist ein Kuppler, wenn nicht eine unabkömmliche Hilfskraft des Glücks, die Rolle des Gehilfen übernahm der kleine Bruder meiner Großmutter. Was, jener mit dem Greisengesicht? Nein, ein anderer, aber lassen wir sie der Einfachheit halber zu einer einzigen Figur zusammenwachsen, zu einer Figur mit mehr Gewicht.

Mein Vater und dieser Bruder begegneten sich in einem DP-Camp, einem jener Lager, die die amerikanische Armee für Überlebende errichtet hatte. Mein Vater war ledig, das versteht sich ja von selbst. Und wenn ich diesen Status erwähne, den mein Vater angeblich nicht aufzugeben gewillt gewesen war (er hat, nach eigenen Angaben, nicht zum Heiraten getaugt), dann nur um hinzuzufügen, der Bruder war verheiratet, mit einer Rothaarigen, einer Echten, einer mit einer zarten, hellen, leuchtenden Haut. Sie war ebenfalls in Auschwitz gewesen. Und diese Erfahrung verband sie mit meinem Vater. Sie machten sich aneinander fest. Sie ersetzten sich Familie, bevor sie Familie wurden.

So etwas habe ich schon oft gesehen. Zum Beispiel in Tel Aviv bei Steimatzky, dem größten Buchhändler Israels. Er ist, wegen seiner babylonischen Zeitungsabteilung, meines Vaters liebstes Jagdrevier. Einmal stand mein Vater mit seinem üblichen Packen Zeitungen an der Kasse, wollte zahlen, und als er seine Visakarte zückte und sie dem Buchhändler reichte, der uns zuvor kaum beachtet hatte, und dieser den rechten Arm meines Vaters sah, den Arm mit der Tätowierung, da durchstreifte ein Sternschnuppenlächeln sein Gesicht. Der Buchhändler nickte meinem Vater zu, krempelte den Ärmel seines Hemdes hoch, zeigte seinen Arm und sagte mit jener schneidenden Ironie, die Überlebenden eigen ist: »Ich sehe, wir haben das gleiche deutsche Hotel besucht.«

Sie gingen ins Kaffeehaus, redeten und schlürften aus hohen Gläsern Limonade. Was sie sich sagten, weiß ich nicht. Ich stand auf der gegenüberliegenden Straßenseite an einen Baumstamm gelehnt und schaute. Sie unterhielten sich so angeregt, dass sich die Köpfe mit den rosigen Halbglatzen fast berührten. Sie sahen wie zwei Schulfreunde aus, die sich mit einem Weißt-du-noch-Gesicht alte Streiche in Erinnerung riefen. Und sie bemerkten nichts. Weder dass neben ihnen schwitzende Männer mit Aktentasche und ausgebeulten Hosen kamen und gingen, noch das geschäftige Geschwätz einer Gruppe junger Frauen. Sie sahen nur einmal kurz entgeistert

auf, als eine Mutter auf einen nörgelnden Kinderwagen ein-
schimpfte. Derart laut tadelte sie, dass sogar ich auf der anderen Straßenseite verstand, was ihr glänzendes Pferdegebiss
dem Sohn vorwarf. Aber dann schnellten die Köpfe wieder
aufeinander zu wie zwei ungleichnamige magnetische Pole.

Als mein zukünftiger Großonkel im DP-Camp erfuhr, dass
mein Vater für drei Wochen nach Israel gehen würde, gab er
ihm ein Päckchen für die Schwester mit. Es war ein Päckchen
mit Geschenken und hintergründigen Absichten. Wusste mein
Vater, was hier ausgeheckt wurde? Sehr wahrscheinlich. Sehr
wahrscheinlich hat mein zukünftiger Großonkel meinem Vater den Mund wässrig gemacht, indem er ihm von einer hüb-
schen Tochter erzählte, einem Kind aus gutem Haus, wenn
auch mit einer angeknacksten Proletariererziehung. Aber die
Erziehung, die mein Vater in den Lagern genossen hatte, war
ja nicht besser. Mein Vater klingelte an der gleichen Tür, an
der zuvor der Großonkel geklingelt hatte. Meine Großmutter
öffnete und ließ meinen Vater hinein. Der Rest ist Familien-
mythos.

Bei den Griechen war am Anfang … Wieso bei den Griechen?
Ist das nicht ein bisschen zu weit gegriffen? Geduld! Bei
den Griechen war am Anfang die Göttin Nacht, ein Vogel mit
schwarzen Flügeln. Befruchtet vom Wind, legte sie ein silber-
nes Ei in den Riesenschoß der Dunkelheit. Aus dem Ei trat
Eros hervor, der Liebesgott mit goldenen Flügeln. Man erzählt
die Geschichte vom Anfang der Dinge auch so, mit einem
Ehestreit: Am Anfang war Okeanos, Flussgott und Ursprung
von allem. Und Tethys, auch sie eine Wassergöttin mit un-
erschöpflicher Zeugungskraft. Doch da sie sich fortwährend

stritten, zeugten sie nichts. Diesem Disput verdanken wir unsere Welt. Er ist der ewige Kreislauf des Lebens. Denn hätten Okeanos und Tethys sich geliebt, wäre die Welt nur Strömung. Doch so muss die Urkraft ob des Streites immer wieder zum Ausgangspunkt zurück.

Meine Eltern waren keine Götter, aber es war Liebe wie Streit mit im Spiel. Eigentlich verband beide nichts außer Liebe, und Liebe allein ist eben nicht genug. Bei meinen Eltern war Streit schon vor der Liebe da, ja, eigentlich schon da, als meine Großmutter meinen Vater ins Wohnzimmer bat und er meine Mutter das erste Mal sah.

Wie sah er sie? Und wie sah sie ihn? Ich glaube, sie sahen sich nicht. Nicht wirklich, denn sie kamen beide aus einer jeweils anderen Welt, und um sich wirklich sehen zu können, hätten sie die analytische und kalte Betrachtungsweise eines Wissenschaftlers benötigt, der sich mit Interesse, wenn auch mit vollkommenem Gleichmut, über das Objekt seiner Forschung beugt. Sie hätten sich betrachten müssen, so wie ein Archäologe Scherben untersucht, sie abstaubt, sortiert und aneinander leimt. Aber statt sich ein Bild zu machen und zu verstehen, verliebten sie sich.

Mein Vater verliebte sich als Erster. Das verkündeten Vater und Mutter lauthals. Obwohl zu vernehmlich und zu oft wiederholt, um nicht leise Zweifel aufkommen zu lassen, soll diese doppelte Behauptung als Faktum gelten. Mein Vater verliebte sich als Erster und löste sich als Letzter von der schönen Illusion. Sogar später noch, als meine Eltern sich schon längst getrennt hatten und jeder mit einem anderen Partner lebte, hing im Arbeitszimmer meines Vaters das Foto meiner Mutter als junger Frau. Die Aufnahme ist aus der Zeit des allerersten Geplänkels. Meine Mutter trägt Uniform, grüßt militärisch und lächelt mit gesunden weißen Zähnen. Meine Mutter: Soldatin der israelischen Armee. Eigentlich, um genauer zu sein, Offizierin der israelischen Luftwaffe.

Was für einen Eindruck sie auf ihn gemacht haben muss! Man kann es sich kaum vorstellen, und doch ... was für ein Eindruck dieser grüne Waffenrock auf ihn gemacht haben muss. Um das nachzuvollziehen, schließe man für einen kurzen Moment die Augen, vergesse seinen Alltag und versetze sich in meinen Vater hinein. Sehen wir es jetzt? Spüren wir nun den unbezwingbaren Zauber? Spüren wir, mit welcher qualvollen Ergriffenheit er sich diesem Mädchen genähert haben muss, er, der Uniform nur auf der Haut der Unterdrücker zu sehen bekommen hatte oder auf der Haut seiner Befreier, aber noch nie, noch nie auf der Haut eines Juden?

Meine Großmutter bot meinem Vater Kuchen an, und während sie sich mit ihm unterhielt und er ihr antwortete, schielte er auf meine Mutter, die lässig, ganz Tochter ihres Lumpenvaters, mit ihrem großen runden Arsch, einem Arsch wie aus Stein gehauen, an der Wand lehnte und einen grünen Apfel aß. Meine Mutter war keine Eva, und mein Vater hätte sich mit ihr nicht auf eine verzauberte Reise durchs Verführungsland begeben können. Oder vielleicht war sie doch eine Eva. Eine in männlicher Uniform, mit männlichem Gähnanfall, den sie meinem Vater energisch ins Gesicht schleuderte, als er sie nach ihrem Namen fragte. Drora, sagte meine Mutter und erzählte ihm klugscheißerisch auch, warum. Meine Mutter war 1936 geboren, und mein Großvater hatte kurz zuvor, als sie rund und wuchtig im Bauch meiner Großmutter darauf wartete, das Licht der Welt zu erblicken, beschlossen, nach Spanien zu gehen, um mit den Antifaschisten gegen Franco zu kämpfen. Meine Großmutter hatte ihn überredet, die Spanier ihren Bürgerkrieg ohne ihn führen zu lassen, und es waren sicherlich viele Argumente, Tränen und die berüchtigte Migräne meiner Großmutter dafür nötig gewesen. Die ganze Episode wurde mit der Geburt meiner Mutter und dem Namen Drora abgeschlossen, was auf Hebräisch Freiheit bedeutet. Zum Glück ist meine Mutter 1936 zur Welt gekommen, denn damals war man sich noch eines Sieges gewiss. Hätte sie sich drei Jahre später aus den Hüften meiner Großmutter gezwängt, hätte mein Großvater, alter Idealist und elender Symbolist, sie sicherlich Desolation oder *Sic transit gloria mundi* genannt.

Meine Eltern heirateten noch während dieses ersten Aufenthalts meines Vaters in Israel. Dann fuhr mein Vater zurück nach Deutschland, und meine Mutter folgte ihm. Wir sind in den flotten Fünfzigern. Zwischen Deutschland und Israel bestehen noch keine diplomatischen Beziehungen, und meine Mutter landet im verschnarchten Frankfurt und verputzt täglich ein Kilo grüne Äpfel. Mein Vater behauptet, er habe nie wieder so eine apfelwütige Frau gesehen. Das glaube ich ihm gerne und glaube auch meiner Mutter, die behauptet, es sei eine schwermütige, apfelduftende Zeit gewesen.

Ist noch etwas hinzuzufügen? Ja. Man muss noch ein paar Fragen stellen. Hat meine Mutter die ihr von vornherein zugedachte Rolle überzeugend zu spielen vermocht? Hat sie den Auftrag bewältigt? War sie die Inkarnation der Vollkommenheit? Ja. Denn sie ließ sich vom Glauben meines Vaters mitreißen. Sie war die Urgewalt, der MENSCH in Großformat. Sie war das Neue und Unverbrauchte. Meine Mutter war von ihrer eigenen Makellosigkeit fast betäubt. Sie war die Verkörperung von Gesundheit: die Waffe in der Linken, den Spaten in der Rechten, ein jüdischer Proletarier und Übermensch. Wie auf einem verdammten Propagandaplakat. Meine Mutter ist in diese Gesundheit hineingeboren worden. Man kann ihr ihre großen Reserven an Lebenskraft nicht als Verdienst anrechnen. Dennoch bildet sie sich etwas drauf ein. (Wie alle Israelis.)

Mein Vater hatte sich die Freiheit geangelt. Und nun sollte sie ihn mit ihrer Jugend und ihrer Frische, mit ihrer Gier und ihrer Naivität, mit ihrer Lebenslust und ihrer bodenlosen Arroganz in Ordnung bringen. Es versteht sich von selbst, dass sie nicht so recht wusste, wie. Es versteht sich von selbst, dass sie mit seiner verschrobenen Verehrung nicht viel anfangen konnte. Sie war ihr unheimlich, wie auch alles, wofür er stand. Meine Mutter hat meinen Vater nie richtig geschätzt oder gerade das an ihm geschätzt, was nebensächlich war. Das Schätzenswerteste, seine Bildung und seine kontinentale Erziehung, seinen Tiefsinn und seine Trauer, seinen am Schleifstein anderer Kulturen geschärften Blick, hat sie immer als unzeitgemäß erachtet.

Mein Vater war Kosmopolit und Jude. Menschen seines Schlages waren dazu verdammt, überall und nirgends hinzugehören. Menschen seines Schlages waren vogelfrei. Meine Mutter brauchte ein Happy End. Das ist weder gut noch schlecht, einfach nur eine Lebenshaltung. Sie beschloss, aus meinem Vater einen waschechten Israeli zu machen. Sie gab sich Mühe. Sie war voller Unternehmungsgeist. Sie sprühte vor Verve. Man kann nicht nur in Büchern verwurzelt sein. Jeder benötigt eine Heimat. Gemäss der diabolischen Logik unseres Jahrhunderts hatte sie natürlich Recht. Sie scheiterte. Mein Vater brummte was, klopfte ihr begütigend auf die Schulter, dann legte er sich wieder auf sein Sofa, mit einem Buch.

Und dennoch hat er immer auf Israel geschielt. Immer, immer, immer. Seine Liebe zu dem Land war so selbstverständlich, selbstverständlicher geht's gar nicht mehr. Israel hat ihm seit seiner Jugend Träume eingegeben. Davor hat sich sein Vater mit dem Land herumgeplagt. Und vor ihm war es der Großvater. In esoterischen Nächten, im Schein einer Kerze ließ er sich, über Bücher gebeugt, vom Duft und von den Farben des Orients locken. Und die Urgroßväter und Ururgroßväter ... Haben sie sich etwa nicht im Labyrinth der geheimen Bedeutungen verirrt? Lasen sie etwa nicht das fremde Alphabet? Gerieten sie etwa nicht in Verwirrung, weil ihr Alltag in Galizien, in der Bukowina, in Ostpreußen, in Schlesien, Mähren, Böhmen, Litauen, Warschau, Krakau, Odessa ... zu Staub zu zerfallen drohte angesichts dieser Welt, die sich vor ihren Augen Seite um Seite, Zeile um Zeile, Wort um Wort eröffnete? Eine Welt, die ihr Fassungsvermögen überschritt, die ihnen den Atem verschlug, vor der sie einfach kapitulieren mussten. Was konnten sie denn anderes tun, als in sie einzutauchen? Das Buch, das verbotene, im Keller versteckte, beschlagnahmte, Inbegriff aller Ahnungen, unerschöpflich, das Buch, für das man auf dem Scheiterhaufen ... der Talmud.

Sobald sie die Schrift aufschlugen, wehte ihnen ein Wind um die Nase, und es riss sie nach ...

Es ist verbürgt, meine Familie ist seit Jahrhunderten diesem Land verfallen. Bis in die kleinste Verzweigung ihrer Nervenfasern haben sie gespürt, dass Israel sie überallhin begleitet. Als Traum und als Verwünschung. Denn für ihre sture Treue hat meine Familie Abgaben gezahlt. Haben sie die Prügel eines Besseren belehrt? Die Erbärmlichkeit des Alltags steigerte ihre Sehnsucht nur. Da haben wir es wieder: Nichts bringt uns so vor die Hunde wie das gottverdammte Lieben!

Ob alt oder jung, klein oder groß, reich oder arm, zufrieden oder verbrämt: Immerzu schmachtete meine Familie diesem Stückchen Land entgegen. Seine Größe? Zum Lachen. Seine Abenddämmerung? Karminrot am Horizont. Niederschlag? Nicht der Rede wert. Namhafte Gletscher? Keine. Salzgehalt des Meeres? 3,5 Prozent.

Ja, sie liebten. Und es hat sie nie gestört, das Befremden der anderen zu wecken, die nur als Einzelgänger oder sporadisch auf ihr Paradies schielten. So dumm kann nur meine Familie sein, den anderen mit ihrer verdammten Liebe auf die Nerven zu gehen. Oder dachten sie, man müsse sich nun endlich einmal daran gewöhnen? Oder dachten sie sich einfach nichts dabei, weil sie liebten, was ein romantischer Trottel liebt: das unerreichbare, unbewohnte Ideal. So einer träumt halt nur und traut sich doch nichts. Denn die Furcht, sich seinen Traum durch die Wirklichkeit vergiften zu lassen, nimmt ihm alle Lust für tollkühne Unternehmungen. Ja, sie liebten die hohe und nicht die sinnliche Liebe, in egoistischer, schonungsloser Selbstbezogenheit.

Frume naren! schimpfte mein Großvater (mütterlicherseits). *A Wahnsinn.*

Denn er hielt diese Liebe für gefährlich. Sie lief im Leergang. Und sie stieß die Juden aus der Welt aus, die nicht metaphysischen, sondern physischen, sozialen, politischen Systemen unterlag. Für meinen Großvater zählte ein Volk, das nicht wählt, weil es erwählt ist, einen abstrakten Gott zu lieben, zu den Pechvögeln der Geschichte. Was stellt man dar, wenn man, statt zu handeln, liebt? *Gornischt* stellt man dar. *Kabzn mit jiddisch bort un pejess! Schnorrer!*

Für meinen Großvater waren die Juden die Hohlköpfe der

Geschichte, denn sie liebten statt physischer und politischer Gewalt Du, statt Kultur Du, statt Fabriken und Maschinen Du, statt Mädchen mit festen Waden Du, statt Getreide, Mond, Schnaps und Regen Du.

Du aber, Du.
Denn du bist es, Du.
In der Fülle deiner Huld, Du.
Leite mich in deiner Wahrheit, Du.
Aus Tiefen ruf ich dich: Du.

Und dennoch: Aus Gottesergebenheit durch und durch und von Haus aus haben er und seinesgleichen den Staat gegründet. Verwunderlich ist er schon für einen Kommunisten, dieser eingefleischte Messianismus.

Allerdings hat er geglaubt, Gott mit der Schaffung eines säkularen Judenstaats überwunden zu haben. Das ging sogar so weit, dass er meine Mutter einmal geohrfeigt hat, nur weil sie freitags Sabbatlichter anzünden wollte. Du?! hat er gesagt. Hier?! In Erez Israel?! Du hier Sabbatlichter? Dass eine so dumm sein kann, hat er gesagt. Dass eine so dumm sein kann, in Erez Israel Sabbatlichter anzünden zu wollen. Na, warte, du!, hat er gedroht. Und hat ihr der Ordnung halber eine geknallt und auch tatsächlich ihre Frömmigkeit in den Griff gekriegt. Von da an zündete Mutter nur noch Lichter an, wenn es dunkel wurde. Nicht für Gott, nur gegen Dunkelheit. Und dennoch muss hier zugefügt werden, obwohl er ihr tatsächlich seine Stempel hat aufdrücken können und sie tatsächlich eine Israelin geworden ist und sich tatsächlich ihr ganzes Leben lang nur von praktischen Überlegungen hat leiten lassen, ja, trotz seiner strengen Erziehungsprinzipien, war's ein Ding der Unmöglichkeit. Was festsitzt, sitzt fest. Gott gab sie nie preis. Er blieb ihr Geheimnis. In widernatürlicher Weise, denn ohne richtige Kenntnis der Bräuche hat sie in ihrer Kindheit so manches Gespräch mit ihm geführt. Das sage ich lediglich, um auf die Tatsache hinzuweisen, dass der Versuch denkbar, wenn auch nicht ausführbar ist. Israel ein säkularer Staat? Da kann man nur lachen. Man muss sich nur einmal überlegen, wie sie ihren Staat genannt haben: Israel. Bedeutet das nicht wörtlich Gottesbezwinger?

Israel, hier haben wir es schon programmatisch im Namen, Wunsch und Unerfüllbarkeit. Denn wäre Gott überwunden, müsste man ihn nicht bezwingen.

Mein Großvater war ein Gottesbezwinger, und er schlug sich mit diesem Geschäft sechzig Jahre täglich herum. Wie seine Kameraden, die Kommunisten und Zionisten der ersten Stunde. Doch gerade weil sie ihn mit allen Mitteln zu bezwingen suchten, blieb Gott stets bei ihnen.

Aber was, habe ich meinen Großvater einmal gefragt, was hält sie denn alle zusammen, wenn die Religion wegfällt? Ist es die Landschaft? Ist es das Licht? Was verbindet einen Russen mit einem Falachen, mit einem Marokkaner, mit einem Deutschen, mit einem Iraker, mit einem ...?

Mein Großvater lächelte vielsagend: Was uns alle verbindet, hat er gesagt, was uns alle verbindet ...

Ich erinnere mich an einen Nachmittag im Krankenhaus. Hatte er nicht lebenslänglich Sozialabgaben geblecht, warum sollte er also nicht ins Krankenhaus gehen? »Weil die Menschen dort abgefertigt werden wie Tiere«, klärte meine Mutter ihn auf. »Wozu hab ich das Geld? Geh zu Wissotzky.«

Wissotzky war Chefarzt. Montags fertigte er Arme im Krankenhaus ab. Dienstags spielte er Golf. Mittwochs traf er sich
mit seiner Geliebten. Donnerstags und freitags stand er den
Reichen in seiner Privatpraxis zu Diensten. Er war Sohn einer
Bekannten, dessen Tochter mit dem Mann einer Cousine und
so weiter. Eigentlich hatten wir diese unterirdischen, ver-
schlungenen Kontakte gar nicht mehr nötig. Die Zeit, in der
man in Israel durch Beziehungen Zutritt bekam, war längst
vorbei. Nun gelangte man überallhin, wenn man das Scheck-
buch zückte. Schob man diskret einen Umschlag mit cash über
den Tisch, standen sowieso alle Türen sperrangelweit offen.
Meine Mutter war gewillt, cash zu zahlen, ohne lange zu feil-
schen. Alors!

»Warum gehst du nicht zu Wissotzky?«

Mein Großvater zuckte mit den Achseln. Erweichen ließ er
sich nicht. Krebs hin, Krebs her. Selbst mit einem dem Untergang geweihten Körper blieb er seinen Prinzipien treu. War er
nicht Pionier? Na also! Man konnte doch nicht gerade jetzt, in
diesen schweren Zeiten, von ihm verlangen, sich unlautere
Freiheiten herauszunehmen. Das nicht! Was glaubte sie denn,
dass er ein ideologischer Übeltäter war? Einer, der sich privat
von zarten Händen irgendwelcher hochgeborener Exzellenzen
befummeln ließ? Von feinen Herren. Von Potentaten in weißen Kitteln. Modefatzken. Von Papasöhnchen, die nichts anderes im Sinn hatten, als Geld zu scheffeln. Er war ein Mann
mit Grundsätzen. War meiner Mutter denn gar nichts heilig?
Pfui! Wer hätte denn behauptet, das Leben sei eine *partie de
plaisir*? Er jedenfalls nicht! Und überhaupt, ein staatliches,
von der Gewerkschaft aufgebautes Krankenhaus, was, Genosse
Pionier, kann es denn Besseres geben?

Mein Großvater machte nicht so viele Worte, er sagte:

»Wissotzky, Schmissotzky.« Übersetzen könnte man das folgendermaßen: Was spielt es für eine Rolle, wie er heißt? Wissotzky? Schmissotzky? Wollen wir doch nicht lange bei solchen Formalitäten wie Namen verweilen. Ein Arzt ist ein Arzt. Oder etwa nicht? Wissotzky, Schmissotzky. Du mit deinen bürgerlichen Finessen.

Meine Mutter verdrehte die Augen. Bevor mein Großvater noch hinzufügen konnte: Gordon, Schmordon (die Straße, in der sich die Praxis befand), Tel Aviv, Schmel Aviv, gab sie klein bei.

»Na gut«, sagt sie und deutet auf mich: »Aber sie geht mit.«

Ich erinnere mich an den Geruch von Desinfiziermittel und Schweiß und an die weißgetünchten Wände und an die hellblauen Plastikstühle und an das Brummen der Klimaanlage wie das Röcheln einer Alten und an die Schlange vor der Annahme für das grüne Formular. Selbstsicher ging ich an den Wartenden vorbei und sprach eine Arzthelferin an, die sich über eine Patientenkartei beugte.

»Wir haben einen Termin bei seiner Ärztin.«

Ich hielt den Zettel hoch. Dort stand mein Argument, unwiderlegbar, einleuchtend, klar, wenn auch etwas fahrig mit Filzstift hingeschmiert: Dienstag 11 Uhr 30.

»Anstellen.«

Sie schaute nicht einmal auf. Sie kämpfte mit einem Kugelschreiber (ihre Stirn war ganz zerknautscht davon). Nachdem sie etwas notiert hatte, beförderte sie ihren linken Zeigefinger in den halb geöffneten Mund, um dort traurig und voller Weltschmerz herumzubohren. Dann deutete sie mit einer schlaffen Handbewegung an, wo ich zu stehen hätte: ganz hinten. Eigentlich machte sie nichts anderes, als mich kurz mit ausdruckslosen Fischaugen anzustarren und mich mit einer schlaffen Handbewegung zu verscheuchen. Ein Automatismus, den sie den ganzen Tag lang zu wiederholen schien. Wenigstens, so dachte ich, während ich meinen Rückzug antrat, entsprach dieser Blick dem sozialistischen Ideal. Er streifte alle Patienten mit der gleichen freizügigen Interesselosigkeit.

»Ich mach schon«, sagte ich meinem Großvater und stellte mich an. Er schlenderte zur Bank und setzte sich unter ein Werbefoto, auf dem eine pralle Brünette einen Korb mit Obst in die Linse hielt. Orangen, Weintrauben, Äpfel, Grapefruit, Avocado und was es im Land der Milch und des Honigs noch an Exportgütern gab, leuchteten lecker in einer künstlichen Morgensonne.

Langsam kroch ich vor. Schrittchen um Schrittchen den Fischäuglein entgegen. Irgendwann in der Mitte, es waren vielleicht noch zehn Personen da, die geduldig darauf warteten, abgefertigt zu werden, erinnerte ich mich an das Formular. Ich hatte es vollkommen vergessen. Ich bat eine Frau mit geschwollenen Beinen, mir meinen Platz freizuhalten, und holte den grünen Wisch, den ich so, langsam vorwärtstippelnd, auszufüllen begann. Als ich zur Spalte Geburtsort gelangte, kamen mir plötzlich Zweifel. Wo war mein Großvater geboren?

»Wo bist du eigentlich geboren?«, rief ich meinem Großvater zu, der sich mit einer blutjungen Mutter aufs Angeregteste unterhielt. Eigentlich war sie es, die meinen Großvater in ihrem Redefluss zu ertränken schien, während er unter Avocado, Orange und Grapefruit mit dem Kopf nickte.

»Farwoss?«, rief mein Großvater zurück »Wil das spital mir schikn dem cheschbn (Rechnung) noch Samdambie?«

Samdambie, notierte ich, noch nicht ahnend, dass Großvaters verschnarchtes Nest mir schwindelerregende Möglichkeiten eröffnen würde. Und tatsächlich, als mich die Arzthelferin, nach genauer Inspektion des Formulars, fragte, wo das liegt, zögerte ich nur einen klitzekleinen Augenblick. »Samdambie (wie hätte ich der Versuchung widerstehen können), das ist doch die Hauptstadt von Honduras.«

Es wurde geschluckt. Und während sie hinter Samdambie Bindestrich Honduras hinzufügte, sah ich meinen jungen Großvater einen steilen, grasbewachsenen Weg hinaufrennen, sah ihn Sturm klingeln, an einem livrierten Butler vorbei durch die Marmorhalle eilen, die holzgetäfelte Bibliothek durchqueren, um endlich, nicht zu früh, bis zur Veranda mit Ausblick auf Zuckerplantagen zu gelangen. Ich hab's, brüllte er und in seiner Stimme schwang der ganz Jubel und die Erregung seiner Jugend mit. Ich hab's, rief er ein zweites Mal aus und hielt lachend und stolz in seiner sonnengebräunten, verschwitzten Hand ein grünes Formular in die Luft.

Eine Frau marschierte schnurstracks an der Aufnahme vorbei. Sie ging in solch einer perfekten, herablassenden Diagonale durch den Raum, dass ich an die gerade Linie dachte, die eine gute Fechterin ausführt, wenn sie bei gestrecktem Waffenarm mit der Klingenspitze die Brust der Gegnerin berührt. Ich bildete mir ein, an dieser selbstsicheren Zielstrebigkeit unsere Ärztin erkannt zu haben. Ich beschloss, sie um Auskunft anzugehen.

Doch als ich sie ansprach, schaute sie mich nur von oben bis unten an, dann rauschte sie an mir vorbei.

Endlich, gegen Mittag nahm sich eine Krankenschwester der Formulare an. Sie hatte große, gesunde Zähne und ein offenes, rundes Gesicht.

»Wir warten schon seit über einer Stunde«, sagte ich, und kramte Dienstag 11 Uhr 30 aus meiner Hosentasche. Sie schüttelte traurig ihre dunkelblonden Locken.

Eigentlich war es ja nett, das korpulente Entlein, das in orthopädischen Schuhen davonwatschelte. Und im Großen und Ganzen war das alles gar nicht so schlimm. Was, bitte schön, waren zwei Stunden Wartezeit und zwei Formulare angesichts der Ewigkeit! Man musste einfach den nötigen Abstand gewinnen, es gab unter der Sonne weiß Gott ... Plötzlich kamen mir Zweifel.

»Hast du deine Ärztin je gesehen?«

Mein Großvater nickte. Trotzdem war mir diese Ärztin plötzlich etwas zu hypothetisch. Gab es sie wirklich? Konnte man absolut sicher sein? Zugegeben, ihre Existenz lag im Bereich des Möglichen. Aber gab es nicht auch eine Vielfalt anderer Alternativen, ein ganzes Spektrum an Gegenvorschlägen? Sie hätte ein guter Einfall sein können, ein Leitbild, eine Mystifikation, eine Grille. Und was war sie überhaupt für mich, die ich sie noch nie zu Gesicht bekommen hatte? Allenfalls Anlass zu Ärger. Plötzlich kam es mir seltsam vor, dass ich sonderbar ergeben auf eine Person wartete, von der ich nichts, aber auch gar nichts wusste. Hatte sie Sommersprossen? Plattfüße? Trank sie lieber Kaffee oder Tee? Las sie im Bett? Wie viele Haare fielen ihr täglich aus, dreißig, vierzig, fünfzig? Ich wusste nichts über sie und dennoch erwartete ich sie geduldig, geradezu gottergeben.

Was für ein komisches Spiel, dachte ich. Was ist das für ein Spiel, an dem du dich beteiligst? Und wie kam es, dass ich plötzlich fügsam und bescheiden geworden war? Oh ja, ich hatte ein bisschen gemeckert. Aber nur der Form halber. Mit den schlappen Einwänden, die ich vorgetragen hatte, mit äußerstem Dilettantismus brachte ich diese Maschinerie ganz bestimmt nicht aus dem Gleichgewicht. Und überhaupt, wünschte ich mir wirklich, dass dieser Mechanismus in Unordnung geriet? Wollte ich wirklich dazwischenfunken? Nichts dergleichen. Was ich mir wünschte, war Sonderbehandlung. Das war bescheiden und unverschämt zugleich. Ich wollte, dass man sich unser schnell annahm als eine Art Normwidrigkeit oder Abweichung. Die anderen konnten ruhig, streng nach Vorschrift, auf ihren Plastikbänken verschimmeln.

Unsere hilfsbereite Pflegerin kam zurück. Sie hielt das blaue Formular in der Hand. Ich hatte einiges übersehen oder nicht richtig eingetragen. Gemeinsam füllten wir den Wisch aus, wie es sich gehörte, während mein Großvater sein Nickerchen hielt. Sein Kopf sackte immer wieder nach rechts ab, pendelte einen gefährlichen Augenblick, wurde wieder hochgerissen. Ich sagte, dass ich es lächerlich fände, Formulare auszufüllen, wenn man Krebs hat und einen Termin bei der Ärztin. Ich sagte, dass dies flotter gehandhabt werden könne. Ich sagte, dass das Pflegepersonal lernen müsse, auf die Patienten einzugehen. Ich sagte, ein Patient sei ein Mensch, kein medizinisches Problem. Ich sagte, dass wir alle viel zu artig, viel zu fügsam seien, während die Krankenschwester immer wieder mit ihren praktischen Einwänden in meinen Vortrag über die Unterwürfigkeit gegenüber einer höheren Instanz hineinplatzte. Ob er schon etwas getrunken habe? Nein? Blut habe man ihm auch noch nicht abgenommen? Na, so was!

Eigentlich hätte ich sagen sollen, ein Formular bleibt ein Fetzen Papier. Nie wird so ein Fetzen eine unüberwindbare Mauer zwischen euch und den Menschen sein, die leiden. Hat einen ein grünes und ein blaues Formular je gegen das Leid immunisiert? Wenn das der Fall wäre, wäre die Welt ein einziger Fragebogen.

Plötzlich ertönte aus irgendwelchen unsichtbaren Lautsprechern gedämpfte Unterhaltungsmusik. Die Krankenschwester fragte mich, woher ich komme. »Südamerika?«, riet sie an meinem Akzent herum.

»Deutschland«, erwiderte ich, und schon sah ich diesen Blick. Er war mitleidsvoll. Er hätte auch vernichtend sein können. Du, hätte der Blick mir sagen können, du mit deiner Abstammung, mit deinem dreckigen deutschen Pass. Wie wagst du es, mit mir über unsere Fügsamkeit und unseren Kadavergehorsam zu reden. Wie wagst du es, unsere Bürokratie zu beanstanden? Schämst du dich denn nicht. Die Bürokratie wurde in Deutschland erfunden. Hast du das vergessen? Aber die Schwester war ein netter Mensch, und deshalb sagte sie nur: »Nicht wahr, in Israel ist es besser?«

Und ich nickte. Ich nickte mit dem ganzen Enthusiasmus, den ich aufbringen konnte, nickte und verrenkte mir fast den Kopf. »Ja«, sagte ich und war mir plötzlich der Vergeblichkeit meines Versuches bewusst. Jahrelang hatte ich, weil ich wenigstens einmal in meinem Leben in eine kollektive Geschichte eintauchen wollte, in extenso, restlos, mit Haut und Haar, jahrelang hatte ich mich zu zwingen versucht, zwischen meinen Abstammungen zu wählen. Aber genau in dem Moment, in dem ich schuldbewusst, bußfertig und zerknirscht »ja« sagte, begriff ich, dieses künstlich zusammengeleimte, gewaltsam zusammengepresste Konglomerat, meine Biographie, dieses zweifelhafte Durcheinander, ich musste endlich dazu stehen.

Natürlich war die damals auf einer Plastikbank geäußerte Vermutung, dass der Mörtel, der alle zusammenhält, das blaue und das grüne Formular sei, eher das Sich-Fügen in eine als verbindlich geltende Form, natürlich war diese Ansicht ein Trugschluss. Doch obwohl diese Milchmädchenrechnung nicht aufging, wie so oft, sollen kurz drei Kerngedanken angeschnitten werden, auf denen sie zu ruhen scheint. Erstens: Die Form muss herhalten, wenn der Inhalt fehlt. Zweitens: In Ermangelung eines Robespierre (und einer Guillotine) kann ein Volk auch mit kleinen Schikanen im Zaum gehalten werden. Drittens: Es gibt nichts, was das Zugehörigkeitsgefühl deutlicher demonstriert, als beharrlich über sein Land zu greinen.

Aber zurück zur Szene. Damals wusste ich es schon. Er sagte nichts, und man sah es ihm auch kaum an. Aber ich wusste, dass er unheilbar erkrankt war. Mein Großvater litt, wie er gelebt hatte: ohne große Sprüche zu machen, mit der gleichen unbekümmerten Gelassenheit, mit der eine Jahreszeit in die andere übergeht. An seinem Tagesablauf änderte er nichts. Peinlich genau las er morgens in der Küche Zeitung, ging schwimmen, hörte Radio, aß zu Mittag, Zigarette, ein Gläschen Cognac … als ob sein Leben nur so und nicht anders hätte sein können. Was für eine unverbrüchliche Treue, dachte ich, welch feierliche Monotonie. Wie lächerlich kam ich mir vor angesichts dieses ruhigen, gleichmäßigen Stromes, der durch die Zeit floss, wie albern waren die Wirbel, von denen ich mich forttreiben ließ. Und doch schien es mir verwunderlich, dass das Wissen um seine Krankheit ihn nicht aus der Bahn geworfen hatte. War das denn überhaupt möglich? Konnte man geflissentlich über seine Krankheit hinwegsehen? Und warum eigentlich, warum sollte man von der Gebrechlichkeit seines eigenen Körpers keine Notiz nehmen? Hätte die Verminderung seiner Kräfte nicht seine ganze Aufmerksamkeit fesseln sollen? War es denn kein Einschnitt in seinem Leben? Ich merkte es wohl, sein Körper interessierte ihn nicht. Nun, da er ihm nicht mehr ganz und gar gehorchen wollte, war er seiner Berücksichtigung unwürdig geworden. Ein ganz klein wenig Eitelkeit war mit im Spiel. Ein klein wenig gesunde Eitelkeit gehörte dazu. Der Körper, dieser stumme und treue Vollstrecker seiner Wünsche, nun beleidigte und erniedrigte er ihn durch seine offensichtliche Schwäche.

Das Leben meines Großvaters ging so weiter wie zuvor. Es war umgeben von Regeln wie Mauern, von Gewohnheiten wie Türmen, von Pflichten wie Gräben und von Automatismen wie Wällen. Nichts, was ihn hätte überraschen oder im Sturm bezwingen können. Mein Großvater hielt seine Stellung. Worin aber war sein unumstößlicher Glaube begründet? Wie ist das, dachte ich, vollkommen überzeugt zu sein?

Kurz bevor bei meinem Großvater die Krankheit diagnostiziert worden war, gelangte ich zur verstörenden Gewissheit, mich verliebt zu haben. Das war weder beabsichtigt, noch kam es gelegen. Natürlich beruhte unsere Begegnung auf nichts anderem als auf einem Zufall, und nun hatte ein unbedeutendes Zwischenspiel mich bis in mein Innerstes aufgewühlt. Nicht ohne einen Funken Ironie blickte ich auf mich hilfloses, dem Verliebtsein ausgesetztes Menschenwesen hinunter. Wäre ich allein auf hoher See aufgewacht, ich hätte mich nicht schutzloser fühlen können. Ich schlingerte wie ein Schiff und hatte jegliche Orientierung verloren: Ich wurde linkisch. Dieser Zustand erschreckte, gleichzeitig erregte er mich. Mein ganzes bisheriges Leben schien mir fragwürdig, hatte ich es zuvor mit einer mir typischen vollkommenen Unbeirrbarkeit getrost in meinen Alltag einquartiert, so entdeckte ich nun die poröse, durchlässige Beschaffenheit dieses Gebildes. Es schwankte und drohte in sich zusammenzubrechen wie ein Kartenhaus. Meine Familie, mein Beruf, meine Freunde verloren an Schärfe und Konturen. Wer war dieser Mensch? Was war er für mich? Ein Fremder, von dessen Existenz ich zuvor nichts gewusst hatte. Ja, es stimmte, ich hatte sehr gut ohne ihn gelebt, und wäre ich ihm nicht zufällig begegnet, so hätte ich ihn nie vermisst. Und dennoch hatte er auf unmerkliche Weise meine Wahrnehmung verändert. In seiner Nähe leuchteten selbst die unbedeutenden Dinge. Sie schienen vergoldet, so als hätte das einfallende Licht einer unsichtbaren Sonne sie gestreift. Die Dinge pulsierten, sie funkelten, explodierten, sie waren wie von einem Strahlenkranz umgeben. Die Quelle des Lichts lag nicht in ihm, das wusste ich. Sie lag in jener Verzückung, die er in mir entfacht hatte.

Als ich neben meinem Großvater auf jener Plastikbank saß, neben Frauen und Männern, die eine routinierte, professionelle Umgebung in Krankheiten verwandelt hatte, sie wurden Gewebe, Muskeln, Knochen, Adern, Venen, die es zu untersuchen und in Schuss zu bringen galt (in Wirklichkeit waren sie weder elend noch harmlos oder ausgeliefert), begriff ich in dem Bruchteil eines Augenblickes, als der Name meines Großvaters ausgerufen wurde und ich mich vor Angst und Nervosität nicht von meinem Platz erheben konnte und so, immer noch sitzend, zu dem schon stehenden Großvater emporblickte, dass ich mit mehr als mit jenem läppischen Bric-à-brac, meiner Intuition, meiner Einfühlungsgabe und meinem Blick würde aufwarten müssen, um ihn zu verstehen. Ich liebte ihn, und ich sehnte mich nach meiner Kindheit, jener Zeit, in der er stark gewesen war und unbeugsam. Damals hatte mich seine Kraft und scheinbare Unwandelbarkeit nicht interessiert, und ich hätte mir nie träumen lassen, dass ich ihr je nachtrauern würde.

Ich wollte erwachsen werden und sah meinem zukünftigen, glorreichen Leben ungeduldig entgegen. Ich wollte über mich selbst bestimmen, ich wollte so attraktiv, intelligent und erfolgreich wie die Helden der Romane sein. (Frauen spielten immer nur Nebenrollen, oder sie begingen Selbstmord und stürzten sich unter einen Zug.) Ich wollte die Welt bereisen, und ich war von einem frischen, unentwickelten Liebeshunger erfüllt, der mich noch überraschte. Meine Kindheit, auf jeden Fall, von der ich fürchtete, dass sie ewig dauern würde, diese zeitlose Zeit, an der zäh und harzig die Langeweile klebte, ich konnte sie nicht schnell genug hinter mich bringen.

Eine Ärztin erschien und hielt nach meinem Großvater Ausschau. Sie führte uns in einen weißen, funktionellen Raum. Ich schloss hinter mir die Tür, und sie deutete uns an, Platz zu nehmen.

Eine Weile schaute sie verträumt (oder auch nur müde) aus dem Fenster, dann wurde sie sich ihrer Aufgabe bewusst, und eine zerknirschte Maske vermummte ihr Gesicht. Langsam, gewissenhaft fing sie an, die Krankheit meines Großvaters auseinander zu nehmen. Und während sie mich nach jedem Punkt und Paragrafen mit weit auseinander liegenden kurzsichtigen Augen fixierte, nur mich, als wäre mein Großvater, weil er krank war, mit einem Schlag auch senil geworden, als wäre ihre Untergliederung in klein a, klein b und klein c zu methodisch für ihn, so als hätte er sowieso nur wehrloser Körper zu sein (seit wann fragt ein Entomologe einen Falter, ob es ihm genehm ist, sich auf ein Brett spießen zu lassen?), ja, während sie ihn wie Luft behandelte, als säße er gar nicht vor ihr, erkannte ich, dass seine Krankheit sowohl bedeutend war wie auch nebensächlich, beides zugleich, launisch wechselnd, weil die Wahrheit nicht fix und fertig bereitlag, entkleidet, gewaschen und betäubt. Weil sie nicht darauf wartete, mit chirurgischer Präzision aufgeschnitten zu werden. Sie bot sich vielmehr unverhofft dar, wie eine Oberfläche, die, von einem

Lichtstrahl ergriffen, plötzlich erglänzt, um kurz darauf wieder in den Schatten zu fallen.

Ich schaute meinen Großvater an, während Frau Doktor als wissenschaftlich unverblümte Person mit übergeschlagenen Beinen den Tod als endgültiges Erlöschen aller Lebensfunktionen in Angriff nahm. Er lächelte mir unmerklich zu. Sei doch nicht so traurig, schien sein Lächeln zu sagen. Und obwohl ich wusste, dass die Krankheit beides sein konnte, bedeutend und nebensächlich zugleich, dass es nur von mir abhing, von meinem Willen, meinem Ehrgeiz und meiner schöpferischen Kraft und davon, welches Bild ich heraufbeschwören wollte, denn war die Gegenwart nicht biegsam, unerschöpflich und geschmeidig, und obwohl ich wusste, dass man ihn nicht auf die Krankheit, nicht auf die Krankheit, nicht auf die Krankheit reduzieren durfte, weder als wirkungsvolles Schlussbild noch als Leitmotiv, weder als Quintessenz, noch als Idée fixe, diese zählebige Zwangsvorstellung, nur nicht mit der Krankheit abschließen, nur nicht mit der Krankheit abschließen, nur nicht mit der Krankheit abschließen, man durfte es einfach nicht, denn was war sie schon, gar nichts, Entgleisung, Schnitzer, Ausrutscher, Fehltritt, Lapsus, nicht das Mindeste (eine Parenthese), denn was war sie schon, angesichts dieses mit atemberaubender Virtuosität geführten Lebens, ja, was war sie schon ...

7

Dominique und unser Bekannter unterhielten sich. Sie gaben mit ihren Krankheiten an. Das war ein Spaß ganz unter ihnen beiden. Sie senkten sich in einer geradezu sinnlichen Anwandlung von Redseligkeit in das Fleisch, erzählten von wetterbedingten Schmerzen, von Umschlägen, Entzündungen, Schnupfen, Fieber, Allergien. Unter einem gewissen Blickwinkel war diese Jammernummer eine Variante der Inkarnation, eine Art moderne Verbindung des Geistes mit dem Körper. Oder aber sie war eine Expedition durch das Jammertal Leib, die beide wie leidenschaftliche Wissenschaftler unternahmen. Und tatsächlich, es ging rauf und runter, über Festland, Berge und Gletscher, Magensaft, Verdauungsorgane und Schlund … Sven Hedin dringt in das Hochland von Pamir ein, besteigt den Mustagh Ata, durchquert zweimal die Wüste Taklamakan, besucht den Lop Nor, überschreitet die hohen Gebirge Nordtibets und erreicht Peking.

Ich lernte, dass sich auf 1 Quadratzentimeter Haut zwischen 50 und 200 Schmerzpunkte tummeln. Donnerwetter! Solche Auskünfte zu bekommen spornte mich an: Konnte es sein, dass der Mensch zum Leiden prädestiniert war?

Dominique zog die Brauen zusammen und ging zu der schlimmsten aller modernen Welterfahrungen über: dem Sodbrennen. Sodbrennen war ein Buch mit sieben Siegeln.

Ich sagte: »Da hat Gott ein bisschen gepfuscht. Mehr Schmerz- als Druckpunkte, das soll uns einer mal nachmachen. Ist das die göttliche Vorstellung von Vollkommenheit?«

Dominique schielte gezielt an mir vorbei. Ich war in ihren Vortrag über Magensäuren hineingeplatzt. Das ärgerte sie. Ihr Blick wurde um eine verrauchte Nuance dunkler, fast grau. Ich lächelte in mich hinein und begann zu zählen ... sechs, sieben, acht ... Sie zögerte noch, dann (neun) seufzte sie und ging (bei elf) auf mich los. Der Prototyp sei vollkommen, erklärte sie, aber dann habe Gott den Riemen enger schnallen müssen und die Produktionsfaktoren gestrafft.

Na also, das Gespräch fing an, sich etwas geistvoller zu gestalten. Nichts gegen die geplagte Materie. Aber Sodbrennen? Wozu sollte das gut sein, sich gegenseitig sein Magenleid zu klagen? Schließlich leiden alle mehr oder weniger, früher oder später. Wenn man, außer dass man sauer aufstößt, nichts zu sagen hat, hält man gefälligst sein eruktierendes Maul. Ich fragte, was genau sie damit meine, Produktionsfaktoren und so weiter.

Dominique kapitulierte, ließ doppelkohlensaures Natron und die restlichen Mittelchen unerläutert in ihrer Hausapotheke stehen und erklärte: der vollkommene Mensch sei ein Luxusartikel. »Sonderausführung. Auslaufware. Für den finden sich keine Ersatzteile mehr. Futschikato. Finito. Kommt zu teuer.« Und Gott, der erste Inhaber eines Industriebetriebs, habe sehr bald schon kapiert, dass man nur in Serie herstellen dürfe. Der Mensch (dem man heutzutage alles vorgekaut vorsetzen müsse) sei Massenware geworden (billig zu erstehender Ramsch).

»Madenfraß. Restposten. Plunder. Ausschuss. Rudimente.

Abfall«, sagte Dominique, ergriff als optimistischer Nihilist ihr Glas und trank einen optimistischen Schluck Wein. Dann, nach einem Abstecher bei Marx, einer Spritztour zu Freud, ein paar hegelianischen Pirouetten und einem existenzialistischen Schlenker, gelangte sie zum traurigen Fazit: die Welt pfiffe auf dem letzten Loch. Dominique flatterte mit den Augenlidern, schaute uns aufrichtig erschüttert an. Hatte ich um ihren Mund die Andeutung eines spöttischen Lächelns gesehen? Ich ergriff mein Weinglas, trank einen Schluck. Und während der Alkohol mir angenehm durch die Kehle rann, erinnerte ich mich daran, dass sie sich mit ihrer Freundin gestritten hatte. Und dass sie das ganz besonders blutrünstig machte, und ich fürchtete, nein, eigentlich freute ich mich darauf, denn endlich, endlich kam etwas Bewegung in die ganze Angelegenheit, dass sie mit ihrem grotesken Geschwätz Fäden um ihr armes Opfer, unseren arglosen Bekannten, gewoben hatte, wie eine fette im Hinterhalt lauernde Spinne. Ja, sie würde ihn gleich mit Haut und Haar verschlingen.

Unser Bekannter wippte vor Zustimmung aufgeregt mit den Backen. Ihr Schwanengesang hatte ihn stimuliert. Der Gute war drauf und dran, uns seine ganz persönlichen Ansichten zum Thema Untergang der Welt darzulegen. Er fasste sich ans Kinn. Kämpfte noch mit seinen Gedanken (eine dramatische Verzögerung, die seinem Aussehen nicht förderlich war; sein Gesicht nahm einen leidenden Ausdruck an, und er öffnete den Mund zu einem Hühnerpopo). Dann hatte er gefunden, was er suchte: einen Sündenbock.

»Die Amerikaner«, sagte er, »sind, leider Gottes, ein leichtes Opfer für jeden Demagogen.«

Er fügte ein paar Standardsätzchen über die amerikanische Außenpolitik hinzu, die man zurzeit in linken französischen

Kreisen nachgeschmissen bekommt. Dominique stimmte zu, und er stapfte fröhlich weiter, in sein Verderben. Er legte los und fing an zu krähen. »Die Amerikaner ... ihr übertriebener Aggressionsdrang ... Die Amerikaner ... kriegslüsterne Kolonialisten ...«

In ihren Augen leuchtete nun jener ganz besondere Schimmer. Als wäre eine schweflig schwelgende Sonne aus einem Wolkengewirr hervorgebrochen, um jeden, der sich zu nahe an sie heranwagte, zu versengen.

»Du meinst also, dass es sich bei den Amerikanern um einen triebmäßigen, sozusagen angeborenen Jähzorn handelt und bei uns, den Europäern, um eine kulturell erworbene Angriffsstrategie ...«

»Ja, ganz genau«, fiel unser Bekannter ihr ins Wort. Dann erläuterte er seine Theorie, die er »der leichten Verständlichkeit halber« in den »nur gröbsten Zügen« aufgriff. Sein mageres Hühnchen Meinung war schön hergerichtet und reich garniert, und dennoch (oder gerade drum) blieb es ein mageres Huhn. Schnitt man es in mundgerechte Stücke, lag Folgendes auf dem Teller: dass die Franzosen einen aufgeweckteren Geist und ein gesünderes Urteilsvermögen als die anderen Erdbewohner besitzen, weil sie einen aufgeweckteren Geist und ein gesünderes Urteilsvermögen als die anderen Erdbewohner besitzen. »Deshalb kann man nichts Besseres tun, als den Amerikanern französisches Savoir-vivre zugute kommen zu lassen.«

»Wirklich sehr interessant«, sagte Dominique. »Man sollte es exportieren. Patentieren und exportieren. Wie Camembert. Wie Champagner. Wie Cognac.«

Beide lachten. Dann kniff Dominique die Augen zu Schlitzen zusammen, so wie sie es immer machte, wenn sie etwas ganz besonders Wichtiges mitteilen wollte: »Weißt du …«, sagte sie, »ich bin ganz und gar deiner Meinung …«

Sie sprach die Worte langsam aus, die fette schwarze Spinne. Sie sprach sie ohne einen Funken Ironie aus, ohne Hast, siegesgewiss, wie eine Katze auf der Lauer.

Ich hätte ihn warnen können, aber ich tat es nicht. Ja, ich muss zugeben, ich lehnte mich in freudiger Erwartung zurück und wartete gespannt.

»… aber auch ganz und gar deiner Meinung, und dennoch könnten wir nicht verschiedener sein.«

»Ah!«, sagte der Bekannte, »und worin unterscheiden wir uns?«

Er hatte beide Arme vor der Brust verschränkt und lächelte arglos und stolz. Du hast dich in einem Augenblick der Unachtsamkeit an uns gewandt, dachte ich, in Wirklichkeit interessieren wir dich nicht. Geh, geh schnell und lass dich nicht mit ihr ein. Sie ist ein Menschenfresser, und gleich wird sie dich bei lebendigem Leibe verspeisen, nicht, dass sie dich versoffenen Lackaffen schmackhaft findet, aber sie hat sich nun einmal mit ihrer Freundin gestritten, und da sie jemand ist, der immer lieben muss, was nichts anderes bedeutet, als ihre Freundin nach Lust und Laune zu idealisieren und in ein schönes, zartes Licht zu tauchen, ja, da sie der festen Überzeugung ist, dass ein Leben, wenn man sich mit seiner Freundin gestritten hat, ein gescheitertes Leben ist, ein total verfälschtes, ein törichtes Leben ist, wird sie dich gleich mit Haut und Haaren verschlingen, einfach so, aus Langeweile, aus Frust, aus Lebensüberdruss und Ekel.

»Und worin unterscheiden wir uns?«, fragte der Bekannte erneut.

»Ich geißle eine Frau so lange mit meiner Eifersucht, bis

wir uns nur noch streiten. Eigentlich bin ich es, die sie dazu bringt, mich zu verlassen. Manchmal denke ich, das mache ich nur aus einem Grund, damit ich missmutig und mit beleidigtem Gesichtsausdruck die Missmutige und Beleidigte spielen kann. Kennst du das?«, fragte Dominique und ließ ihre Hand auf seinem Ärmel ruhen.

Unser Bekannter schaute etwas verdattert drein. Dann legte das wohlerzogene Männlein, das in ihm steckte, ganz still und stumm ein purpurrotes Mäntelein um: Peinlich, aber wahr, er errötete wie ein Schulmädchen, das man mit einer gestohlenen Kaugummipackung in der verschwitzen Hand erwischt hatte. Die Hitze stieg ihm ins Gesicht. Man sah regelrecht das leichte Pochen hinter seinen Augen. Und man sah, wie er es hasste. Ja, er hasste es, in Verlegenheit gebracht zu werden! (Und nichts bringt einen Franzosen mehr in Verlegenheit als die Konvulsionen der Seele.)

Dominique hielt ihn nun regelrecht umklammert. Ihre Hand führte ein fröhliches Eigenleben. Sie massierte seinen Rücken, streichelte über seine Bizeps, untersuchte den Stoff seiner Jacke.

Sie sagte: »Ich habe in all den Jahren vorgegeben, die Gefoppte zu sein. Ich habe mich mit prahlerischem Überfluss, ja richtig verschwenderisch in meinem Leid gesuhlt. Ich will, dass man mir das Leben zu Füßen legt, und ich weiß, dass mein Hang, immerzu verliebt zu sein, früher oder später alles in mir zermürben wird. Ich gestehe es mir ein, mein Denken ist von Gefühlen und Vorurteilen bestimmt. Was sich außerhalb meines Bewusstseins abspielt, interessiert mich einen Dreck. Und wenn ich fühle, dass mich mein Job und der Alltag erdrücken (sie besah kurz ihre Fingernägel), wenn ich am Ersticken bin und in meinem Leben hocke wie in einem Amt, wenn ich ein kleiner Angestellter werde, der so sparsam wie möglich mit seinen Kräften und der Zeit umgeht, kurz, wenn mein Sexleben ein Trauerspiel wird, dann ist nicht etwa meine Beziehung, sondern die ganze Welt im Eimer.«

Dominique kratze sich ausgiebig am Doppelkinn. Dann trank sie ein Schlückchen Rotwein. Unser Bekannter wusste nicht recht, wie ihm geschah und wie er auf dieses den Rahmen und den Anstand sprengende Geständnis zu reagieren hatte. Eine Pause trat ein. Dann beschloss er, das Gesagte nicht ernst zu nehmen. Er lachte kurz auf, als hätte sie einen guten Witz gemacht.

»Und was«, fragte er und drehte den Kopf in die Runde (ganz gelassener Senator, der sich triumphierend an die Volksmenge wendet), »und was hat das, bitte schön, mit der amerikanischen Außenpolitik zu tun?«

»Gar nichts«, erwiderte Dominique in glänzender Laune, »mais rien.«

»Très drôle«, versetzte der arme Mann und versuchte durch ein schiefes Grinsen seine Haut zu retten.

»Aber wenigstens weiß ich, dass ich, wenn ich griesgrämig blöke (und Schach), nichts anderes tue, als meine letzten meckernden Energien dazu zu verwenden, den anderen das Leben zu verleiden. Während du trübe Tasse mit deinen wichtigtuerischen Argumenten und deinen irrelevanten Überzeugungen denkst, eine Meinung zu haben ... (und matt).«

Dominique setzte ihm die kuriose Beschaffenheit seines politischen Engagements auseinander. Er würde nur seine eigene, hausgestrickte, erbarmungslose Verbitterung auf seine Umwelt speien. Mit seinem im Kleinbürgerlichen verwurzelten Denken würde er sich allenfalls mühselig zu Floskeln und Plattitüden hochschwingen, mit Ach und Krach und schnau-

fend. Nur mit Sprachschnörkeln und Gemeinplätzen könne er
aufwarten. Und was wäre das schon, nichts anderes als ein
Vermächtnis seiner Klasse. Sie benutzte einen Vergleich, den
ich so eigenartig fand, dass ich die beleidigende Situation
fast vergaß. Die Robe des Kirchenvaters, sagte sie, könne
nicht verbergen, dass man Krämerjunge oder Sohn des Huf-
schmieds sei.

Ich schaute zu Dominique hinüber. Sie war blass. Sie hatte
die Lider gesenkt und schien vollkommen vergessen zu haben,
wo sie sich befand. Ihr sonst so lebhaftes Gesicht war ungewöhnlich ausdruckslos. Es war gelöst, fast schien es heiter.
Neben ihr stand unser Bekannter in hellblauem Hemd und
dunkelbrauner Jacke, nonchalant, ohne Krawatte, mit seide-
nem Einstecktuch in der Brusttasche, nun geradezu lächerlich
elegant. Wie einer, der zu festlich gekleidet bei einem Abendessen erscheint. Overdressed. So als hätte der Umstand, verletzt worden zu sein, ihn um das Recht gebracht, sich gut zu
kleiden. Auf jeden Fall war es zwecklos. Mit all seiner Sorg-
falt, seinem Schönheitsgefühl und seinem ausgesuchten Geschmack haftete ihm nun etwas an, wie ein Präfix, das vor ihn
getreten war, um ihn auf anstößige Art neu zu beschreiben.

Was hinderte mich daran, ihm in die Augen zu schauen?
Die Szene berührte mich peinlich. Sie verletzte mein Scham-
gefühl. So als hätte ich den Mann bei einer intimen Verrichtung erwischt. Die Erniedrigung eine intime Verrichtung?
Und wenn sie still und leise, sub sigillo confessionis, unter
dem Siegel der Verschwiegenheit, stattgefunden hätte, wäre
das akzeptabel gewesen?

Wie dumm von mir. Ich nahm meinen Mut zusammen und
blickte ihm ins ungläubig entrüstete Gesicht. Und obwohl er
mir aufrichtig leid tat, ja, ich teilte mit ihm wenn auch nicht

seine Blessur, so doch seine Empörung, trug er sie mit solch schwungvollem Pathos, so gewichtig auf dem Gesicht, dass ich im Stillen lächeln musste. Mich? sagten seine fassungslosen Augen, mich, mich, mich. Mich quält sie? Es muss sich um einen schrecklichen Irrtum handeln! Ein Missverständnis! Um einen törichten Scherz. Wie kann man MICH quälen? Mich, das Zentrum meines Universums?

Plötzlich überkam mich eine unsägliche Müdigkeit, und ich hatte die Nase gestrichen voll von unserer widerwärtigen Ménage à trois und wollte fliehen.

In einer Folge von kleinen, unmerklichen Bewegungen – das Vorrücken eines Fußes, das Abstemmen der Hand, das Strecken des Rückens – hatte Dominique ihren Körper aus dem Sofa herausgedreht. Für einen kurzen Augenblick stand sie schwerfällig und dem Umfallen nahe neben unserem Bekannten. Sie sah gigantisch aus, wie ein schwankendes Schiff, dann bewegte sie sich langsam auf die Tür zu: hin und her, hin und her. Hatte sie zu viel Wein intus? War ihre Nausea marina nichts anderes als die ordinäre und unappetitliche Nebenerscheinung des Suffs? Ihre Bewegungen hatten etwas Flutendes. Wie ein Pendel, das eine Schwingung ausführt.

Erst als sie aus meinem Blickwinkel verschwunden war, erst dann merkte ich, dass er sich an mich gewandt hatte: »Sie ist vollkommen durchgedreht. Hast du gehört, wie sie mich … was fällt ihr überhaupt ein? So eine Frechheit.«

Seine Stimme überschlug sich fast: »So eine … eine Unverschämtheit …«

Er war nun ganz aus seiner Erstarrung erwacht und fing an, mich mit einer Salve von Anklagen unter Beschuss zu nehmen. Bald langte ihm die Rolle der gerechten Entrüstung jedoch nicht mehr. Er ließ die Maske der geschmackvollen

Indignation fallen und wurde grobschlächtig. Die Vorwürfe, die er nur noch der Form halber machte, degenerierten zu Fußnoten unter dem eigentlichen Text: »Elende Lesbe. Hure. Das kleine Stück Scheiße. Fotze. Mistvieh aus der Gosse.«

Ich schaute auf seinen sich stetig öffnenden und schließenden Mund und erinnerte mich an ein Sprichwort meines Großvaters. Komisch, ich hatte es schon Jahre nicht gehört, und nun trottete es mir im Kopf herum, und ich sah auch wieder diese Szene. Wieso? Wieso hier und jetzt? Welche Beziehung bestand zwischen diesem Mann und meinem Großvater?

Ich muss damals um die zehn gewesen sein, vielleicht auch elf. Mein Großvater war zu Besuch in Frankfurt, und wir waren in aller Herrgottsfrühe aufgestanden, und nun saßen wir, meine kleine Schwester, mein Großvater und ich, in der Straßenbahn. Unser Haar war noch feucht von den etwas schlampigen morgendlichen Reinigungsversuchen und unsere Augen noch verquollen vom Schlaf. Es war ein beliebiger Morgen gegen Ende eines heißen Sommers. Die Bahn schleppte sich durch die schon flimmernde, schwitzende Stadt. Zur Linken und Rechten tauchten, versunken in ihre eigene Logik, die Dinge auf: Autos, Häuser, ein weißes Tor, ein Balkongitter, Schilder. Die Straße war nicht schön und dennoch, heute war sie etwas ganz Besonderes. Mir, mir höchstpersönlich hatte man einen Erwachsenen in Obhut gegeben. Ich sollte meinem Großvater die Sehenswürdigkeiten der Stadt zeigen. Und meine Schwester? Meine Schwester saß in einer Ecke und war zufrieden. Sie hatte sich auf dem Weg zur Bahn ein duftendes, noch warmes Rosinenbrötchen kaufen dürfen. Und hätte sie nicht gewusst, dass wir alles abzuklappern gedacht, was die Stadt zu bieten

hatte, alles, aber auch wirklich alles, von A bis Zoo, sie wäre
vollauf glücklich gewesen.

Nachts schon hatte ich meine Schwester mit meinen Plä-
nen derart ermüdet, dass sie mitten in meinem langen, auf-
geregten Monolog eingeschlafen war. Und nun hatte sie nur
der Bäcker gnädig gestimmt.

Ich zeigte hinaus. »Das ist die alte Oper«, und schnatter,
schnatter, schnatter schnatterte ich stolz drauflos. Ich konnte
vor Aufregung nicht mehr an mich halten, zappelte auf meiner
Bank herum, deutete nach oben, erläuterte etwas unten, er-
teilte Auskunft, um die mich keiner gebeten hatte, und legte
mit bedeutsamer Miene irgendwelche unerheblichen Details
klar, so als würde ich ihn in ein Geheimnis ziehen, so als
würde ich ihm, unter Aufbringung aller meiner Kräfte, unsäg-
lich wichtige Informationen zukommen lassen. Plötzlich hielt
ich mitten im Satz inne. Ich war, ich wusste auch nicht recht,
warum, wie vor den Kopf gestoßen. Ich merkte, wie sich mein
Gesicht verzog, die Mundwinkel sackten nach unten, und Tränen schossen mir in die Augen. Es war nichts Genaues, es war
noch nicht greifbar, aber dann verdichtete sich das Gefühl zu
einem Wort, und ich dachte: gemein.

Mein Großvater lächelte mich freundlich an. Aber nun
wusste ich, es war nur Irreführung und Heuchelei: ein Lächeln
ohne Überzeugung. Er wollte mir eine Freude machen, das war
gewiss. Und gewiss war auch, die Stadt und die Sehenswürdigkeiten interessierten ihn nicht. Tags zuvor hatte ich einem
kurzen Gespräch beigewohnt, das meine Mutter mit ihm geführt hatte, eigentlich hatten sie nur ein paar Worte gewechselt, und obwohl ich neben beiden stehen geblieben war, hatte
ich nicht richtig hingehört; der Wortwechsel war nicht bis
in mein Bewusstsein gedrungen, denn ich war von diesem

grandiosen Unternehmen, dem Ausflug und der sich hieraus ergebenden Möglichkeit, mir Achtung zu verschaffen, wie behext. Doch nun, weil mein Großvater den Erklärungen, mit denen ich mich abgemüht hatte, keinerlei Aufmerksamkeit widmete und, statt auf die erläuterten Bauten zu blicken, auf eine ältere Frau starrte, und zwar auf ihre Hände, die geschäftig in einer Tüte herumwerkelten, stellte sich der Zusammenhang her, wurde meine Ahnung zu einer Gewissheit, und ich verstand enttäuscht den Zusammenhang zwischen dem Umstand, dass meine Eltern sich anschickten, ein Fest zu geben, und dem Satz, auf den mein Großvater mit einem Kopfnicken geantwortet hatte. Also, hatte meine Mutter gesagt, bitte nicht vor vier, was nichts anderes zu bedeuten hatte, als dass sie sich uns, auf dem Höhepunkt der Festvorbereitungen, vom Hals schaffen wollte. Es gab keinen Zweifel, meine Mutter hatte sich für einen Vormittag und einen halben Nachmittag von meiner Schwester und mir, diesem streitenden, lachenden, nörgelnden, schwitzenden, atmenden Gefüge, befreit. Gemein, dachte ich, gemein, denn nun enthüllte sich mir voll und ganz der sachdienliche, kleinmütige Grund dieses Ausflugs, der mich um meine Anerkennung gebracht hatte; statt mich aufzuwerten hatte ich mich diskreditiert.

Mein Großvater muss wohl etwas gespürt haben, denn er versuchte seine Zerstreutheit wieder gutzumachen, deutete aus dem Fenster und sagte: »Wos is dos noch amul?«

»Alte Oper«, erwiderte ich kalt und gemessen, doch meine Kälte blieb ohne Wirkung; er hatte sich schon weggewendet und bemerkte nichts.

Sonderbar. Was für ein rätselhafter Blick. Nicht neugierig, nicht feindselig, auch nicht wohlwollend, sondern wie einer, der nach innen horcht. Mein Großvater beobachtete eine Frau.

Seine Augen hatten einen undurchsichtigen, kalten Schimmer. Sie glichen zwei Kugeln aus Metall. Er war so eigenartig frei von Ausdruck, er reflektierte nicht die allerkleinste Gefühlsregung, dass er sich mir aufzwang. Obwohl ich noch vor einer knappen Sekunde für alle Ewigkeiten in meinem Unglück auszuharren beabsichtigt hatte, eigentlich im Bedürfnis, mich wenn schon nicht durch mein Wissen, so doch durch das mir zugefügte Leid auszuzeichnen (einzigartig thronte ich, ein Häufchen Elend), verflüchtigten sich nun die Enttäuschung und der Wunsch nach Vergeltung. Es hatte nur dieses unentwirrbaren Blickes bedurft, damit alle meine Gefühle in sich zusammensanken wie ein Strohfeuer. Der Blick stachelte meine Neugierde an, seine Leere zog mich in seine dunkle Strömung … diese herrschsüchtige, despotische Leere, dieser Blick ohne Ausdruck!

Die Frau, sie musste um die sechzig gewesen sein, hatte für mich ein Alter erreicht, in dem ihre Konturen verschwammen, sie war durch keine Umrisslinie von ihrer Umgebung begrenzt und ergab mit ihr ein gemeinsames Bild, eher einen Hintergrund, von dem sich die mich interessierenden Menschen und Dinge scharf abhoben, doch nun sah ich sie plötzlich, sie war in meine Wirklichkeit eingedrungen, und dort machte sie nicht viel mehr, als sich ein ganz klein wenig zu bücken. Sie zog eine Einkaufstüte auf ihren Schoß und fing an, darin zu kramen. Sie wühlte, tastete, stöberte und holte einen Aschenbecher hervor, musterte ihn von allen Seiten und legte ihn zurück. Ein zweiter Gegenstand wurde hervorgeklaubt, betrachtet und weggepackt. Ein dritter und vierter folgten. Die Frau verfuhr mit jedem einzelnen Gegenstand so: Sie wurden einer peinlich genauen, leidenschaftlichen Prüfung unterzogen. Ab und zu flitzten ihre Augen aus dem Fenster, um sich zu vergewissern, dass sie ihre Haltestelle nicht verpasst hatte, dann wandte sie sich wieder der Ausschussware und den Geschmacklosigkeiten zu, die sie billig erstanden zu haben schien.

Ich kam einfach nicht dahinter. Was war an der Frau nur Besonderes? Sie konnte es mit mir und meinen Sehenswürdigkeiten doch gar nicht aufnehmen. War es der Ramsch, den sie aus ihrer Tüte zog? Ich konnte es einfach nicht verstehen. Was faszinierte Großvater an ihr? Meine Schwester zupfte mich am Ärmel und flüsterte mir zu, dass sie nach Hause wollte.

»Das geht nicht«, sagte ich.

Meine Schwester schüttelte den Kopf und presste die Lippen zusammen. Das Verbot hatte eine aufreizende Wirkung auf sie, es provozierte sie und machte sie kämpferisch.

»Ich will aber«, sagte sie, und ich wusste, dass sich dieser Wunsch verdoppeln und verdreifachen würde. Es war eine komplizierte Rechenoperation, die sie da unternahm. Sie addierte die Langeweile, multiplizierte die Fadheit der Umgebung und quadrierte beides mit ihrer Neigung, immer in ihren Bedürfnissen verweilen zu wollen. (Wenn es ihr an interessanten Schwierigkeiten fehlte, die sie in Anspruch und Mitleidenschaft hätten nehmen können, schuf sie sich welche, denn sie konnte und wollte nicht still sitzen.) Nun wünschte sie sich nichts sehnlicher, als nach Hause zu gehen. Sie wandte sich an meinen Großvater, und ein erbittertes, wenn auch nur geflüstertes Hin und Her entspann sich. Gleich würde sie anfangen zu quengeln, zu maulen und zu winseln, dann stetig die Lautstärke ihres Geplärres steigern, und half auch das nichts, würde sie die akustische Methode sausen lassen und den nassen Weg der kullernden Tränen einschlagen.

Meine Schwester hatte so manches in petto, widerstehen konnten ihr nur die wenigsten. (Und doch, so eigenartig es klingen mag, dass sich ihre Wünsche erfüllten, enttäuschte niemanden so sehr wie sie selbst, denn sie fürchtete sich schon als Kind vor der abgrundtiefen, beängstigenden Gleichgültigkeit danach.)

… und auf einmal begriff ich es, und mein Herz fing an zu hämmern. Mein Großvater und diese Frau waren im gleichen Zeitraum geboren, sie gehörten der gleichen Generation an. Er hatte sie sich angeschaut und zu erraten versucht … Natürlich, das war es! Er hatte sie angeschaut und gedacht: Was hat sie wohl im Krieg gemacht?

Meine Schwester fing an zu weinen, und mein Großvater beruhigte sie. Wir standen auf, und ihre Tränen versiegten sofort, so prompt, wie sie gekommen waren. Die Frau schob ihre Tüten beiseite, um uns durchzulassen, und ich bedankte mich mit einem scheinheiligen Lächeln. Wäre ich nicht klein und schmächtig gewesen, nicht schüchtern und schwach, ich hätte sie geschlagen und beschimpft. Ich hasste sie. Ihre gedrungene Gestalt, ihre glänzende Nase, ihre Freude über die erstandenen Dinge, ihre Neigung zu Fettansatz, ihr gefärbtes Haar, ihre helle, europide Haut, ihre schwergewichtige, schwitzende Fröhlichkeit: Ich hasste sie. Nie zuvor und nie wieder danach kam mir jemand so anstößig, abscheulich und böse vor.

Mein Großvater deutete uns an aufzustehen. Die Bahn hielt, und wir stiegen aus. Dann schlossen sich die Türen, und die Bahn setzte sich mit einem Ruck in Bewegung. Langsam, im Schritttempo fuhr sie an, so dass wir ein paar Meter neben ihr hergingen.

Die Frau hatte sich nach uns umgedreht, und ich schaute

ihr, ohne mit der Wimper zu zucken, ins arglose Gesicht. Einen Augenblick lang verhakten sich unsere Blicke ineinander, so als wollen wir etwas festhalten, dann beschleunigte die Bahn, und sie verschwand.

Meine Schwester sagte, sie müsse mal Pipi, und fasste sich zwischen die zusammengepressten Schenkel. Mein Großvater blieb stehen und zündete sich eine Zigarette an. Ich sagte, wir können ja ins Café gehen. Mein Großvater nickte, und meine Schwester warf mir einen bewundernden Blick zu. Wir betraten ein Lokal. Meine Schwester ging pinkeln, und ich hielt vor ihrer Türe Wache. Als wir zurückkamen, standen zwei Gläser Limonade auf dem Tisch. Etwas später bestellten wir etwas Kleines zu essen. Was noch? Als wir schon neben unserer Haustür standen, goss ein jäh aufflammender Himmel sein letztes Nachmittagslicht auf das Gesicht meines Großvaters und überzog es mit einer dünnen goldenen Schicht. Einen Augenblick stand er geblendet und in Gedanken da, dann ging er einen Schritt vor und trat in das kühle Halbdunkel des Treppenhauses. Wie üblich kam meine Schwester als Erste an. Wie üblich klingelte sie Sturm. Die Tür wurde aufgerissen, und ich hörte wie üblich das ansteckende, verschwenderische Lachen meiner Mutter, gefolgt von der Warnung, ja nicht ins Wohnzimmer und ans Büfett zu gehen. Und dann platzte ich mit meiner Frage heraus, als er auf der Schwelle unserer Wohnung stand.

»Hasst du die Deutschen?«

Mein Großvater hielt mitten in der Bewegung inne, sah mich an, schüttelte den Kopf und betrat unseren Hausflur. Aber warum, dachte ich, warum hasst er sie nicht? Denn ich hatte mir schon wieder zurechtgerückt, was aus den Fugen geraten war. Der Ruhestand sollte nicht lange andauern, aber das wusste ich damals noch nicht. Ich handelte nach dem Gesetz der Standsicherheit, dem zufolge sich die Kräfte, die auf eine Fläche einwirken, gegenseitig aufheben müssen, damit der Körper sein Gleichgewicht hält. Hatte ich denn so viel verloren, dass ich die entstandene Leere mit meinem Hass ausfüllen musste? Ich weiß es nicht. Aber weiß, damals erlebte ich zum ersten Mal, wie der Krieg in meine Kindheit hineinlangte. Dieser Erfahrung trat ich mit der ganzen Erschütterung entgegen, der ich fähig war. Noch tänzelte ich auf dem dünnen Seil meiner Wirklichkeit wie ein Äquilibrist. Doch ich fühlte mit meiner kindlichen Intuition, dass ich in den Mühlstein der Geschichte geraten war und dass die Wirklichkeit, die ich einst gekannt hatte, nicht mehr existierte. Ja, sie war dabei, sich aufzulösen.

Wie absurd, habe ich gedacht und mich an das Sprichwort meines Großvaters erinnert, wie absurd und viel zu teuer erkauft. Sie brauchen sich gegenseitig nicht. Und schätzen? Weiß Gott nicht! Und dennoch, man sah es schon kommen, wie er sich Wochen, Monate, Jahre über Dominique beschweren würde. Auch dann noch, wenn die heutige Erniedrigung schon längst vergessen, wenn sie nicht einmal mehr eine Schramme oder ein klitzekleiner blauer Fleck sein würde. Denn a gutn frajnd bakumt man umsonst, a ssojne (Feind) mus men sich teuer erkaufn. Ja, genauso wie heute, habe ich gedacht, genau so wird er dastehen. Denn sonim senen getreier wie dos treieste weib. Vielleicht wird er etwas Fett angesetzt haben, aber die Augenbrauen werden sich in seinem faltigen, schwammigen Kindergesicht genau so zusammenziehen mit zorn in harzen und feintschaft in kopp, und genau so wie heute wird er sein Kinn vorstrecken, um in die Rolle der gerechten Entrüstung zu schlüpfen. Und genau so wie heute würde er nach einer Weile die Maske der geschmackvollen Indignation fallen lassen, um nach einigen einleitenden Worten seinen verstaubten und mit den Jahren alt und schäbig gewordenen Kittel Enttäuschung, Bitterkeit und Hass überzustreifen.

Als ich unten angelangt war, empfing mich eine kühle Brise und die relative Ruhe einer Straße in einem gutbürgerlichen Wohnviertel. Vereinzelt hörte man Autos, wenn auch weiter weg in einer Allee. Vereinzelt drangen Lebensfetzen aus den Fenstern. Eine Frau rief »Pierre«, eine Tür wurde auf- und zugestoßen. Es hatte angefangen zu nieseln, und der kleine, feine Sprühregen, der sanft auf mein Gesicht fiel, tat mir gut. Der Geruch des nassen Asphalts erinnerte mich an meine Kindheit, und die Erinnerung stimmte mich glücklich. So wenig braucht der Mensch, um zufrieden zu sein! Ich schlug meinen Kragen hoch. Dann sah ich Dominique. Sie stand unter einem Kastanienbaum, an den Stamm gelehnt, und rauchte.

»Na endlich«, sagte sie und winkte mich herbei.

Ich ging zu ihr herüber.

»Was sagst du zu diesem Ekel?«

»Du hättest dich nicht so gehen lassen sollen.«

»Ich, mich gehen lassen? Hast du vergessen, dass er gesagt hat, dass es den Amerikanern ganz recht geschieht, wenn täglich ein paar GIs im Irak draufgehen?«

»Er wird dich hassen«, sagte ich und fügte hinzu: »Ich hoffe, es hat dir Spaß gemacht, denn er wird dich jahrelang hassen.«

Wir setzten uns in Bewegung und gelangten auf eine lebhafte Straße. Menschen kamen aus den Kinos und verschwanden in den Metroschächten, viele schwärmten in Cafés und Bistros.

»Du glaubst mir wohl nicht, dass er dich hassen wird?«

»Und wennschon«, erwiderte Dominique verächtlich.

»Was hast du dir eigentlich dabei gedacht?«

»Ganz und gar nichts.«

»Nein, ernsthaft, was zum Teufel ist los mit dir?«

Dominique drehte die Innenfläche ihrer Hand nach oben und schenkte mir ein lädiertes Lächeln (sie zog nur eine Seite der Mundwinkel in die Höhe und kniff die Augenbrauen zusammen), und man sah, oder jedenfalls nahm ich an, dass es ihr anders geraten war, als sie es beabsichtigt hatte, es war einfach nur schief, es war schlampig ins Gesicht gesetzt. Was für ein zuvorkommendes, hilfloses, schief geratenes Lächeln, dachte ich, und das stimmte mich sofort versöhnlich. Wir beschlossen, in eine Brasserie zu gehen, um noch eine klitzekleine Kleinigkeit zu essen. Ich wusste, so gefräßig sie auch war, war doch ihr Hunger nur ein Vorwand. In Wirklichkeit wollte sie die Zeit bis zum Morgengrauen totschlagen, und sie würde um dieser Zeitverschwendung willen fleißig futtern, was die Bretter oder eher ihr Magen hielt. Dass sich wegen dieser verfressenen und versoffenen Dilatation der Zeit auch die Gefäße ihres Herzens krankhaft ausdehnten, das störte sie nicht im Geringsten. Anfangs hatte ich sie noch zu ermahnen versucht. Dann hatte ich diese Scheinheiligkeit fallen gelassen. Und so stürmte sie fröhlich in den Suff, und ich trottete ihr mit zwei, drei Gläschen hinterher wie Sancho Pansa. Und während sie von ihren Kämpfen mit den Windmühlen erzählte oder von einem neuen Ausbund aller Trefflichkeit, den sie erst letzte Woche aufgerissen hatte, eine Frau von unsagbarer

Schönheit, der leider ein boshafter Zauberer das Antlitz eines armseligen Bauernmädchen mit rundem Gesicht und platt gedrückter Nase gegeben hatte, ja, während sie schwärmte, stritt und konferierte, tat ich mich an Kartoffelchips und Erdnüssen oder (in feineren Etablissements) an Pistazien und Oliven gütlich.

Oft war Dominique un-sag-bar verliebt und himmelte irgendeine Tussi an, die sie nach allen Regeln der Kunst (und einer Flasche Bordeaux) durchzuficken gedachte. Oder sie hatte sie schon herumgekriegt und ließ sich (ganz Gourmet und Gourmand) stundenlang über den Geschmack ihres Speichels aus, ihrer Zunge, ihrer Brüste, ihrer Scheide, ihres Schweißes ... Oh ja, sie war eine Sammlerin von Sinneseindrücken, mit einem Übermaß an Begeisterungsfähigkeit. Eine, die den Frauen in strenger Ergriffenheit zwischen die Beine schaute. Mit der gleichen Feierlichkeit betrachtete sie ein paar weiße Wolken, die in der blauen Himmelsfläche schwammen. Denn sie war so eine, oh ja, sie war so eine. Eine, die daran festhielt, mit zäher Anhänglichkeit, trotz aller Fiaskos. Und jedes Mal grölte sie »pour la vie«, mit Vehemenz. Denn sie war so eine, die einfach daran glauben wollte. Woran? Ach, weiß der Kuckuck woran.

Es stellte sich schwieriger heraus als erwartet, in diesem blitzblank geputzten, bis zur Stumpfsinnigkeit gediegenen, belanglosen Arrondissement ein offenes Lokal zu finden. Aber am Ende fanden wir eins und betraten es. Dominique seufzte erleichtert auf und rieb sich mit dem Handrücken die Augen, und diese kindliche Geste, verbunden mit der kindlichen Angst vor der Nacht und vor dem, was sie einem zu enthüllen vermochte, erinnerte ich mich an den täglich ausgefochtenen Kampf vor dem Zubettgehen ... plötzlich sah ich mich mit ängstlichem, bettelndem Blick zu meiner Mutter aufschauen, sah mich mit den Fäusten die Augen reiben und stur behaupten, dass ich gar nicht müde sei ... Und ich sah auch sie wieder. Sie war ahnungslos. Sie war bezaubernd. Sie war schön. Unbestreitbar war sie der liebste und hassenswerteste Mensch, dem ich je begegnet war. Und ich schmiegte mich an sie, während sie, an meinem Bett sitzend, darauf wartete, dass mich die Müdigkeit übermannte.

Auf und ab, auf und ab, auf und ab strichen ihre Finger über meinen Rücken. Es war, als zählte ihre Hand die Minuten. Und ich kämpfte gegen den Schlaf an und fixierte die Dinge im Zimmer. Nein, vielmehr waren sie es, die mich anstarrten. Nicht der Schreibtisch, sondern sein Doppelgänger, nicht der Stuhl, sondern sein Schein, nicht der Schrank, sondern seine Zwillingsgestalt lasen aufmerksam in meinem Gesicht. Na, raunten sie, na wird es bald, wirst du wohl einschlafen wollen?

Und tatsächlich, da war nichts zu machen, obwohl ich nicht wollte und mich mit jeder Faser meines Körpers sträubte, spürte ich, wie der Raum sich im Takt meines Atems dehnte, streckte und zusammenzog. Die Formen der Gegenstände verschwammen. Und die gleichmäßigen Züge meines Atems, dieses eintönige Verrollen der Wellen in meinem Mund lullte mich ein. Langsam, ganz langsam glitt ich in den Schlaf.

Was war es? Was? Etwas war da. Irgendetwas war falsch, unleugbar.

Ich wusste, ich durfte es nicht versäumen, es war wichtig. Aber was zum Teufel war es? Meine Mutter hatte unmerklich die Haltung ihres Körpers gewechselt. Wie ein Schwimmer, kurz bevor er sich abstößt und ins Wasser springt. War es das? Ich wurde von einer unsinnigen Angst gepackt. Etwas kauerte da, wie eine dicke Spinne mit haarigem Kopf. Etwas kauerte da und hinderte mich … Und plötzlich begriff ich die Bedeutung ihrer Bewegung. Sie durchzuckte mich im Schlaf wie ein Blitz. Sie würde aufstehen und weggehen. Sie würde mich einfach stehen lassen, hier, mitten auf dem offenen Gelände, unter gedrungenen, tiefen Wolken, in meinem Traum.

»Noch ein bisschen«, lallte ich und versuchte die Augen zu öffnen.

»Du musst jetzt wirklich …«

»Noch ein bisschen.«

»Du musst jetzt wirklich schlafen.«

Mit einem Ruck setzte ich mich auf: »Israel.«

Meine Mutter beugte sich über mich, küsste mich auf die Stirn und seufzte, und ich wusste, ich hatte sie überrumpelt. Sie würde erzählen, fast fügsam, obwohl man einem Kind nicht einfach gehorchen darf. Drei, vier Minuten würde sie von ihrer Kindheit schwärmen. Und wenn sie dann im wässrigen Halbdunkel des Zimmers erzählte … wäre ich ein Kätzchen gewesen, ich hätte angefangen zu schnurren.

Lag es an der Art, wie sie erzählte, nur für sich, ohne auf uns Rücksicht zu nehmen, lag es daran, dass sie, obwohl an meinem Bett sitzend, plötzlich weit weg war, so weit von mir weggerückt zu sein schien, dass ich ein Fleck wurde, mir wie ein kleiner Kiesel ohne Leben vorkam … sobald sie mit jenen verträumten Augen ihre Kindheit ausbreitete, verschlug es mir den Atem. Sie brach mit ihren Anekdoten, mit ihrem Duft und ihrem Gelächter wie eine gewaltige Welle über uns herein, um dann unvermeidlich wieder zurückzuweichen. Meine Mutter kam und ging wie das Meer und kümmerte sich nicht im Geringsten um uns. Und wir, zwei kleine Sandklumpen ohne Widerstand, ließen uns mitschleifen, gerieten in ihren Bann, euer Großvater der Pionier, sagte sie, Tante Balla und das Schiff »Exodus«, das Aquarium mit den Goldfischen, die Puppe aus Europa …

Meine Mutter brachte alles durcheinander, wenn sie den Mund aufmachte. Und wenn sie ging, kam alles wieder ins Lot. Die Welt versank im Zwielicht. Das Zimmer wurde tief, grau und trüb. Wir fielen in unsere Kissen und schliefen benommen ein. Die Stille kehrte zurück. Ich kuschelte mich in meine Decke, und plötzlich vernahm ich … Sie vibrierte noch. Ihre Stimme vibrierte noch im Raum. Ich hörte sie ohne jegliche Anstrengung und spürte – wie einen Trost – in der leisen, zitternden Bewegung, dem Nachklang ihrer Stimme ein Gefühl mitschwingen, wie ein Bass, der sanft eine Oberstimme begleitet und dann und wann ganz unerwartet in die Melodie eindringt. Der Hall szintillierte, verdichtete sich, blitzte kurz auf und verklang.

Da saß sie, Abend für Abend, lockend, verführerisch, mit ihren dick aufgetragenen Kosmogonien und ihrem Propagandabeutelchen voller Glitzerstaub, wie ein agent provocateur und erhellte den Raum mit ihren Geschichten. Und ich spürte, wie ihre achtlos hingeworfenen Worte alles versengten, was sie berührten, als wären sie scharf gebündeltes Licht, und unser Zimmer, Schrank, Betten, Stühle schwanden und verschwanden. Ja, die Geschichten nagten uns den Boden unter den Füßen weg, und wir stürzten, tiefer, immer tiefer ins Nichts, bis uns der Schlaf übermannte. Das war (berauschend und erschreckend zugleich) die erste sinnliche Wahrnehmung von Freiheit.

Wir tranken an der Theke. Ich hatte mich nicht setzen wollen. Ich stehe gerne in Pariser Bars, weil sich in ihren großen

Wandspiegeln über den Gläsern und Flaschenregalen der ganze Saal beobachten lässt. Während man vorgibt, zu sinnieren und zu spintisieren, kann man ganz ungestört dem Voyeurismus nachgehen. (Der Beobachter ist ein Fürst, der überall im Besitze seines Inkognitos ist.) Nun hatte mich aber ein anderer Beweggrund veranlasst, Dominique an die Theke zu lotsen. Ich war hundemüde und wollte spätestens in zwei Stunden im Bett sein. Nach meiner großen (unbewiesenen) Theorie des Suffs würde sie stehend eher schlappmachen als sitzend. Dachte ich jedenfalls, aber die Rechnung ging nicht auf. Standfest war sie, saufen tat sie und bewies es mir dialektisch, kontradiktorisch und frohgemut, dass sie so leicht nicht unterzukriegen sei. Irgendwann (nach dem zweiten oder dritten Glas) fragte sie mich, warum ich so ernst dreinsehen würde (wie ein Buchhalter mit Hämorrhoiden), und ich sagte ihr, dass ich nicht ernst, sondern nostalgisch blickte. Nostalgie, so fügte ich hinzu, würde mir aber keinen zärtlich vergeistigten, sondern einen seriösen Gesichtsausdruck verleihen. Aha, sagte sie, und dann, dass sie dieses dumme Heimweh nach einer längst vergangenen Zeit nicht ausstehen könne. Ebenfalls zum Kotzen fände sie alle Menschen ab vierzig, jeder Couleur, jeden Standes und Ranges, ungeachtet ihrer Nationalität, ihrer Rasse, ihres Geschlechts … denn sie alle, alle, alle würden zu nostalgischen Arschlöchern werden.

Dominique kratze sich am Oberarm, scheffelte eine Hand voll Erdnüsse in den Mund, und dann latschte sie mit fliegenden Fahnen in das Lager der nostalgischen Ar… Sie wurde aus einem unerklärlichen Grund wehmütig, und ich sah sie schon ins Schwärmen kommen und anhand unzähliger Beispiele beweisen, dass derjenige, der IHRE Jugend nicht miterlebt hat, ganz einfach nicht gelebt hat. Und tatsächlich, da war er schon, jener erinnerungsgesättigte (oh du erhabene, oh du unvergessliche Zeit) Blick.

Eigentlich, sagte Dominique und sah ihr Glas innig an, eigentlich müsse man sich glücklich schätzen, und ob es nicht wunderbar sei (ma-gni-fique), dass einem die exquisiten Augenblicke der Kindheit unversehrt und lebenslänglich zur Verfügung stünden. Ich wollte etwas einwenden, aber Dominique setzte schon fort, man solle hingegen ja nicht glauben (im-po-ssible), dass sich die Dämonen der Kindheit einfangen, fesseln und bändigen ließen. Dämon bliebe Dämon, selbst der Zeit entrissen, ausgestopft und präpariert wie ein armseliges Ausstellungsstück.

Wir schwiegen eine Weile, und dann fragte mich Dominique, in einer Anwandlung von Liebenswürdigkeit und wahrer Anteilnahme, welche Geister ich nun gerade beschwören würde. Und ich sagte ihr, dass ich an eine Puppe gedacht hätte, eine Puppe aus Europa, eher an eine Geschichte. (Nein, es war keine Geschichte, es war so wenig, dass man daraus nicht einmal eine kleine nette Anekdote hätte weben können, und genau aus diesem Grund dachte ich nun daran.)

»Und«, fragte mich Dominique, »worum geht's?«

»Die Staatsgründung.«

»Na endlich! Es wurde aber auch Zeit.«

Dominique bestellte, zur Feier der angekündigten Staatsgründung, zwei Cognacs. Und während der Kellner die Flasche entstöpselte, die Gläser vom Regal zog und uns einschenkte, hatte ich schon heruntergeleiert, was ich wusste, dass mein Großvater meine Mutter hinter sich hergezogen hatte, sie seinen Schritten kaum hatte folgen können, dass er sie immer wieder zur Eile angetrieben hatte, sie ausnahmsweise ihre Puppe hatte mitnehmen dürfen, dass sie so, halb rennend, halb gehend, den Rothschildboulevard gerade noch rechtzeitig erreicht hatte, um auf die Schultern des Vaters gehievt zu werden.

»That's it!«, sagte ich.

Der Kellner stellte die Gläser vor uns hin. Dominique schüttelte indigniert den Kopf. Das könne doch nicht alles sein.

»Doch, doch«, sagte ich, mehr sei der Sache nicht abzugewinnen. Dominique versuchte ein paar Details herauszuquetschen. Ob sie nicht die Rednerbühne gesehen habe. »Nein.« Was sie dann gesehen habe? »Hinterköpfe.« Ob sie nicht gehört habe, wie David Ben Gurion ... Nein, nichts gehört.

»Das geht doch nicht«, sagte Dominique, »das geht doch wirklich nicht«, und ich zählte noch einmal die Ingredienzien auf, die ich zur Verfügung hatte: das Hochzeits-Beerdigungs-Schulfestkleid, welches meine Mutter, zur Feier des Tages, hatte anziehen müssen; die Zöpfe, die, trotz Gejaule, geflochten worden waren (inklusive hellblauem Seidenband); den Großvater mit ernstem Gesicht, zuerst wartend in der Türangel stehend, dann wartend in der Menschenmenge, dann nachts vor dem Radio ...

»Ah«, sagte Dominique, »das Radio, das wäre schon was.« Und ich sagte, erzählen könne ich ihr einiges: Der amerikanische Präsident Harry Truman hatte den Judenstaat am 15. Mai neunzehnhundertachtundvierzig um vier Uhr dreißig morgens (israelische Zeitrechnung) de facto anerkannt. Um fünf Uhr war David Ben Gurion ins Rundfunkstudio der Hagana gegangen. Um fünf Uhr fünfzehn hatte er seine Ansprache unterbrechen müssen, weil Tel Aviv aus der Luft bombardiert worden war. An dem Angriff, der unmittelbar nach der Proklamation (um vier Uhr nachmittags) begonnen hatte, nahmen fünf arabische Staaten teil: Jordanien, Ägypten, Irak, Syrien und der Libanon. Die De-jure-Anerkennung durch die Sowjetunion erfolgte am 17. Mai, und neunzehnhundertfünfzig erkannte Großbritannien den Staat an. Der letzte britische Hochkommisar trat neunzehnhundertfünfundvierzig ein. Er hieß Sir Alan Cunningham, trank gerne Gin und wurde nach Strich und Faden zum Narren gehalten.

Am 29. November neunzehnhundertsiebenundvierzig stimmte die Vollversammlung der Vereinten Nationen für die Teilung Palästinas und für die Gründung eines jüdischen und eines arabischen Staates.

Am 11. Dezember neunzehnhundertsechsundvierzig verkündete die britische Regierung ihre Absicht, das Mandat am 15. Mai neunzehnhundertachtundvierzig aufzugeben. Die Unabhängigkeitserklärung, sagte ich und legte eine Pause ein. Am 14. Mai neunzehnhundertachtundvierzig, kurz bevor das britische Mandat über Palästina zu Ende ging, traf sich der Nationalrat zu seiner vierten Sitzung im Museum Tel Aviv am Rothschildboulevard. Zur provisorischen Staatsregierung gehörten Mitglieder des Rates, Vertreter der Jewish Agency, der WIZO, des Nationalkomitees der palästinensischen Juden, des Keren Hajessod, die Führer der Hagana, Pioniere und Repräsentanten der Wirtschaft. Um vier Uhr nachmittags, nach dreistündiger Sitzung, trat David Ben Gurion als Oberhaupt der provisorischen Staatsregierung vor das Gebäude und proklamierte vor einer dichten Menschenmenge die Gründung des Staates Israel am Vorabend des Sabbats des 6. Ijar im Jahre 5708. (Jetzt war ich in Schwung gekommen und setzte sogleich mit der Unabhängigkeitserklärung fort.)

»Eretz Israel«, sagte ich, »war die Geburtsstätte des jüdischen Volkes. Hier wurde es zum Staat, schuf kulturelle Werte von nationaler und universeller Bedeutung und schenkte der Welt das ewige Buch der Bücher …«

»Halt, Stopp«, Dominique stöhnte und gab sich geschlagen, »also was nun, erzähl schon, was war mit der Puppe los.«

»Sie hat sie mitnehmen dürfen, das ist das Einzige, an was sie sich erinnern kann.«

»Pff!« Dominique schüttelte den Kopf: »Du willst doch nicht etwa dieses durch und durch unerhebliche Detail …«

»Wahrheit«, sagte ich, »das ist die Wahrheit.«

»Teilwahrheit«, erwiderte Dominique.

Und ich sagte ihr, dass meine Mutter Zeitzeuge gewesen sei und dass ich keine Lust hätte, meine nimmermüde Phantasie dazu zu benutzen, jetzt ein rührendes Bild zu produzieren von einer Staatsgründung, die meine Mutter, Hauptperson in dieser Szene, nicht im Geringsten interessiert hat. Lieber, sagte ich, bin ich Provokateur als ehrbares Parteimitglied, lieber säe ich Zwietracht als Kitsch. Ich hob mein Kinn etwas in die Höhe (genau so, wie man es auf dem Seminar für leitende Persönlichkeiten mit ausgestatteter Entscheidungsbefugnis beigebracht bekommt), zeigte in einem breiten Lächeln alle meine Zähne (zuversichtliche, lebensbejahende Grundhaltung) und sagte freundlich, aber bestimmt: »Verdammte Kacke, Dominique, schließlich ist SIE dabei gewesen.«

Es sei noch zu klären, erwiderte Dominique, ob sie auch tatsächlich da gewesen sei.

Was sie damit meine, wollte ich wissen.

Man könne sich doch ein paar Fragen stellen. Bitte schön, wenn ich es unbedingt wissen wolle, meine Puppe, danach krähe kein Hahn. Und die bloße Tatsache, dass meine Mutter nur die Puppe im Gedächtnis behalten habe, würde doch

228

schon zur Genüge beweisen ... und selbst wenn dem nicht so sei, würden doch Zweifel darüber bestehen, ob sie etwas Aufschlussreiches ... man müsse sich doch wirklich fragen ... nicht unbedingt einer Täuschung zum Opfer gefallen ... aber eine Puppe könne doch nicht als Symbol, als Quintessenz, quasi als Apotheose ... jawohl, es sei in Frage gestellt, ob sie ein zuverlässiges Zeugnis abzulegen überhaupt in der Lage sei.

Aber was bedeutet das schon, ein zuverlässiges Zeugnis?, wollte ich wissen und fügte hinzu, selbst in der offiziellen Geschichtsschreibung seien Wahrheit und Lüge vermischt, denn man könne dem sauberen, dokumentierten, dem roten Faden der Geschichte immer auch ein paar heimliche, schmutzige, ein paar schwarze Fäden hinzufügen, schwarz und rot seien jedoch derart miteinander verknotet, dass Generationen sich die Zeit damit vertreiben würden, sie zu entwirren. Und die Nachwelt, sagte ich, würde sie denn je etwas anderes tun, als den ihr jeweils passenden Sinn in die Ereignisse hineinzulegen wie in eine große leere Schatulle? Sie sei dabei gewesen, sagte ich, und deshalb sollten wir uns einen Dreck drum scheren, ob das, was sie gesehen und gehört zu haben meint, mit den Legenden und Tatsachen übereinstimmt. Niemand, sagte ich, würde hier Buch über Fehlschlüsse führen. Sie sei dabei gewesen, und keiner dürfe ihr im Namen einer höheren Wahrheit das Recht absprechen, die ganze Angelegenheit mit ihrer Sicht um eine erhebliche Dimension zu erweitern.

Ob ich mit erheblicher Dimension eine olle Puppe meinen würde, fragte Dominique, und ich nickte.

»Jawohl, eine Puppe aus Europa.«

Dominique hätte mir am liebsten einen Tritt in den Hintern verpasst. Sie fühlte sich betrogen. Ich gestehe es gerne ein, ich genoss es (mir hühüpfte das Heheherz im Leiheibe), sie so konsterniert zu sehen. Diese läppische Staatsgründung war schon ein harter Brocken für jemanden, der aus einem Land kam, das dem Pomp und der Etikette regelrecht verfallen ist, wo für jede Lappalie gleich der rote Teppich ausgerollt wird. Und in der Tat, der Stoff war dünn und fusselte. Die Staatsgründung, hätte sie nicht ein Festkleid sein müssen? Aus Chiffon, Samt, Organza, Jacquard oder Seide? Wo waren die Spitzen, Einsätze, Federn? Wo waren die Übermäntel, Würdenträger, Großmarschälle, Erzbischöfe, Danksagungen? Wo waren Gesänge, Kniebeugen, Weihrauch, Schwüre, Purpurkissen? Was für ein Fetzen! Nicht einmal der allerkleinste Raketenknall. Ich beschloss, ihr noch ein bisschen zuzusetzen, und durchbohrte ihre französische Märtyrerbrust mit einem weiteren Pfeil.

»Meine Großmutter ging erst gar nicht mit. Hatte keine Lust und Migräne.«

Es lag mir viel daran, ich wollte sie ärgern. Aber sie ließ sich nicht täuschen, nein, es ging einfach nicht. Die Auseinandersetzung, auf die ich mich gefreut hatte, interessierte sie nicht, und auch auf unser Katz-und-Maus-Spiel hatte sie nicht die geringste Lust. Sie drehte ihren Kopf ganz in meine Richtung, richtete die Augen auf mich und warf mir einen forschenden Blick zu. Ihr Suff war verflogen. Der Blick hatte nichts Verschwommenes mehr. Er war eindringlich.

»Na gut«, sagte sie, »na gut, die Staatsgründung stand nicht im Vordergrund. Das ist ja jetzt wohl klar. Eindeutiger kannst du das nicht beweisen. Die Puppe, ist die dazugedichtet? Zu schön, um wahr zu sein, findest du nicht? Zutrauen würde ich es dir natürlich schon. Wie alt war sie? Zehn? Zwölf? Schleppt man mit zwölf überhaupt noch eine Puppe mit ...«

Und sie sagte, dass ich ihr keinen Bären aufbinden könne,

die Puppe sei erstunken und erlogen, schiere Erfindung, sozusagen als Vorentwurf für eine Theorie ... aber wenn mich die Beschreibung einer Staatsgründung überfordern würde, bitte ... sie gebe mir ja tausendmal Recht, dieses ganze fröhlich patriotische Gefasel sei zum Speien ... schließlich sei nicht jeder David, und wenn ich keine Krönungen auf die Leinwand zu pinseln beabsichtige, dann gut, »aber Kindchen, doch nicht so, doch nicht so«.

Ich könne mich doch nicht so unüberlegt aus der Affäre ziehen wollen, und überhaupt habe meine Nummer nur mäßigen Erfolg.

Dominique war in Fahrt gekommen. Angenommen, die Puppe hätte wirklich existiert, sie hielt das Ding ja ... also angenommen ... dann hätte das Ding aus Kunststoff oder Porzellan so schön oder wertvoll oder weiß der Kuckuck was gewesen sein müssen, auf jeden Fall mit Liebesschleim behaftet ... kurz, dann hätte ich es schildern müssen, üppig, mit elektrischer Spannung, Worte wie geladene Elementarteilchen mit Anziehungs- und Abstoßungskraft ... um so einen bedeutsamen, historischen Moment völlig zu versäumen, ihn regelrecht zu übersehen ... meine Schilderung der Puppe hätte knistern müssen wie Stanniol.

»Bist du denn zu keiner Begeisterung fähig? Die kleinen Händchen und das schwarze Samtkleid mit der weißen Schürze und die Pantöffelchen und die blauen Glasaugen und die schwarzen Wimpern und die blonden Locken aus echtem Haar. Siehst du sie denn nicht? Und ihr ebenmäßiges Gesicht? Ah, dieses Gesicht. Kein Gesicht in Palästina hat diese vollendete elegante Aura europäischer Blasiertheit gehabt.«

Das sei nur ein Beispiel. Wichtig allein sei, verdammt, die Puppe müsse Liebe in ihrer gedrängten, hoch konzentrierten

Stofflichkeit darstellen. Meine Mutter, der kleine hilflose Käfer, habe sie bodenlos vergöttert … anders lasse sich das nicht vertreten.

»Offen gesagt, Schätzchen, ich frage mich, ob du je geliebt hast. Manchmal denke ich, du hast das kalte Feuer eines Jesuiten und die moralische Selbstgewissheit eines Missionars. Pfeifst du eigentlich auf Sex?«

Ich schüttelte verdattert den Kopf.

Ob ich jemals im Spinnennetz einer Leidenschaft gezappelt hätte? Ob ich diese merkwürdige körperliche Empfindung kennen würde, die man am ehesten mit dem Wort Wärme umschreibt, eine Wärme, die wie Regen auf den Körper niederrieselt, ihn umhüllt, eine Wärme wie ein Lufthauch? Ob ich mich je von der Verliebtheit und Erregung eines anderen Menschen hätte anstecken lassen? Ob ich mich je verfangen hätte? Ganz losgelöst, im Niemandsland, außerhalb jeder Historizität?

»Äh«, sagte ich, und Dominique fuhr fort:

»Also vorausgesetzt, sie hätte die ganze Tragweite nicht erfasst, weil sie ein Kind gewesen ist und so weiter, wie kommt es dann aber, dass sie dir als erwachsene Frau mit diesem Scheiß gekommen ist?«

Eine Puppe! Diesen Bären könne ich keinem, nicht einmal dem gutwilligsten Leser, aufbinden. Falls ich vorhätte, diesen wichtigen und einschneidenden Moment in der Geschichte meiner Familie und meines Volkes mit solchen Marginalien, mit einer Glosse abzuhaken … und überhaupt …

»Warum hast du eigentlich nicht deine Großeltern gefragt? Es kann doch nicht sein, dass dich das einzige Kapitel deiner Familiengeschichte, um das du hast beneidet werden können, dass dich das nicht gefesselt hat?«

Ich schüttelte den Kopf. Nie hätte ich etwas gefragt, nie.

»Und warum?«

Ich schaute Dominique an. Und sagte leise, fast verschämt: »Um etwas über Israel in Erfahrung bringen zu wollen, hätte ich Israel sehen müssen. Ich meine, ich hätte Israel als etwas sehen müssen, was hinterfragt werden soll. Dazu aber war Israel zu natürlich.«

So natürlich wie der dumpf brütende Tag unter blendender Sonne, wie der Duft nach Salz am Meer, wie die Mücken, die im Sommer aus dem Fluss schwirrten. Dass ich meine sonnenüberfluteten Ferien nicht in Israel hätte verbringen können, wenn das Land nicht gegründet worden wäre, ist klar. Aber kann man so einen Satz mit Auge, Ohr, Nase und Mund fassen? Ein Kind lebt mit Erfahrungstatsachen, nicht mit Hypothesen und Fiktionen. Es denkt nicht über seine Erlebniswelt hinaus. Als Erfahrung gilt, Israel ist da, wo es ist. Und was war davor? Als Kind hätte ich auf so eine Frage prompt geantwortet: »Davor war nichts. Nicht ungefähr nichts. Sondern gähnende Leere – nichts. Hast du Rindvieh noch nie Bibel gelesen? 1. Buch Moses: ein großes schwarzes Loch. Überall, wo wir heute sitzen, stehen, gehen, davor war da nichts. Der Spielplatz hier: ein Loch. Die Eisdiele gleich daneben: ein Loch. Die Straße, die in der Mittagssonne flimmert: nichts. Nicht einmal das Mittagsnickerchen meiner Großmutter hat es gegeben, damals in vorsintflutlichen Zeiten.«

So einfach? Ja, unglaublich, aber so einfach war das für mich mit der Staatsgründung. An Israel zu zweifeln wäre mir so abwegig vorgekommen, wie an meiner Existenz zu zweifeln oder am Tisch. Stoff war vorhanden, Zweifeln will aber gelernt sein.

Ja, Stoff war vorhanden. Und es wäre auch eine da gewesen, die die Geschichte hätte ausrollen, anheben und drehen können wie einen hausgemachten Strudelteig. Mit flachen Händen hätte sie unter die Ereignisse gefasst und sie rundherum gedehnt und gezogen. Und wie Essäpfel hätte sie die Fakten geschält, entkernt und zerkleinert. Dann hätte sie Anekdoten wie Mandelblättchen gestreut und sie mit Schwächen so weich wie Butter, mit Wortspielen wie Rosinen und Sultaninen und mit Zweifeln so süß wie Zucker und Zimt gemischt. O ja, sie wäre eine Erzählerin gewesen, eine mit Geschmack. Bei der man nie den bitteren Humor einer abgeriebenen Orange vermisst. Eine Erzählerin alter Schule, keine Intellektuelle, die mit klugen Wörtern um sich schmeißt. Und wir hätten ihn gesehen: wie er kettenrauchend einen Staat gründet, klein, kräftig und gedrungen einen Staat gründet, gegen den Hintergrund aus Acker, Hafen oder Horizont diesen verdammten Staat gründet. Denn sie hätte das Beste daraus gemacht. (Wer die hohe Schule des Backens erlernt hat, der beherrscht das ganze Spektrum der Roman- und Gaumenfreuden. Weiß doch der Koch, dass in jede Süßspeise eine Prise Salz und in jedes salzige Gericht etwas Zucker gehört.) Und wie sie ihn belächelt hätte, und wie sie ihn brüskiert hätte und kompromittiert und bloßgestellt nach Gusto. Denn nur so werden Legenden gewoben und Mythen geschaffen.

Aber sie lebt nicht mehr, und ich habe sie nie gefragt. Deshalb in memoriam, Großmutter, Porträt eines pensionierten Helden: mit braun gebranntem, vorgebeugtem Buckel sitzt er im Unterhemd in der Küche auf einem Hocker, pafft eine Zigarette (Marke Europa), und sein Zigarettenqualm brennt in den Augen. Großvater nimmt ein Buch in die Pranke und schlägt es auf. Sechzigjährig, siebzigjährig, achtzigjährig.

Großvater trinkt ein Schlückchen Tee, kneift Augenbrauen zusammen, steht auf, geht zum Spirituosenschrank und genehmigt sich einen Cognac. Großvater trinkt, und hops. Liest stehend Zeitung. Dann wieder paffend in der Küche. Streckt den Rücken, macht sich noch einen Tee. Großvater wringt den Teebeutel um seinen Teelöffel aus, halbiert eine Zitrone, gibt a quetsch, zwei Teelöffel Zucker. Großvater rührt im Glas und träumt, bis der Zucker flüssig wird. Von seiner Jugend? Von seiner Zukunft? Wirft einen Blick aus dem Fenster, fällt ihm ein, dass ein Jackenknopf angenäht werden muss. Großvater zwischen Küche und Wohnzimmer hin und her. Schaltet Lichtschalter an und wieder aus. Kehrt an den Küchentisch zurück, setzt sich hin, nimmt das Buch und schlägt es auf. Was liest er jetzt, etwas, was uns weiterbringt? Auch wenn die Syntax lockt, verführt und ruft, zieht sie ihn nicht in ferne Regionen. Großvater bleibt, trotz löblichem Eifer, in der Küche. Wahrhaftig, da ist er wieder einmal über dem Buch eingesackt. Ein geknickter Stängel. Großvater lehnt sich zurück und schnarcht, dass das Haus erzittert, und hat alles, was dazu nötig ist: einen offenen Mund, ein bisschen Spucke, einen gefährlich zurückgeworfenen Kopf. Würde ich mich nun über ihn lustig machen wollen – aber warum sollte ich das? –, so würde er nur mit dem Mund zucken. Sieh ein, wer ich bin, sagt dieses Zucken, und ich weiß es wohl: Großvater, Pionier, Proletarier, Ketzer, Kommunist – hat weder Zeit für die widergespiegelte Welt der Bücher noch für heroische Geschichten. Rafft sich auf, gähnt, erschlägt eine Mücke und schlurft ins Bett.

Ein Kellner schlurfte durch den Saal und fing an, Stühle auf Tische zu stellen. Dominique zog eine Fresse. Der Wirt legte unsere Rechnung auf einen kleinen schwarzen Plastikunterteller, gleich neben meinem Glas Cognac. Aus der Küche kam ein schlappes Murmeln. Dann erschien ein Kopf, grau vor Müdigkeit. Die Augen kreisten einmal durch den Raum, blieben fragend am Wirt hängen.

»Letzte Bestellung«, sagte dieser. Dominique klaubte ihr Portemonnaie aus der Jackentasche und zahlte, und ich bedankte mich.

»Wir schließen in fünf Minuten.« Der Wirt zuckte entschuldigend mit den Schultern. Ich bat ihn, uns zwei Taxis zu bestellen. Der Wirt deutete auf die Straße, dort wäre eine Haltestelle.

»Du bist mir wohl immer noch böse?«, fragte Dominique. Ich zuckte mit den Schultern.

»Doch, doch.«

Ich drehte mich zu ihr um. »Wenn du dich a. nicht immer zum Richter aufschwingen würdest, b. nicht so gottverdammt katholisch wärst und c. keine Französin, dann könnte ich dir erklären ...« Touché! Ich hatte sie getroffen.

»Du glaubst wohl, ich könnte deine teutonischen Finessen nicht verstehen?«

Ich schmunzelte. Sie war tatsächlich beleidigt. Oder tat sie nur so?

»Dann könnte ich dir mit einem jüdischen Sprichwort erklären, warum ich deinen Wutausbruch für ganz und gar unsinnig halte. Aber du verstehst ja nicht einmal Jiddisch. Und außerdem fehlt dir ...«

8

Was ihr fehlen würde, wollte Dominique wissen. Und ich sagte: »Nichts.« Sie wäre so, wie sie ist, perfekt. Und würde es sie nicht geben, so müsste man sie erfinden. Dominique nickte zufrieden und zwängte sich in ihre Jacke. Dann zündete sie sich ihre zigste Zigarette an, zog einmal gierig daran und verabschiedete sich, die Kippe im Mund, vom Wirt. Der Kellner, klein, dürr, mit geneigtem unrasiertem Kopf, atmete vor Erleichterung auf, als wir auf die Straße traten.

Ein leichter Wind wehte. Ich knöpfte meine Jacke zu. Eine Weile trotteten wir stumm nebeneinander her, dann gelangten wir an eine Kreuzung mit einer Taxihaltestelle. Im gegenüberliegenden Haus gingen in den oberen Stockwerken Lichter an und wieder aus. Ein Ford Fiesta fuhr langsam an uns vorbei, auf der Suche nach einem Parkplatz. Ich schielte von der Seite zu Dominique hinüber. Sie schaute grimmig nach rechts und links, links und rechts, wie ein Matrose auf hoher See. Neben uns schaltete die Ampel das dritte Mal auf Rot, aber weit und breit war kein Auto in Sicht. Ich dachte, na, auch egal und dass wir wohl ein weites Stück zu Fuß nach Hause würden gehen müssen, und dann dachte ich, dass wir ein lächerliches Paar abgaben, und musste lächeln. Dominique deutete auf eine Bank und sagte, dass wir ebenso gut sitzend warten könnten. In einiger Entfernung strich eine Gruppe

Jugendliche an uns vorbei, und ihr Gelächter drang bis zu uns vor und verhallte. Ich blickte in den Himmel und war guter Dinge. Mitten in der Nacht auf einer Bank vor einem Hintergrund rechtschaffenen, schwitzenden Schlafs, das stimmte mich versöhnlich. Und tatsächlich, wo ich auch hinschaute, kein Lichtchen. Selbst der Himmel war opak, wie ein großes samtenes Tuch.

Ein Taxi flitzte an uns vorbei, doch ehe ich beschloss, die Sache in die Hand zu nehmen, blickte ich auch schon den roten Rücklichtern nach.

»Ich bin ein Genie, wenn's darum geht, mich falsch zu verlieben. Ich gable mir immer die treulosesten Frauen auf. Lena, Dinah, Caroline, Olivia … Dominique zählte ihre Freundinnen auf, die nichts anderes als hysterische Zicken, launische Biester, gefühllose und abgebrühte Luder gewesen seien. Immer nur Biester, Zicken und Luder. Sie sei ja guten Willens, aber sie habe so einen Riecher … Dominique klagte. Sie litt. Sie litt bis zum Gehtnichtmehr. Sie litt derart, dass sie nichts anderes mehr darstellte. Ihre Persönlichkeit war dabei, sich vor lauter Leid aufzulösen. Sie fühlte sich in ihrem eigenen Leben fehl am Platz. Sie wäre gerne abgehauen. Nur wohin? Sie aß, lachte, schlief, arbeitete, aber alles schien bedeutungslos. So als habe der Liebeskummer gewütet und geplündert und sie um den Inhalt der Dinge und Begebenheiten gebracht, die sie umgaben. Nebensächlich und leer, vollkommen ausgehöhlt angesichts der Tatsache, dass Charlotte es mit einem Mann trieb, seelenruhig, so als hätten sie sich nicht ewige Liebe geschworen.

Dominique nahm das Wort Liebe in den Mund und lutschte daran herum, als wäre es ein klebriges Bonbon. Sie würde so lange daran herumlecken und -schlecken, bis nur noch ein kleines Fitzelchen übrig geblieben war, das man auf die Straße spucken konnte. Und den Nachgeschmack würde sie mit einem Glas Wein hinunterspülen. Ich hörte ihr nicht mehr zu, während sie große Lieben, kleine, leidenschaftliche, treulose und verlässliche Lieben in Grund und Boden redete. Ich kannte das Szenario. Sie wollte sich aussprechen. Ihr Kummer war mitteilungsbedürftig. Und ihr Gefasel hatte lindernde Eigenschaften. Ich hatte nur von Zeit zu Zeit und völlig aufs Geratewohl ein »aha« oder »ja, ja« beizusteuern. Selbst ein Kopfnicken genügte. Dominique erwartete keine Antwort, nicht einmal Anteilnahme, eigentlich nur eine physische Präsenz, vielleicht nicht einmal das.

Ja, ich wusste, es spielte sowieso keine Rolle, was ich sagte. Denn sie würde sich mit Charlotte versöhnen, und nach den Tränen und der Einigung würde sie sie verlassen und sich in eine neue Frau verlieben und diese betrügen oder von ihr betrogen werden und es überstehen. Sie würde über ihren Kummer hinwegkommen, um kopfüber in das nächste Abenteuer zu rennen. Und jedes Mal würde sie fühlen, glücklich sein oder leiden und vergebungheischend von der großen Liebe faseln, so als hätte sie mit Kohlepapier einen Durchschlag ihres Textes gemacht. Ja, sie würde sich verlieben und verlieben und verlieben. Wie ein Sisyphus, der zu einer nie ans Ziel führenden Arbeit verdammt worden ist. Und in dieser vergeblichen Wiederholung gefangen, würde sie nicht mehr abgeben als eine lächerliche Replik ihrer selbst.

Plötzlich kam es mir eigenartig vor. Es überstieg regelrecht meine Fassungskraft. Wie konnte sie nur. Dass sich jemand derart herabsetzte und verkleinerte. Ich konnte es einfach nicht fassen. Nach eigener Aussage nicht mehr als ein unglücklich verliebtes feistes Weib. Wenn das stimmte, dann passte sie ins Boulevardtheater. Was machte sie überhaupt hier neben mir auf dieser Bank?

Zugegeben, es war keine Komparsenrolle, die sie sich zugeteilt hatte, aber aus seinem eigenen Leben eine Schmierenkomödie machen, was sollte das? Ich schaute sie an. Sie fuchtelte hilflos mit den Armen herum wie eine Kasperlepuppe, und doch wirkte sie eigenartig souverän. Eins war gewiss: Sie scherte sich nicht im Geringsten darum, was man von ihr dachte. Vielleicht schien es sie sogar zu amüsieren, sich selbst zu einer trivialen und abgeleierten Figur zu stilisieren, gefoppter Ehemann oder Don Juan, je nachdem.

Dominique schlug die Beine übereinander. Und während sie erzählte und an der Naht ihrer Hose zupfte, erzählte und den Rücken streckte, erzählte und zum Himmel emporstarrte, so als gebe es da oben Antwort auf ihre Fragen, dachte ich, dass sie sich ihres eigenen Wertes verdammt sicher war. Und ebenso war sie sich der Stellung gewiss, die sie in der Gesellschaft einnahm. Keine untergeordnete Stellung, so viel stand fest. Kein Leibeigener würde sich je bis zur Bedeutungslosigkeit bagatellisieren, das übernahm sein Herr schon für ihn. Ja, sie kannte die hündische, schutzlose, knechtische Abhängigkeit nicht, von der sie quatschte. Und sie war sich ihrer Einmaligkeit ganz gewiss. Sie wusste es und wusste, dass ich es wusste: Es war nur eine Rolle, und hinter ihr schillerte ihr wahres Wesen facettenreich. Sobald ihr die Lust verging, mit leidender Visage die Gepiesackte zu spielen, würde sie die Rolle fallen lassen. Würde das Verwunderung hervorrufen? Verstimmen? Brüskieren? Aber warum denn? Es war doch nur eine Rolle. Man konnte sich ihrer schnell und achtlos entledigen, wie der Kleidung, die man spätnachts, von Müdigkeit übermannt, im Dunkeln abstreift.

Dominique schüttelte über sich selber den Kopf, dann sagte sie: »Die Frage ist, hat sie das absichtlich oder unabsichtlich gemacht ...« Und ich dachte, dass mich diese Feinmechanik der Liebe, diese haargenaue, neurotische, ununterbrochene Bohrerei anödete. Absichtlich, unabsichtlich, das hatte ich schon tausendmal gehört. Wie ermüdend diese ewige Hinterfragung doch war. Und ihr Streben nach Ergründung. Und ihr Versuch, zu den verborgenen Absichten vorzudringen, zu den unausgesprochen Wünschen, den Begierden, Möglichkeiten, Motiven, Erwartungen ... Einfach unerträglich. Was würde sie mit ihrer Bohrerei erreichen? Doch nur, dass die Fragen wie ein Ätzmittel die Liebe zerstörten. Sie würden sie aufschürfen, wundscheuern und abnützen. Sie wollte alles restlos klären? Grotesk! Sie würde fallen. Tiefer und immer tiefer würde sie in das Triebwerk der Interpretation gelangen. In diese komplexe Apparatur, mit ihren Rädchen und Schrauben, Gewinden und Spiralen. Sie würde in eine unauflösliche Wirbelkette fallen, tiefer und tiefer. Denn die Gedankenspielerei war ein Reich der Gefräßigkeit.

»Worüber denkst du nach?«

»Was?«

»An was hast du gerade gedacht?«

»Na, an was wohl?«, erwiderte ich. »An mich.«

Und in der Tat dachte ich in genau diesem Moment an mich und an den Part, den ich einmal hatte spielen müssen, damals, als ein neuer, noch ganz junger Mann in der letzten Unterrichtsstunde in unser Klassenzimmer kam, um uns, nachdem er seinen Vor- und Nachnamen auf die Tafel geschrieben hatte, mit etwas hängenden, fast schmollenden Mundwinkeln anzukündigen, dass er unser neuer Gemeinschaftskundelehrer sei. Und während wir ihn mit unverhohlener Neugierde betrachteten und aus seinem glatten, weißen, leuchtenden Gesicht herauszulesen versuchten, ob er schwach war oder stark, regierbar oder resolut, ob wir mit ihm und seiner uns verhassten Zunft endlich einmal würden abrechnen können, während wir ihn taxierten, abwogen und einzuschätzen versuchten, mit welcher Kraftanwendung man so einen in die Knie zwingt, wie viel Schikane, Bosheit, Marter nötig waren, damit er zitterte wie ein Schoßhündchen, denn einzig und allein darum ging es uns, dem Neuen die Flügel zu stutzen, ihm sofort das Handwerk zu legen, bevor es zu spät war (wofür stand er, wenn nicht für unsere Erziehung und Züchtigung, für das Beugen und Bezwingen unserer Person?), sagte er, mit einer unserer Feindschaft identischen Auflehnung gegen das humanistische Schulsystem und die humanistische Tradition, dass es nun mit dem humanistischen Gräuel aus sei. Vorbei die eintönige Aufzählung von Daten, Verben, Lokutionen und Geistlosigkeiten. Schluss. Passé. Überlebt.

Nun, sagte er, gehe es um basisdemokratische Entscheidungs-Prozesse, um Mit-Sprache, um Selbst-Verwirklichung. Nun habe man mit medien-wirksamen Aktionen auf konkrete Miss-Stände aufmerksam zu machen. Mit Sitz-Blockaden, mit Massen-Demonstrationen, mit Instand-Besetzungen, mit Bürger-Initiativen. Nun seien die Themen die Umwelt-Verseuchung, das Wald-Sterben, die Notstands-Gesetze, das Wahnsinns-Projekt Startbahn West, die Wieder-Aufrüstung, der Holocaust.

Holocaust; der -(s) -s (gr., lat., eng.): Massenvernichtung menschlichen Lebens, besonders die der Juden, während des Nationalsozialismus.

Hat er das tatsächlich auf die Tafel geschrieben? Ich denke

schon. Wenn nicht, dann ist doch eins gewiss (das heißt, nicht aus der Erinnerung gelöscht): Wie ich dasaß, mit geneigtem Kopf, während der Lehrer vorlas, mit meckernder, zukunftsgläubiger, besserwisserischer Stimme, mit dem Buch in der Hand, auf einer Ecke seines Tisches sitzend, mit baumelnden Füßen, mit unbesonnenem Übermut, gnadenlos über fremd klingende Ortsnamen stolpernd, die er mit kurzen dramatischen Pausen aneinander reihte, der Eindringlichkeit halber, um den Ortsnamen Bedeutung zu verleihen, so als hätten sie seine stilistischen Hilfsmittelchen und Effekthaschereien nötig. Auschwitz, Majdanek, Theresienstadt, Treblinka, langsam ausgesprochen, mit tiefer, feierlicher Stimme, damit es unter die Haut geht, an die Nieren und zu Herzen, mit seinem arglosen, robusten Glauben an die Erziehbarkeit der Menschen, an die Vernunft, an seine pädagogischen Methoden und daran, dass er die Welt würde umgestalten können wie ein Alchimist. Hier, angefangen mit uns, dem unedlen Blei, in dem Kleinodien schlummerten. Auschwitz, Majdanek, Theresienstadt, Treblinka, auf den schmerzlichen Gehalt der Wörter vertrauend, von der Unerschütterlichkeit dieser Wörter überzeugt. Wörter wie der Stein der Weisen. Sie würden, selbst dieser rotzenden, grölenden Klasse ausgesetzt, unvergänglich brennen. Weder Desinteresse noch Trägheit oder Unachtsamkeit konnten ihnen etwas anhaben. Unberührt von Gekicher, Stimmengewirr, Geraune, von über den Tisch geschobenen Zetteln, von Sich-Beäugendem und dem gärenden Chaos, das nur auf den erstbesten Grund wartete, um auszubrechen. Die Wörter waren jene mysteriöse Konstante, ein Katalysator, der allein durch seine Anwesenheit eine chemische Reaktion, unsere Verwandlung herbeiführen würde. Dachte er.

Mein Gesicht war heiß und fleckig. Mein Herz flatterte, und zur Linken, als eine Art rechteckiges Schlupfloch, ein Refugium, das Fenster, und, gesäumt von einem schmutzig weiß lackierten Fensterrahmen, eine kreidige Wolke, die gemächlich und verträumt vorbeizog, während ich erstarrte, von der Frage des Lehrers wie vor den Kopf geschlagen. Ich errötete, fühlte mein Blut durch mich hindurchfluten, es pulsierte sogar in meinem plötzlich trockenen, ausgedörrten Mund. Und ich hob den Kopf, gegen die Schwerkraft ankämpfend, langsam, Zentimeter um Zentimeter mich vorarbeitend, wie im Traum, durch nicht enden wollende Korridore hastend, durch unendliche, schwindelerregende Durchgänge und Passagen, weder ankommend noch herauskommend, mich verirrend, weiter und immer weiter, und dann hörte ich nochmals die Frage und blickte auf.

Blickte auf verschwommene Flecken, auf helle und dunkle Farbtupfer. Und plötzlich in dieser Leere geriet ich in den Strom der Eindrücke und nahm zahllose Einzelheiten wahr. Sie kreuzten, vermischten, überlagerten sich, zogen einander an und stießen einander ab. Die grünen Schwingungen eines Pullis, ein kurzes, abgebrochenes Auflachen wie ein blauer Knall, das gedämpfte Geflüster, das den warmen Ton von Bernstein hatte, und die abgestandene violette Luft, an der noch der Schweiß von gestern haftete und Aufsässigkeit, Späße, Langeweile und Tagträumerei. Man musste nur die Hand ausstrecken, und schon lösten sich Splitter dieser von unzähligen Kindern durchlebten Gefühle, bröckelten ab wie alter Lack.

Das Fenster war randvoll mit Himmel. Meine Freundin berührte mich an der Schulter, und ich sammelte mich und gab meiner Stimme Nachdruck, einen Klang, der nicht meiner war. Und mein ganzes Gewicht ruhte auf der Stimme und drückte sie nieder, damit sie nicht davonflog, aufgescheucht wie Tauben. Und ich spürte die Gewichtigkeit der Wörter auf meiner Haut, meinem Kehlkopf, meinen Stimmbändern. Fast wurde ich von dieser Belastung erdrückt. Und ich sagte, im Bewusstsein hervorzutreten (ich wollte es nicht, es war keine Wahl, ich wollte es nie), ja.

Ja, antwortete ich, mein Vater war dort gewesen.

Ich musste einige Kräfte aufbieten, aber dann hatte ich mich wieder in der Gewalt, und der Lärm in meinem Kopf verebbte. Der Anspannung war eine gewisse Leere gefolgt und eine amüsierte Distanz, jene dichte Hülle, unter der ich in Sicherheit war, unter der ich mich verkroch, um so, wohl beschützt, wenn auch ein wenig eingeengt, mit meinem Blick und meiner mich schützenden Schlauheit alles so lange zu analysieren, zu entwirren und in seine Bestandteile zu zerlegen, bis es mich nicht mehr berührte, ich hielt es mir mit dem Kopf regelrecht vom Leibe; es verursachte am Ende nicht mehr als ein kleines Prickeln, das am Rückgrat herunterrieselte. Ein Erschauern, mehr nicht. Vielleicht empfand ich auch eine gewisse Schadenfreude. Denn sein Überfall war ein Sturm im Wasserglas. Was hatte er sich auch vorgestellt? Ein neues Arkadien? Elysium? Universale Versöhnung? Regenbogen? Was hatte er sich dabei gedacht?

Ich blickte den Lehrer an. Er nickte mir zu, so als seien wir Verbündete in ich weiß nicht welchem Kampf. Wir waren weder Gleichgesinnte noch geistesverwandt. Und dennoch schien es ihm wichtig zu sein, mich wissen zu lassen, dass uns etwas verband, was unsere Biographie überstieg. Aber es war nichts, nichts, was aus ihm einen Freund hätte machen können; er hatte mich lediglich benutzt und in eine Rolle gezwängt. Und auch seine Sympathie und sein mit einem verlegenen kleinen Lächeln zur Schau getragenes Mitgefühl galt nicht mir, sondern der Tochter eines Überlebenden. Nur als solche war ich ein anständiger Mensch, gut, rührend, erhaben. Und dass ich diese Rolle nicht anzunehmen gedachte, ja dass ich weder für die Vergangenheit noch für ihre Bewältigung, weder für das jüdische Volk noch für den Umsturz der bestehenden politischen Ordnung zuständig war, dass mein Aufstand, wenn überhaupt, immer nur ein privater gewesen war, wie auch der Gedanke an eine mögliche Veränderung der Verhältnisse immer nur mich betroffen hatte (mich und meine Freundinnen, mich und meinen Körper, mich und meine Eltern), ja dass zwischen mir und meiner Umwelt eine Trennungslinie bestand, die ich noch nie, nicht einmal im Geiste, überschritten hatte – es bestand kein Grund dazu, warum sollte ich, war meine Welt nicht groß? Hatte ich nicht genug mit mir zu tun? Verlief ich mich nicht auf den Irrwegen meiner Wünsche und Ängste wie jedermann? –, änderte nichts an dem Umstand, dass mir nun von diesem unverbesserlichen Weltverbesserer ein Ziel gesetzt wurde: Ich hatte meinen Klassenkameraden mit meiner bloßen Anwesenheit ins Gewissen zu reden. Ich hatte sie zu bekehren, zu belehren und herumzukriegen. Aber ich war kein gutes Symbol und auch kein Gebot. Ich war für diese Aufgabe nicht geschaffen, und ich hatte keinen wohltätigen Einfluss auf meine Mitschüler.

Einen kurzen Augenblick nur hatte mich das Interesse des Lehrers erhellt, und ich blitzte wie ein Komet auf, und einige Klassenkameraden, die mich noch nie eines Blickes gewürdigt hatten, für die ich, weil ich war, wie ich war, nichts bedeutete, sahen mich nun zum ersten Mal verwundert an. Aber ihr

Interesse erlosch so schnell, wie es gekommen war. Denn das, womit ich mich hier nun zu brüsten hatte, interessierte sie nur bedingt. Das störte mich nicht. Das Eigentliche an mir, das der Lehrer aus didaktischen Gründen achtlos beiseite geschoben hatte, meine Individualität und mein Wesen, das sich doch nicht nur aus der Leidensgeschichte meiner Familie und des europäischen Judentums erklären ließ, blieb unangetastet. Und auch das Unwesentliche hatte er nicht berührt. Ich saß auch weiterhin verträumt und faul meine Schulzeit ab, und die Zeit tröpfelte und verging in dieser törichten Eintönigkeit und rann weiter, immer weiter wie ganz feiner, lautloser Regen.

Einen kurzen Augenblick nur waren alle Augen auf mich gerichtet, und ich hielt mich aufrecht und sagte, ohne die Miene zu verziehen, ja. Was fühlte ich? Ich hoffte, dass keiner meine Verlegenheit wahrnahm. Ich war in eine sonderliche Passivität versunken, und mich plagte nur ein einziger Gedanke, ausgefüllt von nichts anderem als diesem lächerlichsten aller Gedanken: mir nichts anmerken lassen, mir nur nichts anmerken lassen.

Ich tat so, als wäre nichts, als hätte er mich nicht überrumpelt, als hätte er aus mir nicht das gemacht: Einen kurzen Augenblick nur wurde ich ein Radikal mit einem einzelnen Elektron – Tochter eines Überlebenden. Wie viel Aufwand und Energie dafür nötig gewesen war. Und was für ein Mindestmaß an Wirkung: Der Klassentrottel bohrte weiterhin in der Nase. Der Primus bekam den Rotz weiterhin auf den Tisch geschmiert. In der letzten Reihe wurden weiterhin Zettel mit Jungennamen ausgetauscht, gefolgt von Getuschel und Gekicher. Ich wurde unter dem Tisch angeschubst, dann wurde mir ein Zettel in die Hand gelegt. Ich faltete die aus einem

Heft herausgerissene Seite auf, senkte die Lider, überflog das Geschriebene und brach in Gelächter aus, wurde vielmehr in dieses Gelächter hineingetrieben, erstickte förmlich an den Lachsalven, die meinen Körper durchzuckten, und wischte mir die Tränen am Hemdsärmel ab. Ich lachte, als wäre es meine Lebensaufgabe zu lachen und den Lehrer mit diesem wilden, ansteckenden Gelächter preiszugeben. Ich lachte und triumphierte. Lachte und verspottete ihn. Ihn und seinen Humanismus, den er mir voller verletzter Eigenliebe, noch ein wenig fassungslos ob seines Misserfolges, schon ein wenig bitter, mit einem beginnendem Anflug von Verdrossenheit um die geschürzten Lippen aufzunötigen versucht hatte.

Jahre später saß ich in einer Reihe im Zuschauerraum eines Theaters und schaute auf eine Bühne. Eher schaute ich auf meinen Vater, der in einen Lichtkegel getaucht an einem Tisch saß. Sein Geschichtsbuch lag aufgeschlagen da, und mein Vater blickte lächelnd in die dunklen Gesichter, während ein Journalist ihn begrüßte und mit folgenden Worten vorstellte: »A. L. ist Überlebender«, sagte er, und ich spürte, während er Lager nach Lager aufzählte (Lager nach Lager nach Lager ging er so gegen meinen Vater vor, dachte ich), wie mein Vater allein gelassen, wie er wehrlos und unbeholfen zur Schau gestellt wurde, und ich spürte die Wörter wie einen Schwamm, weil sie, Lager nach Lager nach Lager, das Leben meines Vaters wegwischten, und ich spürte das Ziel dieser Wörter und welchen Zweck sie verfolgten (es verschlug mir schier die Luft), aus meinem Vater einen Aufruf zur Brüderlichkeit zu machen, und wie es ihn erhöhte und gleichzeitig verhöhnte, und ich spürte, wie er in dieser Rolle aufging, und das steigerte nur meine Wut, und ich dachte an all die Wochen der Brüderlichkeit, an all die Gedächtnistage und Versöhnungsfeiern, denen er im Laufe seines Lebens beigewohnt hatte, und an all die Sühnezeichen, Selbstanklagen und Beileidsbezeugungen, die er über sich hatte ergehen lassen, gutwillig war er gewesen, brav und ergeben, zukunftsgläubig hatte er das Spiel mitgespielt, und auch das steigerte meine Wut, und ich hatte Lust, sie zu zermalmen, mit geballten Fäusten auf sie loszugehen, auf die Schöngeister und ihre Sanftmut, auf die Barmherzigen und ihre Anteilnahme, auf die Mitleidenden und ihre Nachsicht und auf meinen Vater, der darum bat, anerkannt zu werden, angehimmelt, verehrt und geachtet zu werden, denn hatte man ihn nicht jahrelang totgeschwiegen, verleugnet und ignoriert? Jahrelang, jahrzehntelang nannte man ihn nun schon so, Überlebender. Und jedes Mal wenn er in die Öffentlichkeit trat, wurde er als solcher in Augenschein genommen, beobachtet und gemustert. Sagte er etwas, sprach der Überlebende, schwieg er, war es ein hintergründiges Schweigen, freute er sich, rechnete man ihm seine Freude als Lebensbejahung an, war er verzagt, war es nur allzu verständlich. In jede öffentliche Geste meines Vaters hatte sich das Wort Überlebender eingenistet, eingekrochen, festgemacht und sich schließlich seiner bemannt. Und ich spürte die Vorbelastung der Sprache, die Schreckensherrschaft dieser Sprache, die so nett und scheinheilig daherkam und doch nichts anderes anstrebte, als ihn auszuradieren, durchzustreichen und auszulöschen, und ich spürte, wie mein Vater verschwand. Und mit ihm verschwand meine Kindheit. Alles, was ich für ihn empfunden hatte, alles, was ich an seiner Seite erlebt hatte, alles, was er mich hatte fühlen, sehen, verstehen lassen, war plötzlich leerer Schall. Und ich spürte zutiefst erregt, wie mein Körper sich gegen diese unmerkliche, diese fragwürdige und blitzschnelle

Veränderung wehrte, die von jenem einleitenden Satz aus-
gegangen war: »A. L. ist Überlebender«, und wie all das, was
sich seit Jahren angestaut hatte, was sich in mir gesammelt
und zusammengetragen hatte, zu einem Satz formte, und ich
spürte, wie all meine Gefühle, Gedanken und Eindrücke sich
zu diesem Satz verknüpften, wie er in meinen Kopf gelaufen
kam, regelrecht dort explodierte.

So sind wir nicht, schrie es in mir auf. So sind wir nicht.

»A. L. ist Überlebender«, hörte ich und dachte, dass dieses Bild des Überlebenden ein falsches Bild war. Ein Szenen-
bild, ein Vorstellungsklischee zur Einschläferung des Grauens.
Falsch und verfälscht, aus der Menschheit herausgehoben und
isoliert, in den Grenzen des Ertragbaren und des Anstandes
gehalten, zurechtgemacht, zweckdienlich, missgestalten und
grotesk. Nie ist mein Vater ein Über-Lebender gewesen. Denn
selbst in Auschwitz, Buchenwald und Langenstein hatte er nie
aufgehört zu leben, zu leiden, zu atmen und zu hoffen. Ein
Lebender, kein Arbeitstier, kein Unter-Mensch, kein Organismus, den man in seine Organe, Gewebe, Zellen hätte zerlegen können. Nicht auf etwas so Irrelevantes reduzierbar wie
Leistung, Plagen, Brotrationen und Durchhaltevermögen. Nie
ist mein Vater ein Überlebender gewesen. Immer nur das: sich
zwischen parkenden Autos hindurchschlängelnd – ein Lebender. Vor einem reich garnierten Bücherregal glücklich seufzend – ein Lebender. Im Café mit einem Kännchen heißer
Schokolade – ein Lebender. Wach und regungslos im Bett –
ein Lebender. Die Wetterlage vom Frühstückstisch aus über-
prüfend – ein Lebender. Mit Glanz auf Nase und Stirn, immer
nur das: ein Lebender, einer wie alle anderen, einmalig, bedeutend und groß.

»Was?« Ich starrte in Dominiques Gesicht und in ihren sich
langsam öffnenden und schließenden Mund, und ich hörte,
wie sie von der Erregbarkeit auf die Sehnsucht auf den Traum
und von dem Traum wieder auf die Sehnsucht und die Erregbarkeit zu sprechen kam. Sie hielt mir ein Foto hin, und
ich sah nichts Genaues, die Umrisse einer Frau um die vierzig,
und wie ich sie sah, dachte ich an das Foto meines Vaters mit
dem Soldaten, der ihm das Leben gerettet hatte, und daran,
dass ich, wenn ich das Foto nicht entdeckt hätte, heute wie
eine dumme Krämerseele Fakten zusammentragen würde.

Und wie eine dumme Krämerseele hätte ich Papier und
Bleistift genommen und gewissenhaft aufgezählt, was man
meiner Familie angetan hat. Hiernach hätte ich einen Strich
gezogen und zusammengerechnet. Bitte, hätte ich gesagt, Do-
kumente wurden geliefert, Bilder ebenfalls, Berichte und historische Begebenheiten wurden geliefert, ein paar alltägliche
Verrichtungen wurden geliefert, Beschreibungen, Metaphern,
Relationen, Personen ... hier haben wir es: Summand plus
Summand plus Summand ergibt eine Geschichte aus Unglück
und Erniedrigung, noch und noch. Als wäre es das schon. Als
könne man meine Familie so zusammenfassen. Als wären wir
immer nur das: prädestiniert zu leiden. Aber dann habe ich
das Foto gesehen und begriffen, dass Fakten nichts sind und
historisches Wissen nichts. Dass Daten nichts sind und Tatsachen ein Blendwerk, weil man der Geschichte meiner Familie nicht beikommen kann, wenn man sich nicht dem Zufall
ausliefert. Dem Zufall? Ja. Und den Gefühlen, Geräuschen,
Eindrücken, Begegnungen und Sehnsüchten. Ich müsste mich
vor allen Dingen mit den Sehnsüchten abgeben und den Lügen, Wünschen, Illusionen und Märchen. Mit dem Märchen
der Brüderlichkeit, das mein Vater und der amerikanische

Soldat der Nachwelt hatten vorspielen wollen, als sie sich gleich nach dem Krieg Arm in Arm hatten fotografieren lassen. Und mit dem Märchen eines gott- und glaubenslosen Judenstaates. Mit dem Märchen einer großen, durch nichts zu schwächenden Liebe, an das sich meine Eltern geklammert hatten, das sie bis zur Trennung wiederholten und abwandelten, nachahmten und revidierten. Und dem Märchen einer klassenlosen Gesellschaft. Mit dem Märchen einer in einer Kristallkugel eingeschlossenen schimmernden Welt. Und dem Märchen, dass man die einzigartige, geheime Konsistenz ihres Lebens mit ein paar Worten würde einfangen können. Dass ich Sätze wie Fäden um ihre Finger, ihren Bauch, ihren Hals, Kopf und Rumpf würde spannen, und Ausrufezeichen und Punkte wie Pflöcke würde einschlagen können, ja, dass ich sie mit Sätzen würde festbinden und fesseln können. Dann, ja, dann lägen sie bezwungen wie Gulliver auf dem Papier, dann, ja, dann ...

Glauben wir daran?

Glauben wir an all die Trugbilder und Fabeleien? Und ein Märchenerzähler, glaubt er an die Geschichten, die er für seine Zuhörer erfindet? Und das Publikum, glaubt es dem Erzähler? Wie soll ich das wissen. Und außerdem, spielen diese Fragen überhaupt eine Rolle? Die Märchen, behalten sie nicht ihren Zauber, ganz ungeachtet dessen, was wir denken oder tun? Diese Märchen, nichts kann ihre magische Ausstrahlung schwächen. Ach, diese Märchen, diese Märchen, mit denen wir uns, ohne Ekel und Schaudern, zeitlebens abgelenkt haben ...

Dominique sagte, dass sie den Frühling schon riechen könne, und ich stimmte ihr zu. Es lag etwas Frisches in der Luft und eine gewisse Unentschlossenheit, so als wüsste die Saison nicht, ob sie den Winter ausklingen lassen sollte. Ich glaubte das Meer zu riechen und herben, salzigen Wind, der durch Dünen fegte, oder aber ich bildete es mir ein. In ein paar Stunden würden die Lichter der Straßenlaternen ausgehen, und die ersten, noch von Müdigkeit übermannten Menschen würden wortkarg ihre Betten, Träume, Insomnien verlassen, um zur Arbeit zu gehen. Ich streckte den Rücken und warf einen flüchtigen Blick auf die Uhr. Ich wusste, dass Dominique gleich gehen würde. Plötzlich würde sie keine Zeit mehr zu verschwenden haben, würde die Müdigkeit tiefe Furchen in ihr Gesicht graben, würde sie einen zwischen verengten Lidern anschauen und verkünden, dass genug geredet worden sei. Plötzlich würde sie sich auf ihren Körper und seinen Forderungen nach Schlaf besinnen, jenen Körper, den sie verachtete, es sei denn in den Armen einer Frau. Ich lächelte ihr zu und fragte sie, ob wir uns nicht doch auf die Suche nach einem Taxi machen sollten. Sie nickte, und wir standen auf. Langsam gingen wir die Straße entlang, und Dominique sagte, dass sie jetzt schlafen gehen würde, und fragte mich, was meine Pläne seien, und ich sagte, schlafen, und wusste blitzartig, und dieses Wissen überraschte mich, dass ich es versuchte, weil es den Versuch wert war.

Zeile nach Zeile würden sie Gestalt annehmen, und ich würde mich mit ihnen abplagen, und ich würde mich auch weiterhin jeden Morgen an meinen Schreibtisch setzen, in dieser mir nur allzu vertrauten, etwas langweiligen, etwas eintönigen Welt, und ich würde mit vorsichtigen Schritten in ihre Welten eindringen und mit rückwärts gewendetem Blick ihre Landschaften betreten, die doch mehr als meiner Erinnerung meiner Phantasie entsprangen. Und ich würde mich vor den Spiegel stellen und das Lächeln meines Großvaters erproben, ein junges, zuversichtliches, herausforderndes Lächeln, während er das erste Mal im Halbdunkel einer milden Abenddämmerung die Hüften meiner Großmutter berührt. Und ich würde mich in meinen Vater hineinversetzen, der entgeistert, mit nachdenklicher Miene über das Verschwinden von Zeitungsartikeln meditiert. Und ich würde die kleine, feuchte Hand meiner Mutter in meiner Hand halten, während sie atemlos durch Straßen eilt. Und wir würden lange schwarze Schatten werfen, und das gleißende Licht würde die Farben der Häuser und Bäume schlucken. Und ich würde ihren Vater fluchen hören und hören, wie er ungeduldig zur Eile antreibt. Und wir würden versuchen Schritt zu halten und hinter seinem Rücken verschwörerische Blicke wechseln.

Und ich würde im Halbdunkel der herabgelassenen Jalousien auf dem Bett sitzen, in der Stille und fern von allen. Und während Mann und Tochter einer Staatsgründung entgegenlaufen, schneller, immer schneller dem Wendepunkt entgegen, würde ich mich in Kristall verwandeln, in messerscharf geschliffenes Glas. Und ich wäre von der Intensität des Schmerzes ganz ausgehöhlt, und unter der fest vereisten Oberfläche meines regungslosen Körpers, wie eine kleine Blume, Erinnerungen. Und ich würde den Schmerz annehmen und die Süße des Schmerzes auskosten, denn ich würde sie alle begrüßen: Mutter, Schwestern, Tanten, Brüder, Cousinen ... Und dann ihn, Urgroßvater, inmitten seines Gartens, noch nicht tot, den Hemdkragen aufgeknöpft, den Bart gestutzt und sein Haar leicht ergraut, nach so viel verflossener Zeit, neben dem in Blüte stehenden Spalier, neben dem geschotterten Gartenweg, neben dem wilden Wein, wie er die Bäume betrachtet ... geht mit den Augen seine Bataillone Obstbäume ab, nickt zufrieden mit dem Kopf, zählt Apfelsorten auf: Renette genussreif von Dezember bis März, Cox Orange von November bis Februar, Boskop von Dezember bis April. Und ich würde wieder hören, wie er erläutert: Ein schlechter Pollenträger muss stets neben zwei gute gepflanzt werden. Siehst du, hier, Boskop neben Cox und Renette. Und wie er mich in seine Geheimnisse einweiht: wie man den Mist auszubreiten, den Kalk zu streuen, das Treibgemüse anzulegen, die Wintersaat anzuwalzen, die schlechten Obstbäume zu entfernen, die kranken Äste auszusägen, die Bewässerungsanlagen zu prüfen, die Rüben zu drillen, das Getreide umzuschaufeln, den Keller zu überwachen, die Zwischenfrüchte anzubauen, die Futterrüben einzumieten, die Stallungen auszufahren, den Mais zu behäufeln, die Bäume zu wässern, die Erbsen zu legen, die Rosen hochzubinden, wie man die Sträucher zu pflanzen, zu beschneiden, zu veredeln und umzupfropfen hatte. Und ich würde hochblicken und seinem Profil zunicken, aha, jaja, aha, jaja. Und dann würde ich ihm nachschauen, von einem unbegreiflichen Stolz ergriffen, und dieser Augenblick würde sich meinem Gedächtnis einprägen, immer wieder die gleiche Szene, unabänderlich, gebannt und durch die Jahre gerettet, wie er sich aufmacht und einen Liegestuhl über den Rasen zerrt, über den mit kleinen weißen und gelben Blumen übersäten Rasen, und dabei ein Lied summt.

Und ich würde, an die Wand gelehnt, meinen Vater beobachten, und ich wäre noch verschwitzt und noch in Uniform. Und ich würde so tun, als wäre es ein beliebiger Nachmittag und als würde ich keine Einladung zum Ausgehen erhoffen und als hätte mich nicht die Vorahnung gepackt, und ich würde mit gleichgültiger Stimme auf seine Fragen antworten, lauernd, erwartungsvoll, mit zur Schau gestellter Sorglosigkeit.

Und ich würde mit einem Teller Kuchen auf den Knien Konversation machen und reden, ohne den Blick von meiner Mutter zu wenden. Und ich würde sie beobachten und mir eine Zukunft ersinnen, und ich würde sie mit meinem Verlangen langsam einkreisen und zwingen, näher zu rücken. Und sie würde mir zuerst nur den Kopf zuneigen, aber dann würde der Körper sich mit einem leichten Erbeben von der Wand lösen, und sie würde ganz langsam, noch zögernd, auf mich zukommen, und ich würde voller Erstaunen auf die junge Frau blicken mit ihren leuchtenden, weit geöffneten Augen.

Und ich würde im Dunkeln im Bett liegen und auf die Heimkehr meiner Eltern warten, und ich würde sie endlich im Hausflur hören: das gedämpfte Lachen meiner Mutter und das tiefe Geraune meines Vaters. Und ich würde wieder das Gemisch aus Eifersucht, Kränkung und Freude fühlen, wie einen noch in der Luft hängenden Duft. Ja, sie waren wieder da, mich aber hatten sie aus ihrem Leben ausgeschlossen.

Und ich würde meine Schwester werden, und ich würde mich mit ihren Augen sehen, und ich wäre plötzlich nicht mehr ängstlich und zaghaft und klein, sondern die Ältere, und ich würde es meistern, groß zu sein. Und ich würde mich in den Armen halten und mich trösten. Und ich würde mein Kinn anheben und mich zwingen zu lächeln. Was ist das schon, Naschhaftigkeit. Na und! Lass sie doch schimpfen. Und ich würde mir Geschichten erzählen, die mich zum Lachen bringen. Und Geschichten, so zerbrechlich wie Glas. Geschichten, die sich kurz und bündig auf das Wesentliche beschränken. Und Geschichten, mit einer Menge Kombinationen, Verbindungen und Knoten. Und ich würde sie knüpfen und zusammenfügen, lösen und entwirren. Und ich würde alle Fäden in der Hand halten. Und ich würde sie verlieren.

Das Gezwitscher der Vögel hob an. In einer halben Stunde würden die Großstadtgeräusche ihr Geträller übertönen. Und auch die Stille würde kapitulieren. Hier und da, an den ausgefransten Rändern unseres Viertels, fing es schon an zu rumoren, aber die Stille verteidigte sich noch und hielt ihre Stellung. Wir hatten die Nacht überstanden. Die großen Pläne und Träume hatten sich davongemacht, ohne Spuren zu hinterlassen. Die kleinen Missgeschicke, die nachts wuchern und zu Katastrophen anwachsen, waren wieder unerheblich und klein. Bald würde uns der Tag mit seinen Erfordernissen packen, und wir würden ins Leben zurückkehren, und alles wäre vergessen. Aber noch war der Zauber nicht gebrochen, noch war die Luft von Frieden voll gesogen, noch befanden wir uns in jenem Zwischenraum, der die Nacht von dem Tag trennt, in jener Zwischenzeit des leisen Glücks.

Ich schaute auf eine Häuserfront, und sie kam mir wie eine Theaterdekoration vor, hier aufgestellt, damit ich neben Dominique an ihr vorbeidefilieren konnte.

»Lass uns da hingehen!«, sagte sie gebieterisch und deutete auf eine Straße, die sich durch nichts von den anderen unterschied. Ich hakte mich bei ihr unter, und Schritt für Schritt gingen wir durch eine langsam erwachende Stadt. Und ich ahnte, dass diese läppische Dämmerung aus dem Stoff gemacht war, der Erinnerung wird, dass sie sich in meinem Gedächtnis festsetzen und verankern würde und ich mich auch in ein paar Jahren so durch die noch menschenleeren Straßen würde gehen sehen, übermüdet, unbeschwert und enthaltsam, weil ich unverhofft den melodischen Wettläufen von ein paar Vögeln gelauscht hatte und weil in der Tonfolge, in der Melodie, aus einem mir noch unverständlichen Grund, das Glück eingekapselt war.

»Wie heißt er eigentlich, der Kerl, der deinen Vater gerettet hat?«

Ich zuckte mit den Schultern. Überflüssig, es zu leugnen. Ich wusste nichts über den Mann. Wie ein Deus ex machina war er auf der Bühne erschienen, einer unverhofften Lösung und Rettung willen, um dann im Vergessen zu verschwinden. Was war er für mich? Ein junger Mann in Uniform, mit halb geschlossenen, müden Augen. Ein Fremder auf einer kleinen vergilbten Fotografie, der meinem Vater die Hand reichte, den Mund zu einem traurigen Lächeln verzogen.

»Nenn ihn Bill. Oder Bob. Robert ist ein guter Name. Nenn ihn Bob.«

Ja, ich hätte ein Bild von ihm entwerfen können. Ich hätte mich nur in die Fotografie vertiefen müssen, hätte sein Lächeln, den kleinen verschlossenen Mund, den vorwärts gebeugten Körper, die über die Braue hängende helle Haarsträhne fixieren müssen, um etwas zu finden, was meine Phantasie anfacht. Und ich hätte seine Geschichte erzählen können, und ich hätte ihn in ein Leben gezwängt und ihn mit Erinnerungen, Bildern und Gedanken umhüllt und hätte ihn in das Alter getrieben; und ich hätte es gar nicht einmal schlecht gemacht. Ja, ich hätte geschildert, wie er in einem kleinen Restaurant einer Frau zuhört, über den Tisch hinweg ihre Hand ergreift und Anteilnahme heuchelt und wie er vor einem Krankenhauszimmer auf und ab geht, mit dem Wunsch, eine Zigarette zu rauchen, wie er mit einer Frau und drei Kindern vom Strand zurückkehrt, noch geblendet, sandig und müde und wie er sich im Bett aufsetzt, seine Pantoffeln überstreift und im Bad verschwindet. Und ich wäre durch das Labyrinth seiner Zweifel, Enttäuschungen und Wünsche geirrt. Aber ich dachte an all die Wahrnehmungen, die ich versäumt hätte und an all die Gefühle, die ich aus Trägheit in Abrede gestellt, und an all die Menschen, die ich verleugnet hätte. Wie viele andere Leben hätte er leben können. Wie viele verbummelte Möglichkeiten und verpasste Chancen; ich sah das ganze unerschöpfliche Spektrum der Gegenvorschläge und Alternativen und ließ es bleiben.

Du musst mit der Freundschaft abschließen. Du kannst ihn nicht verleugnen. Erzähl die ganze gottverdammte Geschichte, wie sie sich zugetragen hat, was gibt es da zu zögern. Setzt dich hin und schreibst das alles auf, alles, was du weißt, wie er ihn gerettet hat, wie er ihm die Familie hat ersetzen wollen, wie er mit ihm gesprochen hat, was gibt es da zu zögern.

… und dann durchbrach ich die Mauer meiner Gegenwart und gelangte zu der Szene. Und plötzlich war sie unwiderrufbar zugegen, und ich drang mit schlafwandlerischer Sicherheit bis zu ihr vor und sah sie, wie sie den Sockel erklommen, wie der Soldat meinen Vater zu sich heraufzog und wie sie von dort oben eine Weile stumm auf die zerstörte Landschaft blickten und wie sie die Verwüstung mit der gleichen erschrockenen Miene quittierten: dem Weiten der Pupille, einem sich kurz öffnenden Mund, so als wollten sie diese Öde in sich aufsaugen. Und ich sah meinen vaterlosen Vater, und über ihm war nichts. Sterbenseinsam, fast am Ende seiner Kräfte und am Ende seiner Flucht. Und ich sah (weil sie es wollten), was sonst verborgen geblieben wäre: Es war möglich. Hier wieder Freundschaft. Es war möglich. Und ich blickte auf dieses Wunder des Anfangs und auf die Geste wie ein Alef: zwei Hände, die vorankriechen, sich einen Weg bahnen durch Staub und Abfall und Trauer und Tod. Und ich ahnte, dass dieses Bild sich unauflöslich mit den anderen Eindrücken vermischen würde und dass diese läppische Dämmerung aus dem Stoff gemacht war, der Erinnerung wird. Sie würde sich in meinem Gedächtnis festsetzen und verankern. Neben der Sonne, die so rund und grau wie eine Murmel aufzog, neben dem Geträller der Vögel, neben meinem plötzlich aufkommenden, unerhörten Glücksgefühl, das mich an der Kehle packte, mich schwanken ließ, wie ein Betrunkener auf unsicheren Füßen, neben einer frischen Brise, die durch die Straßen tändelte, neben dem leisen Brummen eines Motors, neben Dominique, die beständig und treu den eigenen Gedanken nachging, würde sich auch diese Szene dem Vergessen entgegenstellen. Denn sie gehörte in das große Sammelsurium der Erinnerung.

Und ich ahnte, dass ich mich in ein paar Jahren so durch die noch menschenleere Straßen würde gehen sehen, übermüdet, unbeschwert und enthaltsam, weil ich unverhofft den melodischen Wettläufen von ein paar Vögeln gelauscht hatte und weil in der Tonfolge und der Melodie das Glück eingekapselt war, und ich würde wie damals meinen Vater ins Auge fassen und den Soldaten und den Fotografen, der auf den Auslöser drückt, und ich würde wahrnehmen, wie sich die Hände langsam und unabwendbar aufeinander zu bewegen, sich berühren und wie die Finger sich ineinander verflechten. Und ich würde denken, ja, auch ich habe sie einen kurzen Augenblick besessen, eine Szene ohne Gegenvorschläge und Alternativen.